Gerd Fuchs

Die Auswanderer

Roman

Edition Nautilus

Editorische Notiz: Eine Vorarbeit zu diesem Roman erschien unter dem Titel: *Die Auswanderer – Von Hamburg in die Neue Welt* anläßlich der Ausstellung „Hamburg Emigration. Link To Your Roots" 2000; die englische Übersetzung hatte den Titel *The Emigrants – From Hamburg to the New World*, ins Englische übersetzt von Heather Hanford, Hamburg 2000.
Umschlaggestaltung: Maja Bechert

Edition Nautilus Verlag Lutz Schulenburg
Alte Holstenstraße 22 · D-21031 Hamburg

1. Auflage 2003 · Printed in Germany
www.edition-nautilus.de

1 2 3 4 5 · 07 06 05 04 03

ISBN 3-89401-407-5

Niemand wandert ohne Not aus, niemand wandert ohne Hoffnung aus. Auch heute noch sind Millionen unterwegs.

ERSTER TEIL

Flucht

Es ist verboten Gott anzurufen

Simon Kantor hält die Uhren an, und Igor Tatlin verkauft ihm einen Fahrschein ins Paradies. Nachbarn.

Es sind immer mehrere, die schlagen. Es dauert seine Zeit, bis man einen Menschen erschlagen hat. Bis er wirklich tot ist. Und man muss schreien beim Schlagen. Dreckiger Jud. Saujud.

Er sitzt im Ticken seiner Uhren. Er ist Uhrmacher und hört ihr Ticken schon lange nicht mehr. Doch jetzt hört er es. Rasselnd, schlotternd, vielgliedrig, mit maschinenhafter Gleichmäßigkeit kriecht etwas heran. Immer näher. Immer lauter.

Er springt auf. Es graut ihm vor diesem unerbittlichen Gehaspel. Es ist Mitternacht. Die Wände seiner Werkstatt hängen voller Uhren. In einer Minute werden sie zu schlagen anfangen. Alle gleichzeitig. Er hält ein Perpendikel nach dem andern an. Das tut man, wenn jemand gestorben ist. Und so ist es ja auch. Es ist gestorben worden. Sieben sind gestern im Nachbardorf erschlagen worden. Auch Alte, auch Kinder. Wenn der Pogrom auf die Stadt übergreift, wird der Uhrmacher Simon Kantor eines der ersten Opfer sein. Bei ihm gibt es etwas zu holen.

Er hält auch das letzte Perpendikel an. Jetzt ist Stille. Tiefe, drohende Stille.

Er öffnet das Fenster. Die Straße liegt schweigend und

dunkel. Kalkweiß leuchtende Lichtsplitter in den Pfützen, wenn die Wolken den Mond freigeben. Hier ist er aufgewachsen. Jetzt ist das eine fremde Stadt für ihn. Er darf getötet werden. Die Turmuhr der Kirche beginnt zu schlagen. Mörder unseres Heilands, hat der Pfarrer gepredigt, Kindermörder.

Er ist so verzweifelt nicht, wie es scheint. Er hat mich gehört. Ein Gedanke keimt in seinem Kopf. An einem der Bäume auf dem Marktplatz hatte ich meine Tafel aufgehängt und ausgerollt.

Hier oben links, meine Damen und Herren, sehen Sie den größten Goldklumpen, der je gefördert wurde, zweiundzwanzig Komma sechsdreisieben Kilo, gefunden im Klondyke Valley, Claim tausendsiebenunddreißig. Und hier sein glücklicher Besitzer, der Hufschmied John Kowalski, sechsundzwanzig, Vater von fünf Kindern. Hier sehen Sie ihn vor seinem Fund und hier drei Wochen später und vierundzwanzig Pfund schwerer. Beachten Sie die Höhe seines Huts.

All die gierigen, hoffnungsvollen, verzweifelten Gesichter. Ich erzähle ihnen Geschichten von Amerika. Ich arbeite für die Hamburger Reederei HAPAG, die an der preußischen Grenze in Eydtkuhnen eine Agentur unterhält. Die HAPAG ist auf den Transport von Auswanderern nach Amerika spezialisiert. In Gasthöfen, auf der Straße oder an jedem beliebigen Ort halte ich Vorträge über die Neue Welt und die Vorzüge der HAPAG-Dampfer. Interessenten händige ich von mir unterschriebene Formulare aus, mit denen sie sich in Eydtkuhnen bei Herrn Ehrlicher in der Agentur melden können. Dort werden ihnen die Fahrkarten ausgestellt. Ich arbeite auf Erfolgsbasis. Meine Geschichten müssen also gut sein.

Wer auswandert, tut es nicht ohne Not. Er geht nur, wenn die Gefahr oder der Hunger oder die Hoffnungslosigkeit zu groß werden. Also muss ich wissen, wo Hunger herrscht oder Gefahr. Manchmal werde ich Aasgeier geschimpft. Ich lache dann nur. Ich lebe in Wirtshäusern und auf der Landstraße.

Auf meine lederne Umhängetasche habe ich ein kleines Plakat geklebt. Es zeigt einen aus vier Schornsteinen rauchenden Dampfer der HAPAG.

So gierig man meinen Geschichten auch lauscht, die meisten, die mir zuhören, werden den Sprung aus ihrem Elend nicht schaffen. Doch immer sind zwei oder drei dabei, die später, wenn die Menge sich verlaufen hat, zu mir kommen und ein Formular haben wollen. Dieser kleine jüdische Uhrmacher ist so einer. Sein schmales, ernstes Gesicht ist mir sofort aufgefallen. Er wird kommen, wenn nicht heute, dann morgen. Ich bin sicher.

Das Schlagen der Kirchturmuhr will nicht enden. Doch danach ist die Stille umso tiefer, umso drohender. Simon Kantor löscht die Petroleumlampe und geht im Dunkeln hinauf. Er zieht sich aus und schlüpft unter die Decke. Sofort ist Ruth an ihm und umklammert ihn. Sie beginnt zu weinen. Er hält sie fest.

Ihre beste Freundin hatte belästigt getan, als sie sie besuchte. Sie habe jetzt keine Zeit. Eine Nachbarin rief Judenschlampe hinter ihr her. Daniel kam aus der Schule und erzählte, dass Natascha, seine Freundin, nicht mehr neben ihm sitzen wollte. Der Lehrer hatte gelacht und alle Judenkinder in die linke hintere Ecke des Klassenraums gesetzt.

Wie soll man das einem Neunjährigen erklären?

Die halten sich für etwas Besonderes.

Aber warum? Wir sind es doch, die die besseren Noten im Zeugnis haben.

Da siehst du, dass sie dumm sind.

Das ist keine Antwort, aber Daniel schweigt. Er weiß mehr, als er vorgibt, und er weiß auch, dass sein Vater mehr weiß, als er sagt. Alle wissen mehr, als sie sagen.

Vor Wochen hatte Simon Kantor mir einmal zugehört. Ich erzählte von Amerika, dem Land der Freien. Wo ich bin, da ist Unheil. Er hat mich heute Morgen vorübergehen sehen.

Ich habe eine Witterung für Gewalt. Ich fühle, wo sie sich aufbaut. Ich höre die Stimmen und die Wörter und was darunter hervordrängt. Ich bin sehr erfolgreich, denn ich bin immer dort, wo es geschieht. Und immer vorher.

Ich kleide mich mit Sorgfalt. Besonderen Wert lege ich auf die Stiefel. Sie sind angefertigt und handschuhweich. Sie lassen meine Beine noch länger erscheinen, als sie sind.

Die Frauen werfen sich mir an den Hals. Vor allem verheiratete. Ich habe aber auch ein Faible für sie. Es ist immer wieder verblüffend, welche Risiken sie eingehen für die kurze Zeit mit mir auf dem Treppenabsatz, in einer Abstellkammer, in einem Bett, während der Ehemann betrunken nebenan schläft. Tun sie es, weil sie wissen, dass ich am nächsten Tag verschwunden sein werde? Weil sie an mir einen Traum träumen können? Es gefällt mir, dass ich Träume auslösen kann. Aber ich weiß nicht, was für Träume das sind. Sie verraten es mir auch nicht. Vielleicht weil schon das Aussprechen ein Verrat an dem Traum wäre. An der Universität in Krakau habe ich vier Semester lang studiert. Mathematik, Philosophie, alles durcheinander.

Am Morgen geht Simon Kantor in seine Werkstatt hinunter. In der ungewohnten Stille wacht er schlagartig auf, weiß er wieder, was geschehen ist. Sofort setzt er alle Perpendikel in Gang, richtet die Uhren. Das gewohnte Gehaspel erfüllt wieder den kleinen Raum. Aber es ist nicht wie sonst, dass er es nach zwei Minuten nicht mehr hört. Er hört es weiter in seiner stupiden Geschäftigkeit. Er nimmt sich eine der zu reparierenden Uhren vor. Nach einer Viertelstunde gibt er auf. Er kann sich nicht konzentrieren.

Ruth hat Daniel zur Schule geschickt. Jetzt sitzt sie da und weint.

Das sind doch alles Nachbarn gewesen, Freunde. Seit Generationen.

Warum? Warum?

Er geht in seine Werkstatt zurück. Er starrt vor sich hin. Er hat schon Pässe besorgt, die nötigen Papiere. Er hat Ruth noch nichts davon gesagt.

Auch als Daniel aus der Schule kommt, ist noch kein Kunde in seiner Werkstatt erschienen. Wollen sie ihre Uhren nicht mehr haben? Oder werden sie kommen und sie sich holen für Gotteslohn?

Daniel ist verstört, will aber nicht reden. Nach dem Mittagessen geht Simon Kantor wieder in seine Werkstatt. Er sitzt eine Weile da, dann steht er auf, zieht seinen Mantel an und nimmt den Hut vom Haken. Er öffnet die Tür. Angst auf die Straße zu treten überschwemmt ihn plötzlich. Er stößt sich ab wie ein Schwimmer. Er geht mit durchgedrücktem Kreuz. Er grüßt mit dem Hut. Kaum jemand grüßt zurück. Sie tun, als sähen sie ihn nicht. Er existiert schon nicht mehr für sie.

Er geht zu Lewinski. Der ist Bäcker und wohnt in einer Seitenstraße. Er sucht ein Haus an der Hauptstraße.

Ihr habt mir doch kürzlich ein Angebot gemacht, sagt Kantor.

Seid Ihr noch interessiert?

Lewinski sieht ihn an. Hängebacken, Glatze, kleine, tückische Augen. Lewinski beginnt zu grinsen, und dann schüttelt er wortlos den Kopf.

Das ist genauso, als hätte er gesagt, dein Haus, das kriege ich auch so, denkt Simon Kantor. Er geht grußlos hinaus.

Das Wirtshaus ist voll. Das ist ganz ungewöhnlich zu dieser Tageszeit. Immer wieder steigen grölende Lachsalven auf. Kantor muss sich zwingen, nicht schneller zu gehen oder gar dem Drang zu laufen nachzugeben.

Ich sah ihn vor mir in die Hauptstraße einbiegen. Ich rief ihn an, und er blieb stehen. Er wusste, welche Frage ich ihm stellen wollte. Doch er kam mir zuvor.

Was kostet eine Passage nach Amerika, sagte er. Als er den Preis hörte, sagte er, dazu müsste ich mein Haus verkaufen. Aber das will niemand mehr.

Kein Problem, sagte ich. Solche Fälle haben wir öfter. Herr Ehrlicher, der Agent der HAPAG, kauft es Ihnen ab. Vorausgesetzt, Sie buchen die Passage. Sie wird dann gegen den Kaufpreis verrechnet.

Wir gingen in seine Werkstatt. Ich nahm Formulare und Broschüren aus meiner Umhängetasche.

Sie müssten hier unterschreiben und hier. Sein Gesicht war

blass und konzentriert. Mit Geschichten von Goldklumpen und Büffeln und Indianern ist einer wie er nicht zu locken.

Wissen Sie, was der Gaon von Wilna gesagt hat?

Er blickte auf.

Mit der Entdeckung Amerikas ist die Zeit des Exils an ein Ende gekommen, sagte ich.

Sein Blick wanderte zum Fenster. Eine Weile saßen wir, ohne uns zu rühren.

Schließlich nahm ich den großen Stahlstich von Hamburg aus meiner Tasche und entfaltete ihn. Hier die Elbe und die Häfen. Da die Stadt und der See inmitten der Stadt, die Alster. Von hier legt das Schiff ab. Und so sieht einer der HAPAG-Dampfer aus. Ich blätterte ihm Fotografien hin. Hamburg, das ist schon ein bisschen Amerika, sagte ich.

Gut, sagte er. Ich überlege es mir.

Daniel sitzt in der Küche auf der Bank neben dem Ofen. Er blickt stumm vor sich hin. Jetzt hat er auch den Blick, denkt Simon Kantor. Unseren Blick. Den Blick, der uns von den anderen unterscheidet.

Ruth weint nur, unfähig, einen klaren Gedanken zu fassen. Er wird entscheiden müssen, er allein. Er geht in seine Werkstatt, breitet die Papiere, die ihm Tatlin dagelassen hat, auf dem Tisch aus und beginnt zu lesen. Sie müssten mit dem Zug zur preußischen Grenze nach Eydtkuhnen fahren. Inzwischen hätte Tatlin diesem Ehrlicher geschrieben, was das Haus wert ist. Dann würde es weitergehen mit dem Zug über Berlin nach Hamburg. Es ist kurz vor Mitternacht, als Simon Kantor unterschreibt.

Aber das heißt ja noch nichts, denkt er.

Ich war zwölf, als mein Vater den Hof verspielte, sich erschoss und der neue Besitzer das Gutshaus abreißen und ein neues bauen ließ. Meine Mutter heiratete ihren Geliebten, den Bahnhofsvorsteher, und ich kam in ein Internat in Krakau.

Ich war immer wieder hinaus vor die Stadt gelaufen, um zuzusehen, wie sie das Haus abrissen. Wie die Ziegel vom Dach flogen und Stück um Stück meine Verstecke entblößt wurden. Wie meine verwinkelten Fluchthöhlen und geheimen Schatzkammern dem Licht und den Fäusten der Arbeiter preisgegeben wurden. Wie die große, alte Eichentreppe, die von der Halle nach oben führte und an der ich jede knarrende Stelle kannte, auf den Hof geworfen und verbrannt wurde. Wie die Spitzhacken das Mauerwerk herunterbrachen und die Zimmer dem Regen preisgegeben standen. Helle Flecken waren da, wo Bilder gehangen hatten. Doch ich sah nicht die hellen Flecken, sondern immer noch die Bilder, die dort gewesen waren, und als dort, wo das Haus gestanden hatte, nur mehr eine leere Fläche war, merkte ich, dass das Haus sich in meinem Kopf wieder aufgebaut hatte und dass ich jederzeit darin umherstreifen konnte wie sonntags nach dem Mittagessen, wenn alles schlief, mit dem Nachteil allerdings, dass ich dann immer zwölf war und allein. So war ich nicht eigentlich heimatlos. Mein Zuhause ist inwendig. Ich trage es mit mir herum.

Als es hell wird, hat sich Simon Kantor entschieden. Er steht auf und geht hinunter. Auf seinem Arbeitstisch schreibt er einen Brief, und zwar an sich selber. Er faltet ihn, steckt ihn in einen Umschlag, den er ebenfalls an sich selbst adressiert und zuklebt. Von einem alten Geschäftsbrief aus Deutschland löst er über dem Dampf des Wasserkessels die Marke und klebt sie auf den Umschlag. Dann schlitzt er ihn mit seinem Taschenmesser wieder auf. Als Ruth mit Daniel herunterkommt, ist er damit fertig.

Setzt euch, sagt Simon Kantor. Ein Brief ist gekommen.

Daniels Augen weiten sich.

In dem Alter, denkt Simon Kantor, sind sie fast noch wie Mädchen.

Ein Brief von Onkel Potjomkin aus Amerika. Dahin muss man mit der Eisenbahn fahren und dann mit dem Schiff.

Lieber Simon, liebe Ruth, lieber Daniel, schreibt Onkel Potjomkin. Ich bin krank und in großer Not. Ihr müsst sofort kommen.

Daniel lässt sich gegen die Stuhllehne fallen.

Das kann jeder sagen.

Aber Daniel. Wenn jemand in Not ist, muss man ihm helfen. Das ist Menschenpflicht.

Und wer hilft uns? Ist das auch hier Menschenpflicht?

Hier auch, sagt Simon Kantor mit fester Stimme.

Aber ich will nicht nach Amerika. In was für einer Not ist denn dieser Onkel Potjomkin?

Simon Kantor hatte geahnt, dass man der Tugend ein wenig nachhelfen muss.

Meine Dienerschaft hat mich verlassen, liest er weiter, meine Rennpferde hungern, meine Hunde verwildern, meine Villa verkommt.

Daniel hat sich wieder aufgesetzt.

Ihr seid meine einzigen Blutsverwandten und nach meinem Tod, der gewiss nicht lange auf sich warten lässt, meine einzigen Erben. Zu meinem Haupterben aber setze ich Daniel ein.

Und wann fahren wir? sagt Daniel.

Morgen. Und zur Schule gehst du auch nicht mehr. Du hilfst Mama beim Packen.

Er sucht als erstes sein Werkzeug zusammen. Schon mit vierzehn hatte er Uhren repariert. Aus Langeweile hatte er vor einiger Zeit mit Goldschmiedearbeiten begonnen. Natürlich hatte er kein Gold zur Verfügung oder Silber, wohl aber Kupfer, Zinkblech, Eisen. Er hatte stilisierte Ranken und Blüten in Kupferblech getrieben, komplizierte Ornamente, Früchte. Der Mensch, der sich schmückt, ist sich etwas wert, hatte er gedacht. Er hat Freude an sich.

Aus Pforzheim in Deutschland ließ er sich einen Katalog kommen und bestellte einen kleinen Vorrat an billigen Ringen, Ketten, Anhängern und Ohrringen, die er außer den Uhren ebenfalls zu verkaufen begann. Wenn die Burschen mit ihren Mädchen kamen und ihnen einen Ring oder eine Kette kauften, dann beobachtete er immer die Mädchen, das Lächeln, das erschien, wenn sie den Ring überstreiften und ihre Hand betrachteten. Und er sah, was mit ihren Augen vorging, wenn sie vor dem Spiegel das Haar zurückwarfen und einen Ohrring anprobierten. Schließlich begannen ihn Steine zu interessieren, Edelsteine, seltene Steine, geheimnisvolle, in denen sich das Licht in ein rotes oder blaues oder weißes Glühen verwandelte. Aber das wusste er nur aus dem Katalog. Einen wirklichen Edelstein hatte er noch nie gesehen.

Immer noch spürt er die Angst, und er merkt, dass sie immer in ihm gewesen ist, steigend und fallend wie altes, schwarzes Grundwasser in einem Keller. Das Packen hilft gegen sie. Ich bin kein Schaf, das sich abschlachten lässt, denkt er. Ich tue das Einzige, das mir bleibt. Aber das tue ich. Obwohl ich nicht weiß, ob das nicht auch sinnlos ist.

Die Zeitung hatte gehetzt. Die jüdische Frage, die jüdische Gefahr, die jüdische Verschwörung. Ritualmorde begingen sie, denn sie brauchten das Christenblut, um ihre Mazza zu backen, die sie zu Pessach aßen. Angeblich hatte der Zar ein geheimes Dekret erlassen, das erlaubte, mit den Juden zu verfahren, wie man wolle.

Zu der Angst vor den Juden, die sich mit den Gerüchten ausgebreitet hatte, war etwas Neues hinzugekommen. Der Mord war erlaubt. Die Polizei sah zu, ohne einzuschreiten.

Er legt die Taschenuhren (wenige) und die Wecker zu dem Werkzeug. Den Schmuck schlägt er in ein Tuch ein und tut ihn dazu, billige Ringe, ein paar dünne, silberne Halsketten, zwei Granatbroschen.

Er nimmt die Wanduhren herunter, schraubt die Werke ab und legt sie in den Koffer. Dann nimmt er die Gehäuse auseinander und legt sie dazu. Das ist alles, was er besitzt, und das Haus. Die Werkstatt steht wie geplündert.

Auf der Straße ist es unruhig. Auch heute hat sich kein Kunde gezeigt. Weder er noch Ruth noch Daniel haben das Haus verlassen. Von den Türstöcken nimmt er die im oberen Drittel angebrachte, schräg ins Innere des Zimmers gerichtete Mesusa ab. Aus dem Metallröhrchen zieht er den Pergamentstreifen mit den vorgeschriebenen Worten aus dem 5. Buch Mose. Dem Betrachter sichtbar ist nur die Rückseite des Pergaments mit dem Wort Schaddai, Allmächtiger. Er glättet die Pergamentstreifen, faltet sie und legt sie in den Koffer. Jetzt sind sie bereit. Daniel schläft in seinen Kleidern. Vom Wirtshaus dringen Gejohle und Gelächter herüber. Vor ihnen liegt die Nacht.

Es ist verboten zu weinen.

Es ist verboten, auf die Uhr zu sehen und Fragen zu stellen, die mit warum anfangen.

Es ist Pflicht, die Sonntagskleider anzuziehen und die Stiefel und Schuhe zu putzen, bis sie glänzen wie gelackt.

Es ist verboten, darüber nachzudenken, ob sie vielleicht doch verschont würden und die Koffer wieder auspacken könnten. Es ist verboten, Gott anzurufen.

Es ist Pflicht, Schach zu spielen und gewinnen zu wollen.

Es ist verboten, sich übermäßig anzuschauen, sich zu berühren oder sich zu küssen.

Vor allem ist es verboten, auf die Uhr zu sehen.

Es ist Pflicht, daran zu denken, dass in Amerika die Gesetze für alle gelten, dass sie ihren Präsidenten wählen und dass jeder eine Stimme hat.

Es ist Pflicht, sich vorzustellen, wie sie mit ihrem Picknickkorb zu einem der vielen Seen wandern, die in der Stadt New York liegen, und unter den herabhängenden Zweigen einer Weide den Sonntagnachmittag verbringen.

Insbesondere ist es verboten, an Geschwister, an Verwandte und Freunde zu denken, die sie zurücklassen, verboten auch zu glauben, man habe sie verraten und man müsse sich schuldig fühlen. Pflicht ist es vielmehr, sich zu sagen, dass es niemandem helfen würde, wenn sie blieben und mit ihnen totgeschlagen würden, wie es auch Pflicht ist, daran zu denken, dass in Amerika alle, auch die Kinder, Uhren tragen, und dass sie repariert werden müssen.

Vom Wirtshaus her immer noch Lachen und Grölen. Ihr Gepäck haben sie auf einer Karre oben im Wald hinter dem Haus versteckt. Wenn sie kommen, wird Ruth sofort aus der Hintertür in den Wald hinauf laufen. Er wird mit Daniel auf den Armen hinterher kommen. So haben sie es abgemacht.

Plötzlich brechen das Grölen und Lachen ab. Es ist still. Wenn der Wirt Feierabend macht, dauert es meist eine halbe Stunde, bis auch der letzte sich verabschiedet hat und davon getorkelt ist. Jetzt ist etwas anders. Es ist totenstill. Vor der Tür ein unterdrücktes Kichern.

Daniel, sagt Simon Kantor. Daniel ist sofort wach. Gib mir die Hand, Daniel, sagt Simon Kantor. Und dann laufen sie.

Nach einer Weile bleiben sie jedoch stehen. Sie lauschen. Langsam wagen sie sich zurück. Das Haus liegt still und dunkel.

Entschlossen stößt Simon Kantor die Tür auf und zündet eine Kerze an. Und so wie langsam und immer größer die Flamme der Kerze wächst und Licht verbreitet, so beginnt auch Ruths Gesicht zu strahlen.

Seht ihr, ruft sie, nichts ist geschehen. Es wird alles wieder gut.

Nichts wird wieder gut, sagt Simon Kantor. Und es ist sehr wohl etwas geschehen. Morgen fahren wir.

Wenigstens so viel Glück hatte ich, dass man meinen Vater schon weggebracht hatte, als ich nach Hause kam. Doch sah ich noch den Teppich mit dem braunroten Fleck. Er wurde zwar kurz danach weggeschafft und verbrannt und durch einen anderen ersetzt, aber auch auf ihm breitete sich für mich bald dieser braunrote Fleck aus, selbst später in dem Haus in meinem Kopf, selbst als ich den Teppich durch einen anderen ersetzte. Ich konnte so viele Teppiche auswechseln, wie ich wollte, sehr bald färbte sich jeder an der immer gleichen Stelle braunrot.

In dem großen, unübersichtlichen Haus trafen mein Vater und ich meist nur zufällig aufeinander. Der Vater, immer in Eile, winkte mir dann zu. Manchmal blieb er auch stehen und sagte, du bist ja schon wieder gewachsen. Oder: Ich glaube, du wirst einmal ein ziemlich hübscher Kerl. Oft wettete er mit mir. Wetten, dass diesmal der Blitz in die Scheune dort einschlägt? Hatte ich verloren, was selten vorkam, bestand er darauf, dass ich meine Wettschuld beglich. Wetten war ein ernstes Spiel für ihn. Und eine Art, seinen Sohn mit Taschengeld zu versehen.

Obwohl ich meinen Vater selten sah, hatte ich dennoch nicht das Gefühl, von ihm vergessen zu sein. Ich war davon überzeugt, dass er oft an mich dachte. Ich war stolz darauf, dass ich ihn angesichts seiner Eile und der Dringlichkeit seiner Geschäfte dadurch unterstützte, dass ich ihn nicht mit irgendwelchen Wünschen behelligte und dass er das durchaus zu würdigen wusste, wodurch wir miteinander verbunden waren wie zwei, die sich gegenseitig halfen. Irgendwann, wenn ich nur größer war, würde er mich mitnehmen auf all diese Jagdgesellschaften, Viehversteigerungen und Tanzvergnügen, da war ich ganz sicher.

Zwei Mal hatte er mich in den Keller zu den Ratten gesperrt, doch das hatte nichts mit ihm zu tun, sondern mit meiner Mutter. Angeblich hatte ich ihr gegenüber frech und ungebührlich geredet. Was ich gesagt haben sollte, hatte ich schon vergessen, als ich die Kellertreppe hinuntergestoßen wurde. Meine Mutter war eine Frau, die aus dem Stand einen Streit anzetteln konnte, der in kürzester Zeit bei meinem Vater ein fassungsloses Argumentieren, dann hilfloses Geschrei auslöste. Wahrscheinlich wollte sie nur auf sich aufmerksam machen, denn mein Vater beachtete sie genauso wenig wie mich, so dass ihre Anschuldigungen von ihm nur deshalb ernstgenommen wurden, weil er ihr gegenüber ein schlechtes Gewissen hatte, denn natürlich betrog er sie.

War ich bei meinem Vater überzeugt, dass er sich zwar nicht um mich kümmerte, mich aber nicht vergessen hatte, so hatte ich bei meiner Mutter das Gefühl, dass sie über lange Zeiträume hinweg gar nicht wusste, dass es mich noch gab.

Dass ich der Sohn eines Gutsbesitzers bin, merkt man an der Art, wie ich den Schankraum eines Wirtshauses betrete, wie ich mit den Leuten spreche: Ohne Hemmungen, leicht von oben herab, manchmal ungeduldig und oft ein wenig amüsiert.

Als der Morgen anbricht, holt Simon Kantor die Karre mit ihrem Gepäck aus dem Wald herunter.

Warum, von dort oben hätten wir doch auch zum Bahnhof gekonnt, sagt Ruth. Das ist ein Umweg, und wir müssen durch die Stadt. Die lassen uns doch nicht durch. Die holen nach, wozu sie heute Nacht nicht gekommen sind.

Wir fahren durch die Stadt, schreit Simon Kantor. Wir fahren mitten durch die Stadt.

Es ist das erste Mal, dass er Ruth anschreit.

Und so brechen sie auf. Vorne ziehen Simon und Daniel, hinten schiebt Ruth. Fenster und Türen gehen auf. Kinder drängen ins Freie. Ruth ist froh, dass sie nicht vorne gehen muss. So kann sie beim Schieben den Kopf senken, so braucht sie all diese Gesichter nicht zu sehen. Simon und Daniel aber gehen aufrecht. Erhobenen Kopfs geht Simon und starr geradeaus blickend. So ziehen sie zur Stadt hinaus.

Die Kinder sind die ersten, die sich von der Überraschung erholen. Ein Häuflein beginnt ihnen zu folgen, doch schweigend und in einem Abstand, der vielleicht nur aus Verlegenheit so groß ist. Mehr Kinder kommen hinzu, dann auch Halbwüchsige und schließlich Erwachsene. Noch schweigen sie. Simon und Ruth und Daniel spüren dieses Schweigen, sie spüren es im Rücken.

Nicht umdrehen, sagt Simon.

Sie haben die letzten Häuser der Stadt erreicht. Vor ihnen liegt schon das kleine hölzerne Bahnhofsgebäude. Gemurmel erhebt sich hinter ihnen, Einzelne rufen etwas, und als der Zug um den Hügel biegt, beginnen sie zu schreien.

Lauft, schreit Ruth und schiebt aus Leibeskräften. Simon und Daniel beginnen zu laufen.

Sie kommen näher, schreit Ruth.

In spitzem Winkel streben der Zug und die Kantors und ihre Verfolger aufeinander zu. An dem Stationshaus werden sie sich treffen.

Lauft, schreit Ruth.

Die Kantors laufen, der Zug keucht heran, er beginnt zu bremsen, und als er zum Stehen kommt, da haben sie den Bahnsteig erreicht, allerdings nur knapp vor ihren Verfolgern. Doch hat man im Zug wohl beobachtet, was sich da abspielt, denn er war noch nicht zum Stehen gekommen, da fliegen schon Türen auf, springen Männer auf den Bahnsteig. Sie schieben die drei ins Abteil, werfen das Gepäck hinterher, springen selber hinein und werfen die Türen hinter sich zu.

Der Zug fährt an. Fluchend und Fäuste schüttelnd laufen die Verfolger neben ihm her. Dann ist der Bahnsteig zu Ende, sie bleiben zurück und die wutverzerrten Gesichter gleiten aus dem Fensterausschnitt heraus.

Ich hatte im Wirtshaus beim Frühstück gesessen. Als ich Stimmen hörte, war ich aufgestanden und ans Fenster getreten, und da sah ich die Kantors zur Stadt hinaus fahren. Und ich sah auch den Haufen, der ihnen folgte. Ich ging zum Tisch zurück, um weiterzuessen. Ich stellte aber fest, dass ich keinen Hunger mehr hatte. Ich ging zu Kantors Haus. Die Tür war nur angelehnt. In der Küche Stimmen. Bäcker Lewinski und seine Frau waren schon dabei, die Anordnung ihrer Möbel festzulegen.

Wollt Ihr das Haus kaufen? sagte ich.

Kaufen? sagte Lewinski.

Ja, von dem Agenten Ehrlicher in Eydtkuhnen. Dem gehört es nämlich jetzt.

Lewinskis Glatze begann rot anzulaufen. Er presste die Lippen aufeinander und wollte schon hinausgehen, als ich sagte, Moment mal. Deine Rocktaschen sind so eigenartig ausgebeult.

Mit der Routine eines Polizisten trat ich an ihn heran und griff ihm in die Taschen.

Was haben wir denn da? Uhren? Taschenuhren? Haben die nicht hier auf dem Tisch gelegen? Jede mit einem Zettel, auf dem der Name ihres Besitzers steht? Wolltet Ihr sie den Eigentümern zurückbringen?

Die beiden gingen wortlos hinaus.

Ich setzte mich an Kantors Arbeitstisch, entnahm meiner Tasche Papier und Kopierstift und beschrieb Ehrlicher das Haus, seine Lage und seinen Zustand und schlug auch einen Kaufpreis vor. Danach ging ich zum Bürgermeister, informierte ihn, wer der neue Besitzer war und hinterlegte den Schlüssel. Ich händigte ihm auch die Uhren aus mitsamt den Zetteln mit den Namen ihrer Besitzer.

Schließlich nahm ich mir den Polizisten vor, den einzigen, den die Stadt hatte.

Wenn mit dem Haus etwas passiert, sagte ich zu ihm, wenn es da vielleicht zufällig brennt, mache ich dich verantwortlich. Mit diesem Ehrlicher ist nicht zu spaßen. Am besten, du beziehst vor dem Haus ein paar Stunden lang Posten und erzählst jedem, wem es jetzt gehört.

Ich ging zum Wirtshaus zurück, zahlte und ließ mein Pferd satteln. Endlich konnte ich weiter. Ich liebe es, am Morgen aufzubrechen, wenn die Häuser zurückbleiben, schließlich auch die Äcker, wenn das brache Land beginnt, Buschwerk, Sümpfe, Wälder.

Fahrt ohne Wiederkehr. Tränen der Hoffnung

Simon Kantor fällt in Ohnmacht. Segenswünsche auf allen Stationen. Der arme Doktor Werth.

In der Nacht vom 14. auf den 15. August 1892 wird der Arzt Doktor Hugo Simon im preußisch regierten Altona bei Hamburg um drei Uhr morgens zu dem Bauarbeiter Sahling gerufen. Sahling hat den Auslass der Kanalisation am kleinen Grasbrook zu überwachen. Auf dem Rückweg von seiner Arbeit befallen ihn heftige Anfälle von Erbrechen und Durchfall. Er stirbt in der Nacht auf den 16. August. An diesem Tag waren zwei weitere Fälle mit denselben Symptomen aufgetreten. Vier treten am 17. August, zwölf am 18. August auf. Bis Ende des Monats sind siebentausend Fälle gemeldet.

Am 29. August um achtzehn Uhr fünfzehn besteigt Doktor Albert Werth in Hannover den Zug nach Hamburg. Nach einer Weile fällt ihm auf, dass er allein im Abteil ist. Er geht ins nächste, auch das ist leer. Er geht durch den ganzen Zug. Er ist der einzige Fahrgast. Nach Hamburg fährt offenbar niemand mehr. Die Züge, die die Stadt verlassen, sind dagegen überfüllt. In Travemünde ist kein Hotelzimmer mehr zu bekommen. Werth besitzt die Approbation, vor drei Tagen hat er promoviert, er ist Arzt. Er fährt in seine Geburtsstadt Hamburg, um bei der Bekämpfung der Epidemie zu helfen. Er ist ohne jede Erfahrung.

Wie oft er auch nach Hamburg zurückgekehrt war, immer wieder hatte ihn Erregung erfasst, wenn die Türme der Stadt auftauchten und der Zug die Süderelbe überquerte und danach den Oberhafen, wenn sich im Brooktorhafen, im Wandrahmsfleet, im Zollkanal die Schiffsaufbauten und Schornsteine und Kräne vor der Speicherstadt türmten, die wie eine riesige Festungsmauer den Freihafen zu verteidigen schien. Sankt Nikolai, Sankt Petri, Sankt Jakobi und natürlich der Michel, der Anmutige – nicht dass er ihre Türme gezählt hätte, aber er vergewisserte sich ihrer jedesmal, und sie sprachen zu ihm. Du bist wieder zu Hause, sprachen sie.

Das war wichtig in einer Stadt, in der so viel Abschied und so viel Ankunft ist, die offen ist die Elbe hinab in die Nordsee, in den Atlantik hinaus, zu der die Tide sechzig Kilometer den Fluss hinauf bis in den Hafen hinein pulst. Reich und alt ist sie und stolz, sich nie einem Fürsten gebeugt zu haben. Jetzt aber hatte sie sich mit Schande bedeckt.

Der Bahnhof stinkt. Er stinkt nach Lysol, dem Mittel, mit dem man ihn zu desinfizieren hofft. Werth nimmt die Straßenbahn. Anfang der Rothenbaumchaussee steht eine Frau auf. Mit einem grässlichen Geräusch schießt ein Strom Jauche unter ihrem Rock hervor. Sie sinkt zusammen, sich gleichzeitig erbrechend. Eine grauenhafte Wolke von Gestank erfüllt den Wagen. Der Fahrer hält mit kreischenden Bremsen. Zusammen mit dem Schaffner springt er auf die Frau zu. Sie zerren sie aus dem Wagen, legen sie draußen ab, springen wieder in den Wagen. Aus einem für solche Fälle offenbar bereitstehenden Eimer gießt der Fahrer mit Lysol versetztes Wasser über die Jauche, während der Schaffner sie mit einem Schrubber aus dem Wagen schiebt. Die beiden sind angetrunken. Keiner der anderen Fahrgäste hat sich gerührt. Man scheint Szenen wie diese gewohnt zu sein.

Werth steht neben der Frau, die zusammengekrümmt auf dem Gehsteig liegt. Er fragt Passanten, was er tun soll. Man rät ihm, einfach zu warten, bis ein Krankenwagen vorbeikommt. Die Frau wimmert, erbricht sich. Nach etwa einer Viertelstunde kommt ein Wagen. Werth springt auf die Straße und hält ihn an. Es ist aber ein Leichenwagen. Die beiden Fahrer sind wie die Straßenbahnschaffner angetrunken. (Schnaps sei gut gegen die Cholera, erfährt Werth später.) Werth gibt den beiden zwei Mark, damit sie die Frau ins Krankenhaus Eppendorf bringen. Sie legen sie auf die beiden Toten, besteigen den Kutschbock und fahren davon.

Den Rest des Wegs zur Johnsallee geht Werth zu Fuß. An dem Haus, in dem seine Eltern wohnen, klingelt er. Das Dienstmädchen müsste jetzt herunterkommen und aufschließen. Er klingelt ein zweites, ein drittes Mal. Er weiß, dass seine Eltern zu Hause sind. Die Fenster im dritten Stock sind erleuchtet. Als Frau Döring aus der Wohnung über der seiner Eltern nach Hause kommt und die Tür aufschließt, betritt er mit ihr das Haus und geht die Treppe hinauf. Er klingelt. Schließlich klopft er.

Nach einer Weile hört er Schritte.

Es ist niemand zu Hause, ruft Dora hinter der Tür.

Ich bin es. Albert, ruft er.

Das Dienstmädchen öffnet die Tür, gleichzeitig weicht sie vor ihm zurück. Er geht an ihr vorbei in den Salon. Seine Eltern springen auf. Sie wollen auf ihn zustürzen, ihn umarmen wie immer. Doch etwas hält sie zurück. Seine Mutter beginnt zu weinen. Sie stehen sich gegenüber. Sie sind hilflos.

Bis jetzt habe ich noch nichts angefasst, sagt Werth.

Sein Vater tritt auf ihn zu, will die Umarmung nachholen. Doch Albert Werth weicht zurück.

Ich will auch nicht bleiben, sagt er. Ich will zum Krankenhaus Eppendorf. Ich denke, dort können sie mich brauchen.

Nein, schreit seine Mutter.

Werth dreht sich um und geht hinaus.

Als die hasserfüllten Gesichter seiner Verfolger langsam zurückblieben und aus dem Fensterausschnitt herausglitten, war Simon Kantor in Ohnmacht gefallen. Er war einfach zusammengesackt.

Ruth begann sofort, wirres Zeug zu schreien. Man hob ihn auf und legte ihn auf die hölzerne Sitzbank. Ruth rang über ihm die Hände. Ein Mann knöpfte ihm die Weste und die oberen Hemdknöpfe auf. Eine Frau hielt ihm ihr geöffnetes Parfümfläschchen unter die Nase. Sein Inhalt war wohl derart, dass Simon Kantor erschrocken die Augen aufschlug und nieste. Er setzte sich aufrecht, lächelte verlegen und knöpfte sich Hemd und Weste wieder zu.

Es geht schon wieder, sagte er. Und zu Ruth: Lass mich nur eine Weile so sitzen, ohne dass ich etwas zu sagen brauche.

Er war ein stiller Mann gewesen, der sich geduldig und hartnäckig über seine Uhren beugte, so lange, bis er den jeweiligen Fehler gefunden hatte. Wie ein Arzt bei einer komplizierten Operation, fand Ruth, und immer wieder war sie von der Lupe beeindruckt, die er sich manchmal ins rechte Auge klemmte. Auf keinen Fall dürfe er gestört werden. Jede Beunruhigung müsse von ihm ferngehalten werden. Vor allem müsse man ihm jede Entscheidung abnehmen. Praktisch hatte sie ihn unter dem Pantoffel.

Jetzt aber hatte er sie angeschrien. Zum erstenmal. Eine tiefe Scham erfüllte ihn. Doch nicht deswegen. Er schämte sich für die Angst, die er empfunden hatte, für diese hündische Angst. Und dass er gelaufen war. In Panik und ohne Würde.

Die Scham wird an ihm kleben wie Teer, zäh, hartnäckig, durch keine Anstrengung zu entfernen. Er fühlt sich beschmutzt. Über die Angst, die er vorher empfunden hatte, als er die Formulare unterschrieb, durch die er sein Haus verkaufte, über die Angst, auf eine Fahrt ohne Wiederkehr zu gehen und in ein Leben, von dem er weder Vorstellung noch Gefühl hatte, kann er jetzt nur die Schultern zucken. Dass dies eine Fahrt ohne Wiederkehr sein würde, kann er nur hoffen, und was dieses Amerika betrifft, wie heißt es doch in diesem deutschen Märchen: Etwas Besseres als den Tod finden wir überall.

Er legt Ruth den Arm um die Schulter. Eine tröstende Geste. Doch will er wohl eher Trost empfangen als geben. Sie drückt seine Hand, sie zieht Daniel an sich. Sie hatten ja einander, verbunden in der Scham.

Nach zwei Nächten ohne Schlaf war Albert Werth ins Taumeln geraten. Sein Oberarzt schickte ihn in seine Kammer. Vor morgen früh solle er sich nicht wieder blicken lassen.

Es gibt jetzt mehr als tausend Erkrankungen pro Tag. Die Zahl der Krankenwagen reicht bei weitem nicht aus. Viele kommen mit unterwegs Gestorbenen in den Krankenhäusern an. Kinder werden von ihren Eltern getrennt, Eltern von ihren Kindern. Viele wissen nicht, in welches der Krankenhäuser sie eingeliefert wurden. Die Bettenzahl reicht bei weitem nicht aus. Ein Feldlazarett wird aufgebaut, Baracken werden zusammengenagelt. Die Krankensäle sind mit doppelt so vielen Patienten belegt wie vorgesehen. Auf den Fluren liegen Sterbende, Tote, Schreiende, Röchelnde, sich in Krämpfen Windende. Außerhalb der Station liegen die Leichen auf den Gängen, da niemand sie abholt. In der Stadt umzäunt man mit Planken Plätze, um die Leichen zu lagern, bis sie zum Friedhof Ohlsdorf gebracht werden können, wo zweihundertfünfzig Totengräber Tag und Nacht in Schichten Massengräber ausheben.

Es beginnt mit einem unbestimmten Unwohlsein und dem Gefühl einer leichten Taubheit. Sehr schnell folgt das Stadium heftiger und lang anhaltender Anfälle von Erbrechen und Durchfall. Die Ausscheidungen werden als ähnlich dem Wasser beschrieben, in dem Reis gekocht wurde. Der Patient verliert bis zu einem Viertel der Körperflüssigkeit, er bricht zusammen, sein Blut verdickt sich, der Körper kann den Kreislauf nicht mehr aufrechterhalten. Die Haut wird blau und wellig, die Augen liegen tief und blicken stumpf, Hände und Füße werden eiskalt. Muskelkrämpfe treten auf, schütteln den Patienten. Akute Dehydration und der Verlust lebenswichtiger Elektrolyte und anderer gelöster Stoffe führen zu Herz- und Nierenversagen und bei etwa der Hälfte der Patienten zum Tode. Alle Symptome können binnen fünf bis zwölf Stunden auftreten, gewöhnlich dauert es etwa drei bis vier Tage, bis das Endstadium erreicht ist.

Das Grauenerregende an der Krankheit ist die Plötzlichkeit ihres Auftretens. Ein Mann kommt von der Arbeit nach Hause, und seine Frau und seine Kinder sind ins Krankenhaus eingeliefert. Jemand setzt sich scheinbar gesund zu Tisch, den Nachtisch erreicht er schon nicht mehr.

Die Durchfälle und das Erbrechen sind unbeherrschbar. Oft treten sie in Anwesenheit anderer Menschen auf, eine Erniedrigung sondergleichen. Grauenerregend schließlich der Anblick der Toten. Die Schwindsucht macht den Sterbenden blass und interessant, der Typhuskranke phantasiert im Fieber und ringt mit dem Tod. Der Cholerakranke verreckt inmitten seiner Ausscheidungen, und er ist kaum noch zu erkennen: blau angelaufen, verrenkt, mit starren, offenen Augen, offenem Mund. Bloß weg damit. Verscharren und möglichst schnell. Über diesen Tod sind keine rührenden oder heroischen Geschichten zu erzählen. Er hat keine Würde.

In Abständen ruft Albert Werth seine Eltern an.

Nein, ich bin gesund.

Nein, die Krankheit kann nur ausbrechen, wenn der Erreger in den Verdauungstrakt gelangt, und das geschieht immer über den Mund. Ja, die Magensäure spielt eine Rolle. Bei einer richtig ernährten Person tötet sie den Bazillus in der Regel ab. Nicht so bei falsch oder Unterernährten, bei denen der Säuregehalt niedriger ist, also bei den Armen.

Nein, ich komme erst, wenn alles vorüber ist.

Immerhin wagen sie es, mit ihm zu telefonieren. In Magdeburg kam es vor, dass ein Telefongespräch aus Hamburg aus Angst vor Ansteckung nicht angenommen wurde.

Zweimal ruft er auch bei einer jungen Dame an, die (wer hat das eigentlich gesagt?) als seine Verlobte gilt. Er könne jetzt nicht sprechen, werde aber wieder anrufen, sagt er. Das sagte er auch beim zweiten Mal. Danach rief er nicht mehr an.

Simon Kantor hat eine Vision. In Amerika angekommen, sieht er sich selbst, wie er in einen Spiegel sieht. Ein Amerikaner blickt ihn an. Obwohl es keine äußeren Attribute gibt, die ihn als solchen kennzeichnen, weiß er sofort, dass das Gesicht, das aus dem Spiegel blickt, zwar seins ist, aber ein amerikanisches. Erfahrungen, die er noch wird machen müssen, haben in ihm Spuren hinterlassen, eine feine Härte erzeugt.

Er wacht auf. Im Abteil ist es laut. Die Leute sind aufgeregt. In den Gepäcknetzen, auf den Gängen Koffer, Rucksäcke, Taschen, Körbe. Auch Geigenkästen, Ziehharmonikakoffer. Behältnisse für Trompeten, sogar Posaunen. Gepäckstapel wie bei Umzügen.

Der Zug beginnt zu bremsen. Alles reckt die Hälse, um das Stationsschild zu lesen. Es wird lauter, aber auch draußen wird es laut. Den Hügel herab auf den Bahnhof zu bewegt sich eine Menschenmenge. An der Spitze eine umfangreiche Frau. Sie wird offenbar zum Zug gebracht. Doch scheint sie kaum gehen zu können. Zwei Frauen stützen sie, leiten sie, halten sie, schieben sie vorwärts. Sie selbst hat sich zurückgelehnt. Das Gesicht den Wolken zugewandt, stößt sie lange, klagende Schreie aus. Drei Kinder klammern sich an ihre Röcke. Natürlich weinen sie. Auf ihre Klageschreie antwortet ihre Umgebung mit Gegenschreien. Wenn die Menge, die sie zum Zug bringt, die eine Hälfte des Dorfs ist, dann ist der Haufe, der sie am Zug erwartet, wohl die andere. Handelt es sich um ein Begräbnis oder um einen Triumphzug?

Auf dem Bahnsteig eskaliert das Geschrei zum Tumult. Pass auf dich auf, Marja. Schreib sofort, Marja. Verlier nicht die Fahrkarten, Marja. Glückliche Reise. Gott wird dich schützen. Leb wohl. Vergiß uns nicht.

Der Stationsvorsteher bläst wie rasend auf seiner Trillerpfeife. Der Lokomotivführer denkt nicht daran abzufahren. Die Tür wird aufgerissen, und Marja wird mitsamt Gepäck und Kindern hereingeschoben. Mit Mühe kann die Tür geschlossen werden. Endlich setzt sich der Zug in Bewegung.

Marja ist wie im Rausch. Wie soll ich ihn dort finden, schreit sie, unter all den Menschen in New York. Er wird am Zug sein, ruft man ihr zu. Nur Mut, Marja.

Und all die Gendarmen, ruft Marja, all die Schaffner, all die Matrosen, wer beschützt mich arme Frau mit drei Kindern? Wir, ruft es im Chor. Wir sind bei dir, Marja.

Und das Meer? ruft Marja. Was ist mit dem Meer? Gott wird uns schützen, antwortet das Abteil.

Von allen Seiten bietet man Marja Stärkung an. Marja hat sie nötig, und so wird es etwas ruhiger. Doch dafür wird das Schluchzen eines Mannes hörbar, der unbemerkt mit Marja ins Abteil geschoben worden war.

Alles muss ich zurücklassen, schluchzt er. Frau und fünf Kinder.

Sie werden nachkommen, wie Marja, ruft man ihm zu. Meine Brüder, meine Schwester, meine Mutter, mein eigen Blut – alle verliere ich. Sie kommen alle nach, ruft man. Und wie soll ich sagen, wie ich heiße? Ich kann doch die Sprache nicht. Jeder Amerikaner spricht Russisch, Deutsch und Jiddisch, ruft man.

Die Aufregung steigert sich von Station zu Station. Eine Frau mit zwei Kindern hat seit zwei Jahren von ihrem Mann nichts mehr gehört. Sie fährt nach New York, ihn zu suchen. Eine Adresse hat sie nicht. Ein Mann wollte seine Frau und seine Kinder nachholen. Doch sie hatte einen andern. Jetzt fährt er wieder zurück. Ganze Familien haben nur die Fahrkarten bis Eydtkuhnen. Es sind Luftmenschen, das halbe Abteil besteht aus Luftmenschen. Luftmenschen haben keine Arbeit. Sie handeln mit scheinbar wertlosem Zeug. Luftmenschen leben von Tag zu Tag, ja von Stunde zu Stunde.

Und wie wollt ihr weiterkommen ohne Geld? Gott wird sich unserer erbarmen.

Stumm und reglos sitzen zwei junge russische Bauernburschen in dem Tumult. Sie wissen nicht, dass ein amerikanischer Landarbeiter das Vierfache von dem eines russischen verdient. Dass der Weizenertrag auf hundert Ar in Amerika 15 Zentner beträgt, in Deutschland 23, in Großbritannien 38, in Dänemark 53, dort woher sie kommen aber nur siebeneinhalb Zentner. Sie wissen nur, dass die Höfe der Kulaken immer größer geworden sind und dass für sie immer weniger Land übrigbleibt, während die Zahl ihrer Kinder und ihre Steuerverschuldung stetig steigen. Die Mehrzahl der russischen Kleinbauern wandert nach Sibirien aus. Sie aber wollen nach Westen, nach Amerika.

Die nächste Station kommt. Es wird still. Man spitzt die Ohren, denn man hört Musik, Blasmusik, und als der Zug zum Stehen kommt, hält auf dem gegenüberliegenden Gleis ein anderer Zug, doch aus der entgegengesetzten Richtung. Hier wird nicht jemand verabschiedet, hier wird jemand begrüßt. Eine enorme Menschenmenge hat sich versammelt. Das Abteil erster Klasse kommt genau vor der Blaskapelle zum Stehen. Die Kapelle bricht ab, ein Mädchenchor tritt vor. Erwartungsvolle Stille. Und dann fliegt die Abteiltür auf. In ihr steht der heimgekehrte Sohn, der Onkel aus Amerika.

Ein immenser Mantel aus silbergrauem Wolfsfell hüllt ihn ein. Auf dem Kopf trägt er einen hohen, weißen Hut mit einer ausladenden Krempe. An den Füßen spitze mit Silbernägeln beschlagene Stiefel. In der Linken balanciert er eine Zigarre. Der Lehrer schwenkt die Arme, der Mädchenchor setzt zur Begrüßungshymne an. Der Fotograf schlüpft unter sein schwarzes Tuch, und erst als es blitzt und eine kleine Rauchwolke aufsteigt, bewegt sich der Heimgekehrte die Stufen herab. Man macht ihm ehrfürchtig Platz, denn als erstes schreitet er mit offenem, wehendem Pelz auf zwei verhutzelte, alte Leutchen zu, umarmt und küsst sie, die ihn vor undenklichen Zeiten erzeugten. Immer noch jubelt der Mädchenchor. Eine von oben bis unten weiß gekleidete Ehrenjungfrau bietet ihm Brot und Salz. Der Bürgermeister setzt zu einer Rede an, doch ein Aufschrei geht durch die Menge.

In der Tür des Abteils erster Klasse steht eine Erscheinung. Gekleidet ist sie in eine graue, goldbetresste Livree, doch an Kopf und Händen ist sie schwarz. Ein Mensch? Vielleicht, denn zumindest lacht das Wesen wie ein Mensch, breit mit roter Zunge und blitzendweißem Gebiß. Und es scheint vernunftbegabt zu sein. Geschickt reicht es das Gepäck des Amerikaners aus dem Abteil: Koffer aus der Haut von Krokodilen, Ziegen oder Büffeln, manche so groß wie ein Schrank. Boxhandschuhe, ein auf Rädern zu bewegendes Behältnis voller Stöcke, die an einem Ende löffelartig ausgebildet sind. Hutschachteln. Schließlich springt es federnd auf den Bahnsteig, wo eine offene Kutsche wartet. Jetzt kann der Bürgermeister endlich seine Rede loswerden. Sie ist enthusiastisch, als wäre der Messias erschienen. Ihr Ende geht im Jubel unter. Der Amerikaner und seine Eltern besteigen die Kutsche, der Neger folgt in einem zweiten Wagen mit dem Gepäck, der Mädchenchor schließt sich an, noch einmal lässt der Fotograf es blitzen, und dann setzt sich der Zug in Bewegung. Der Amerikaner schwenkt lachend seinen Hut. Schon sein Mantel war ein Wunder, noch beeindruckender aber ist sein Hut. Er ist ungeheuer. Es ist etwas Magisches an ihm. Nicht dass er mit einer Krone zu vergleichen wäre, aber eine einfache Kopfbedeckung ist er auch nicht. Er hat etwas Fürstliches, und gleichzeitig ist er etwas durch und durch Privates. Ist dort vielleicht jeder ein Fürst?

Atemlos und stumm hatten sie zugesehen. Sie erwachen, als der Zug sich mit einem harten Ruck wieder in Bewegung setzt. Sie sehen sich an. Sie sehen sich ungläubig, sie sehen sich begeistert an. Ja, das war es doch, so würde es werden. Jeder würde solch einen Mantel tragen und jeder solch einen Hut. Und da beginnt das Abteil zu singen, einige weinen, aber auch unter Tränen singen sie mit, der ganze Zug singt. Sie würden gerettet werden. Sie danken dem Allmächtigen. Ein kleiner, klappriger Zug, der über eine weite, baumlose Ebene rollt. Aber ein Zug, der singt.

In Eydtkuhnen bringt Simon Kantor Ruth und Daniel in die Bahnhofsgaststätte, dann geht er zur Agentur der HAPAG.

Sie wissen, dass die Grenze geschlossen ist? sagt Ehrlicher.

Simon Kantor starrt den dicken Kerl an.

Davon hat Tatlin nichts gesagt.

Ehrlicher zuckt die Schultern und lacht.

Die haben die Cholera in Hamburg.

Am 22. August hatte der Hamburger Senator Hachmann angeordnet, dass alle aus Russland eintreffenden Auswanderer in den Baracken am Amerika-Kai zu internieren seien. Am 24. August besichtigte Robert Koch, der Entdecker des Cholera-Bazillus, die Baracken und erklärt, dass die Ursache der Epidemie wahrscheinlich hier zu suchen sei. Am 29. August wird die preußische Grenze für russische Auswanderer ohne

Fahrkarten oder nur mit solchen für das Zwischendeck geschlossen. Anfang September stellt die HAPAG den Zwischendeckverkehr nach Amerika ein. Reisende mit Fahrkarten für das Kajüt-Deck oder die erste Klasse können passieren. Offenbar vermag der Bazillus nach Fahrkarten zu unterscheiden.

Die geheimnisvolle Reiterin vom Central Park

Wie man sich bei Frauen beliebt macht
und in Schwierigkeiten gerät. Eine Treibjagd.

Hier, meine Damen und Herren, sehen Sie einen Büffel. Zu Millionen bevölkert er die nordamerikanischen Ebenen. Und hier sehen Sie einen Indianer. Langsam hebt er die Hand und schirmt seine Augen gegen das Sonnenlicht ab. Und was sieht er?

Ich kann das Erzählen nicht lassen. Es ist eine Art Zwang. Eigentlich bin ich es gar nicht, der erzählt. Die andern, die ich nur beobachte, sind es, die erzählen. Sie bedienen sich meiner. Ein Halbprofil genügt oft, eine Bewegung, ein Lachen, und etwas kommt in Gang, breitet sich aus, spinnt Fäden. Oft gegen meinen Willen, denn manchmal sind es ganz kindische Geschichten, die sich da erzählen, auch langweilige und natürlich unanständige.

Gänzlich wehrlos bin ich Gegenständen gegenüber, alten, abgewetzten Koffern, ausgetretenen Treppenstufen, abgestoßenen Tassen, vom Regen silbriggrau gebleichten Zäunen, alten Grabsteinen. Manchmal denke ich, meine Haut ist zu dünn, zu durchlässig, bedeckt vielleicht auch gar nicht meinen ganzen Körper.

Wenn ich jemandem Geschichten erzähle, dann ist das nicht, als kramte ich in einer Kiste und suchte eine passende heraus. Vielmehr habe ich das Gefühl, dass es mein Gegenüber ist, das sich eine aussucht. Einmal hätte mich mein Laster allerdings fast das Leben gekostet, und einmal hätte ich beinahe damit Geld verdienen können.

Sie sind der ideale Mann fürs Vermischte, sagte der Besitzer der *Krakauer Zeitung*, bei der ich begonnen hatte, meine kleinen Geschichten zu veröffentlichen, die, weil Spaltenfüller, auch bei den Redakteuren beliebt waren. Sein Angebot galt allerdings nur so lange, bis ich seine Tochter traf.

Sie war berühmt sowohl für ihre Schönheit als auch für ihre Arroganz. Sie sprach mich auf der Straße an.

Sie waren in Amerika?

Ich nickte.

Ich habe alles gelesen, was Sie geschrieben haben. Wir müssen uns treffen. Morgen um fünf im Park gegenüber?

Erzählen Sie mir von Amerika, sagte sie am nächsten Nachmittag.

Ich blickte in ihre schönen, blaugrauen Augen mit der schwarzgeränderten Iris, und da wählte sie die Geschichte von der geheimnisvollen Reiterin im Central Park aus. Sie war mir so neu wie ihr, und in ihr geschah eigentlich nichts, außer dass diese Reiterin mir zu den außergewöhnlichsten Zeiten im Central Park erschien.

Man kennt diese englischen Stiche aus dem achtzehnten Jahrhundert, auf denen Pferde abgebildet sind. Auf ihren unendlich zerbrechlichen Fesseln stehen sie und bieten sich dem Betrachter dar, auf den langen Hälsen kleine, schmale Köpfe edelster arabischer Herkunft reckend. Auf einer solchen Kostbarkeit ließ ich die geheimnisvolle Reiterin erscheinen. Es war ein Frühlingsmorgen, sie ritt Schritt und schien mich in ihrem taubengrauen Reitkleid nicht zu bemerken. Das nächste Mal dämmerte es schon, als sie an mir vorbeitrabte. Das dritte Mal ging ein Gewitter nieder. Sie hielt ihren kokett kleinen Hut mit der Hand fest, mit der sie auch die Reitgerte hielt. Vornüber gebeugt galoppierte sie durch den Regen, der Seidenschal, der an der Rückseite ihres Huts befestigt war, flatterte im Sturm. Ich begann, mir Gedanken zu machen darüber, was das Wort Zufall bedeuten könnte. Als sie eines Morgens aus dem Nebel auftauchte wie eine Erscheinung, verwarf ich das Wort. Dies war mit Zufall nicht mehr zu erklären.

Ich blickte in Sonjas Augen. Sie leuchteten.

Lass uns nach Amerika fliehen, sagte sie.

Ihr Vater war ein reicher, mächtiger Mann, groß und jähzornig und unzufrieden mit seinem Leben in der Provinz. In seiner Tochter Sonja lebte er sein wirkliches Leben, behauptete er.

Wir sind ein ideales Paar, flüsterte Sonja. Niemand wird uns widerstehen können. Hier sterbe ich.

Sie war kein schwärmerischer Backfisch. Sie war mager und muskulös und bebend vor Energie.

Dort brauchen wir uns nicht mehr zu verstecken, flüsterte sie. Dort können wir uns zeigen wie wir sind, und wir sind größer und schöner, als wir jetzt denken.

Die zweite Geschichte, die mich fast das Leben kostete, erzählte ich der Frau eines Försters.

Es hatte geschüttet, es begann dunkel zu werden, mein Pferd lahmte, und da war ich von der Landstraße abgebogen und zu der Försterei geritten. Ich bekam zu essen und danach, als die Kinder endlich zu Bett gebracht worden waren, tranken wir. Die Frau des Försters saß Strümpfe stopfend ein wenig abseits, im Ofen knackten die Scheite, und da suchte sie sich die Geschichte von dem Mann aus, der ein Haus baute.

Er war weit gewandert. Die Entfernungen zwischen den Ansiedlungen waren immer größer geworden. Doch dann an einem Fluss sah er die Stelle. Hier wollte er ihr ein Haus bauen, und er wusste, dies ist ein Platz für immer. Unerbittliche Schneestürme würden kommen, glutheiße Sommer, doch immer würde der Fisch steigen im Fluss, würde der Hirsch mit nickendem Kopf unter dem schweren Geweih den Hang herabsteigen, und im Herbst würde der Lachs kommen. Gelassen würden sie die Jahre vergehen sehen und ihre Anzahl nur messen am Wachstum der Kinder.

Der Förster hatte den Kopf aufgestützt und starrte vor sich hin. Seine Frau aber hatte den Strumpf sinken lassen und sah mich an.

Im Herbst werden sie von den Rindern die zweijährigen in die kleine Stadt treiben, die ein paar Meilen flussabwärts liegt.

Ihre Bewohner kennen sie alle. In dem einzigen Laden werden sie Vorräte für den Winter kaufen und Munition, denn zu Hause hängt griffbereit an der Wand die Winchester, gut gegen Bären, Banditen und Regierungsbeamte, die Steuern eintreiben wollen und von Gesetzen reden. Und in den einzigen Saloon der Stadt werden sie einkehren zu einem Whisky, der so braungolden ist wie der Honig, den er seinen Bienen abgewinnt und der so köstlich schwer aus der Schleuder ins Glas rinnt.

Und manchmal im Herbst, wenn die Wälder rot und gelb leuchten, wird er weit oben im Tal vor einem Indianer stehen. Das geschieht immer unerwartet, denn sie bewegen sich lautlos wie Geister, und Geister sind sie ja auch, die alten Geister des Landes. Sie werden sich dann voreinander verbeugen, denn es ist Frieden zwischen ihnen.

Der Kopf des Försters war auf die Tischplatte gesunken. Er schnarchte. Der Blick der Frau aber ließ mich nicht los.

Und dann, irgendwann, wird er ihre Hand halten in ihrer letzten Stunde und ihr hinüberhelfen. Danach wird er in den Sturm hinausgehen und sich in den Schnee legen. Es wird seine glücklichste Stunde sein. Amerika, das Land, in dem die Liebe gelingt.

Ihre Augen verschlangen mich förmlich.

Gute Nacht, sagte ich. Wir sollten jetzt schlafen.

Später in der Nacht erwachte ich. Jemand stand im Raum. Es war vollkommen dunkel in dem kleinen Verschlag, in dem ich lag. Es war still. Aber da war jemand. Ich konnte es spüren.

Was treibt eine Mutter von drei Kindern, die Regel war ihr schon wieder ausgeblieben, eine Frau, die einen Sechzehnstundentag hat an sieben Tagen in der Woche, was treibt eine solche Frau ins Bett eines Dahergelaufenen, den sie nicht kennt und der morgen schon verschwunden sein würde?

Komm her, sagte ich.

Ich lag in ihren Armen wie in einem Schraubstock. Wellen unterirdischer Paroxysmen durchliefen sie, steigerten sich, verebbten, erhoben sich wieder, immer heftiger, es schüttelte sie, bis sie starr wurde. Es war vollkommen still. Sie atmete nicht mehr. Es war ein unendlicher langer Augenblick. Und dann atmete sie tief aus, ihre Arme fielen von mir ab, sie lag schlaff, weich und teilnahmslos.

Draußen, entfernt, knackte eine Diele.

Sie weinte. Still, lautlos.

Schließlich stieg sie über mich hinweg und ging hinaus.

Ihr Mann schlief noch, so glaubte ich wenigstens, als ich aufbrach. Sie war dabei, Feuer im Herd zu machen, als ich herunter kam.

Geh schnell, sagte sie. Und sieh zu, dass du dem da oben nicht mehr begegnest.

Ich dachte, ich hätte mich beeilt, doch als ich mein Pferd gesattelt hatte und aufsitzen wollte, stand er plötzlich vor mir, das Gesicht verquollen vom Suff und vom Schlaf. Doch seine kleinen, tückischen Augen waren wach, hellwach.

Übermorgen ist bei Rybakow Treibjagd. Wir brauchen Leute. Kommst du? Um zwölf vor dem Schloss?

Ich hätte nein sagen können. Bei einer Treibjagd fallen Schüsse, und bei vielen ist es unmöglich zu sagen, woher sie kommen und wer sie abgegeben hat. Ich sah in diese kleinen, tückischen Augen, und ich dachte an meinen Vater. Wetten, dass der Blitz in die Scheune einschlägt? Und da sagte ich ja. Ja, ich komme, sagte ich.

Es war ein kalter Spätherbstnachmittag. Eine kleine, gleißende Sonne stand bereits tief über dem westlichen Horizont. Nach den ersten Frösten leuchtete das Laub in tiefem Braun und Rot. Ich ging in der Treiberkette. Langsam arbeiteten wir uns durch Buschwerk und lichten Baumbestand talabwärts auf die gegenüberliegende Felswand zu. Mit meiner Treiberkette sollte ich später einen Schwenk vollziehen, das Tal nach oben hin abriegeln und zusammen mit den anderen Treibern das Wild das Tal hinab vor die Flinten des Fürsten Rybakow und seiner Gäste jagen. Die meisten Treiber waren Rekruten seines Regiments, aber es waren auch Bauern aus den umliegenden Dörfern dabei. Sie trugen Knüppel, mit denen sie auf Buschwerk schlagen sollten, um das Wild aufzuscheuchen.

Sonja und ich hatten in dem Astloch eines Parkbaums einen Briefkasten eingerichtet. Wir sahen uns täglich, meist nach Einbruch der Dämmerung. Als ich eines Tages zwei Texte in der Redaktion abliefern wollte, rief die Pförtnerin mich an. Sie kam aus ihrem Verschlag und baute sich zwischen mir und der Treppe auf.

Ich habe Anweisung, Sie nicht mehr ins Haus zu lassen.

Und warum?

Natürlich wusste ich, warum. Ich wusste es sofort.

Keine Begründung.

Der Briefkasten im Park war leer. Mit Mühe brachte ich die Zeit bis zu unserem vereinbarten Treffen herum. Sie kam nicht. Sie kam auch am nächsten Tag nicht, auch am übernächsten Tag nicht. Der Briefkasten blieb leer.

Meine beiden Texte hatte ich per Post in die Redaktion geschickt. Sie kamen kommentarlos zurück. Ich wartete vor ihrem Haus, sprach Dienstboten an, die zum Einkaufen gingen. Sie hatten Anweisung, nicht zu antworten. Nur eine Alte erbarmte sich. Das Fräulein sei verreist. Mehr wollte sie nicht sagen.

Der Förster ging die Kette der Treiber ab. Er reihte sich neben mich ein. Ein herrlicher Tag. Er bot mir seine silberne Flasche an. Ich trank und reichte sie ihm lächelnd zurück. Lächelnd ging er weiter, die Flinte über der Schulter. Bald werden Schüsse fallen, viele Schüsse.

Ich leitete das Schwenkmanöver ein. Die Treiber begannen, mit ihren Knüppeln auf Buschwerk und Bäume zu schlagen. Der Förster war in meinem Rücken.

Die Felswand leuchtete in der Abendsonne, eine braun und gold marmorierte Fläche, unregelmäßig strukturiert. In den Schrunden nisteten schon bläuliche Schatten. Der geschwungene Rand war gesäumt von Tannen. Schwarz und gestochen scharf wie auf Scherenschnitten standen sie gegen den blassblauen Abendhimmel.

Da endlich fiel der erste Schuß. Sofort knatterten Salven den ganzen Waldrand entlang. Eine Kugel fuhr neben meinem Kopf in einen Baumstamm. Die Rinde spritzte. Die Treiber begannen zu schreien. Der Talgrund wimmelte von Tieren, Hirsche, Wildschweine, Rehe, Hasen, dazwischen Füchse, Dachse, Bären. Die Treiber blieben hinter den Schützen stehen. Nur meine Kette bewegte sich noch das Tal hinab. Wir gingen jetzt im Offenen. Eine Kugel pfiff an meinem Ohr vorbei. Wild versuchte, die Treiberkette zu durchbrechen. In dem Geschrei und Geknatter weiß niemand mehr, wohin er schießt. Ich war jetzt gänzlich ungeschützt.

Ich merkte, dass ich sang. Ich stieß lange, auf und ab steigende Schreie aus. Die Felswand leuchtete im letzten Licht. Kalt strahlend darüber der Abendstern. Etwas schlug gegen meine Hüfte. In meiner Umhängetasche steckte eine Kugel. Dann waren wir außerhalb der Reichweite der Gewehre. Überall tote, verendende, flüchtende, die Treiberkette durchbrechende Tiere.

Plötzlich war der Förster da. Meine Treiber sollten einen Hirsch einkreisen, einen mächtigen Achtzehnender. Sie sollten ihn der Fürstin zutreiben. Es gelang uns, einen Kreis um das Tier zu schließen. Es hetzte darin umher, immer wieder vor den Treibern zurückscheuend. Sie bewegten sich langsam talabwärts, verharrten schließlich vor dem Fürsten und seiner Begleitung.

Der Hirsch stand mit fliegenden Flanken. Schaum tropfte von seinen Lefzen. Er wußte, dass es keinen Sinn mehr hatte zu fliehen. Dass jetzt etwas mit ihm geschehen würde. Er hatte den Kopf mit dem mächtigen Geweih leicht erhoben, die Augen aufgerissen.

Der Fürst, ein schwerer, finsterer Mann, reichte der Fürstin ein Gewehr. Er schenkte ihr den Hirsch. Sie hob das Gewehr, zielte, ließ es sinken. Die Jagdgesellschaft umgab sie im Halbkreis. Der Hirsch bot ihr seine Flanke. Erneut hob sie das Gewehr. Wieder ließ sie es sinken. Da riß es ihr der Fürst aus der Hand und schoß den Hirsch nieder. Die Fürstin wandte sich um und lief zu ihrem Wagen.

Treiber trugen die Strecke zusammen, breiteten lange Reihen toter Tiere aus. Bläser hoben die Hörner.

Ich trat aus dem Kreis der Treiber und Jagdgäste. Ich lebte. Es tat gut, im Halbdunkel der Ställe zu sein, in der Stille und bei den Pferden.

Ich habe Sonja dann doch noch gefunden. In Krakau ging sie über den Markt. Am Arm eines Mannes. Der Mann war mein bester Freund.

Der Bazillus und die Bilanzen

Simon Kantor erblickt einen Brillanten und nimmt sich den Bart ab. Der Orientexpress.

Mittel gegen die Cholera: Eine warme, zweiprozentige Gerbsäurelösung von jeweils zwei Litern mehrfach verabreicht. Abführmittel (Salol, Chlorwasser, Milchsäure, Wismut, Kalomel, Jod, Chinin, Kreosot, Salzsäure, Strychnin, Arsen), Bäder in bis auf 36 Grad angewärmtem Wasser, Opium, Ammoniumeinreibungen. Aderlass, spanische Fliege, Blutegel, intravenös gegebene Kochsalzlösungen.

Jeder Arzt therapiert anders. Albert Werth kann kein System erkennen. Es gibt offenbar keine Behandlungsmethode, von der man sagen könnte, sie habe Erfolg. Der Verdacht entsteht bei ihm, die Sterberate sei gleich hoch (ungefähr 50 Prozent) mit oder ohne Behandlung. Ein Gefühl von Ohnmacht beginnt sich in ihm auszubreiten und Apathie. Einen Sterbenden betrachtet er ohne Gefühlsregung. Er spürt nur Müdigkeit, die so groß ist, dass er glaubt, er werde sich nie mehr von ihr erholen.

Mitte November erlischt die Seuche. Schätzungsweise achttausend Menschen sind tot. Albert Werth kehrt zu seinen Eltern zurück und legt sich ins Bett.

Obwohl die Epidemie erloschen ist, dehnt der Hamburger Senat das Verbot, russische Passagiere zu befördern, noch weiter aus. Nicht nur Zwischendeckpassagiere dürfen nicht mehr befördert werden, sondern auch die wenigen mit einer Fahrkarte für die teure zweite Kajüte. Damit entfällt für die HAPAG auch diese Einnahmequelle. Das Auswanderergeschäft ist auf den Nullpunkt gesunken. Es war aber das wichtigste Geschäft der HAPAG: Albert Ballin, ihr Chef, wird sich etwas einfallen lassen müssen.

Eydtkuhnen ist voll von Auswanderern mit HAPAG-Fahrkarten. Mit Glück konnte Simon Kantor ein Zimmer in der Kate einer alten Frau mieten. Dort sitzt er nun und versucht auszurechnen, wie weit er mit dem Geld kommen könnte, das ihm geblieben ist. Natürlich hatte ihm dieser Ehrlicher viel zu wenig für sein Haus bezahlt. Nachdem das Geld für die Fahrkarten abgezogen war, blieb kaum etwas übrig. Simon Kantor rechnet. Dieses Eydtkuhnen da draußen kann ihm gestohlen bleiben. Er will es gar nicht sehen. Anders Ruth und Daniel. Sie sind neugierig. Außerdem ist das Zimmer sehr klein und Simon schlecht gelaunt.

Ruth Kantor ist eine arglose Person. Sie kennt keine Hintergedanken. Es muss aber etwas in ihr gearbeitet haben, das so etwas wie eine analytische Operation war. Am dritten Tag nämlich, als sie mit Daniel an der Hand durch Eydtkuhnen spaziert, fragt sie einen stattlichen Herrn nach der Uhrzeit. Auf seinem erheblichen Bauch prangt eine dicke, goldene Uhrkette.

Geschmeichelt und geradezu diensteifrig zieht der Angesprochene die an einer Kette hängende Uhr heraus, läßt den Deckel aufklappen, um jedoch verärgert festzustellen: Sie geht mal wieder nach.

Tatsächlich steht sie.

Daniel erfasst die Situation sofort. Wenn Sie einen Uhrmacher suchen, piept er, mein Papa wohnt um diese Ecke da im Haus der Witwe Hahn.

So kommt Simon Kantor zu seinem ersten Kunden in Eydtkuhnen.

Erst jetzt aber geht Ruth auf, was für einen ingeniösen Einfall sie gehabt hat. Unentwegt spaziert sie fortan mit Daniel durch Eydtkuhnen und fragt Herren nach der Uhrzeit. Es ist ganz erstaunlich, wieviele Uhren stehen und trotzdem umhergetragen werden. Wegen dieses Widerspruchs, bei dem man sie ertappt hat, sind die Herren denn auch fast beschämt bereit, ihre Uhren von Simon Kantor reparieren zu lassen. Es ist geradezu Ehrensache, und bald hat Simon Kantor gut zu tun.

Doktor Albert Werth schläft. Er schläft eine Nacht und einen Tag und eine Nacht.

So lange schläft kein Mensch, sagt Rechtsanwalt Werth.

Doch. Wenn er so etwas hinter sich hat wie er, sagt seine Frau.

Er müsste doch Hunger bekommen, sagt Rechtsanwalt Werth.

Ich geh gleich zu ihm hinüber, sagt seine Frau.

Albert, haucht sie. Schläfst du?

Ja, schnarrt Albert.

Möchtest du denn wenigstens Frühstück?

Ich möchte in Ruhe gelassen werden.

Doch wenig später kommt sie auf Zehenspitzen mit einem Tablett ins Zimmer, auf dem ein Frühstück angeordnet ist. Sie stellt es auf einen Stuhl neben das Bett und entfernt sich. Eine halbe Stunde später späht sie durchs Schlüsselloch. Das Tablett ist leergegessen. Das berichtet sie ihrem Mann am Abend.

Dann hat er es überstanden, sagt Rechtsanwalt Werth und stiefelt in das Zimmer seines Sohnes. Seine Frau bleibt im Salon zurück. Sie kann sich denken, was kommt. Sie hört die betont aufgeräumte Stimme ihres Mannes. Dann wird sie leiser, bekommt etwas Bittendes.

Plötzlich ein Schrei: Albert, ich spreche mit dir. Stille.

Rechtsanwalt Werth kommt in den Salon zurückgestampft. Er schwitzt. Erschöpft lässt er sich in einen Sessel fallen.

Er spricht nicht.

Dann spricht er eben nicht, sagt seine Frau.

Am nächsten Morgen aber spricht Albert Werth.

Mama, ruft er.

Sie ist sofort bei ihm.

Hier stinkt es, sagt Albert.

Hier soll es stinken? ruft seine Mutter empört. Zwei Oberlichter sind offen. Das ist gar nicht möglich.

Es stinkt, sagt Albert. Du hast doch Kölnisch Wasser, Parfüm. Ich muss etwas gegen den Gestank tun.

Sie bringt ihm alles, was sie hat.

Am Abend, als er hört, dass sein Sohn immer noch nicht aufgestanden ist, beschließt Rechtsanwalt Werth, es noch einmal zu versuchen. Er kommt entsetzt zurück.

Bei dem stinkt es wie in einem siebenstöckigen Freudenhaus, ruft er.

Richard, ruft seine Frau empört.

Vielleicht sollten wir einen Arzt rufen, sagt Rechtsanwalt Werth.

Aber er ist doch selber Arzt inzwischen.

Albert Werth liegt in eine dichte Parfümwolke gehüllt. Trotzdem stinkt es. Es stinkt nach Krankenhaus. Nach Scheiße und Lysol. Er weiß, dass etwas nicht in Ordnung ist mit ihm. Denn noch etwas anderes ist nicht in Ordnung. Etwas, was sonst immer passierte, wenn er schlafen ging oder schlief oder aufwachte. Im Krankenhaus war ja kein Denken daran, aber jetzt hätte er Zeit daran zu denken. Er denkt auch daran, doch es passiert nichts. Er ist da unten tot.

Er versucht nachzuhelfen. Nichts. Er sieht sich Kunstbände an. Die Venus von Urbino. Himmlische und irdische Liebe. Nichts. Er weiß, dass hinter bestimmten Büchern ein Umschlag mit bestimmten Fotos steckt. Seit seiner Gymnasiastenzeit hat er sie nicht mehr angesehen. Er kramt sie heraus. Nichts. Totes Stroh. Und schlafen kann er auch nicht mehr. So setzt er seinem Vater keinen Widerstand entgegen, als der ihm einen Vorschlag macht.

Am Morgen war Rechtsanwalt Werth zum Postamt in der Schlüterstraße gegangen und hatte ein langes Telegramm aufgegeben. Am Abend kam die Antwort.

Onkel Papo lädt dich nach Damaskus ein, rief Vater Werth und schwenkte das Antworttelegramm.

Simon Kantor hat also wieder Arbeit, und je mehr Arbeit er bekommt, desto größer wird sein Interesse an diesem Eydtkuhnen da draußen. Manchmal macht er eine Pause und streift in der Stadt umher. Er ist überwältigt. Zum erstenmal sieht er hohe Häuser. Dreistöckig. Schwindelerregend. Und gepflasterte Straßen. Und Geschäfte.

Könnten wir denn nicht wieder zurück, sagt Ruth. Es ist doch alles ruhig geblieben.

Wo dich deine beste Freundin beinahe totgeschlagen hätte, dorthin willst du zurück?

Wann wird man das je verstehen können.

Wir wollten es nicht wahrhaben, aber wir sind immer noch im Exil, wir sind immer noch Fremde. Und die Gesetze, die der Zar gemacht hat, haben sie darin bestärkt. Ohne sie wäre es vielleicht ruhig geblieben.

Aber hier in Eydtkuhnen könnten wir doch bleiben.

Das war schon bedenkenswerter.

Er hatte seine Küchenwecker ausgepackt, seine Wanduhren wieder zusammengeschraubt und den Schmuck auf einem Tischchen ausgelegt, und der eine oder andere, der eine Taschenuhr reparieren ließ, nahm auch einen Wecker mit oder kam zurück und hatte sich für eine Wanduhr entschlossen oder für einen Ring für seine Frau. Nach und nach begann sich herumzusprechen, dass da ein Uhrmacher in der Stadt war und ein billiger und guter obendrein.

Simon Kantor wurde in Häuser gerufen. Standuhren, Stutzuhren, Wanduhren, Pendülen, Spieluhren – überall Uhren, die sich weigerten zu gehen, die überhaupt nicht oder falsch schlugen, die vorgingen oder nachgingen, die eingerostet waren oder deren Werke sich ohne Öl festgefressen hatten.

War er beim Anblick von Eydtkuhnens Straßen überwältigt gewesen, wie erst, als er das Innere bestimmter Häuser betrat, das Wohnzimmer des Bahninspektors Bein, das Esszimmer des Holzhändlers Meier, den Salon der Landrätin Böhlich. Er hatte einen solchen Luxus nicht für möglich gehalten, eine solche Üppigkeit, einen solchen Geschmack. All diese Schrankwände, Tisch- und Sesselbeine überwuchernden hölzernen Trauben- und Blütenbüschel, diese Putten und Karyatiden aus Eiche und Nußbaum, diese bronzenen Löwenköpfe, aber auch diese unendlich aparten Häkeldeckchen auf Sesseln und Beistelltischchen oder diese blutroten persischen Teppiche und Läufer.

Nein, dieses Eydtkuhnen hätte Simon Kantor durchaus fesseln können, sogar die Uhr des Kirchturms sollte er reparieren. Doch war vom Bleiben von einem bestimmten Nachmittag an keine Rede mehr. An diesem Nachmittag hatte Simon Kantor seinen ersten Diamanten gesehen.

Nicht unwichtig war dabei, wo er ihn gesehen hatte, er hatte ihn im Salon der Frau Landrätin gesehen, genauer, in ihrem Ausschnitt.

Nun war der Ausschnitt der Frau Landrätin in der Stadt Eydtkuhnen berühmt, und die Frau Landrätin war deshalb keineswegs erstaunt, dass dieser junge Mann sie anstarrte. Trotzdem sagte sie:

Was starren Sie denn so?

Womit sie Simon Kantor in eine Zwickmühle brachte. Hätte er gesagt, ich starre auf Ihren Diamanten, wäre das eine Beleidigung gewesen. Hätte er gesagt, ich starre auf Ihren Busen, wäre es auch eine gewesen. Er zog sich aus der Affäre, indem er stammelte:

So etwas Schönes habe ich noch nie gesehen.

Die Frau Landrätin bezog das auf ihren Busen und errötete gekonnt.

Das sagt man aber nicht, junger Mann, sagte sie. Das denkt man bloß. Und jetzt reparieren Sie die Pendüle.

Wie klein der Diamant auch war, den er gesehen hatte (wie klein er wirklich war, würde er erst später merken), er hatte in ihm ein Feuer entzündet, ein kaltes, blauweiß glühendes Feuer. Simon Kantor wollte jetzt nach Amerika. Er wollte unter allen Umständen nach Amerika.

Als Ruth und Daniel nach Hause kommen, ist etwas geschehen. Sie starren ihn entgeistert an. Simon Kantor hat sich den Bart abgenommen.

Kennen sie diesen Mann? Doch, sie kennen ihn schon. Aber sie haben nicht gewusst, dass er ein so gut geschnittenes, schmales Gesicht hat, so verwirrend schön geschwungene Lippen, ein solch energisches Kinn.

Ruth errötet. Sie ist verwirrt. Ein Rechtgläubiger tut nicht, was er getan hat. Sie schämt sich für ihn. Und deshalb fragt sie ihn auch nicht, warum er das getan hat. Insgeheim ist ihr Simon Kantor dankbar dafür. Wie könnte er ihr von dem Diamanten erzählen, ohne zu erzählen, wo er ihn gesehen hat, in welch schwindelerregend tiefem, sahneweichweißem Abgrund, und was das zu tun hat damit, dass er sich den Bart abgenommen hat, und mit Amerika.

Beim Anblick dieses Diamanten hat er etwas gefühlt, das nicht beschrieben wäre mit Wörtern wie Wut oder Zorn, obwohl es mit Wut und Zorn zu tun hat. Es ist etwas Kaltes, kalt Strahlendes wie dieser Stein. Ihn würde man nicht mehr zum Laufen bringen, denkt er. Er würde sich nicht mehr schämen müssen für seine Erniedrigung.

Ruth betrachtet ihn. Er sitzt am Tisch, über eine Uhr gebeugt, die Lupe ins Auge geklemmt. Eine Energie geht von ihm aus, die neu an ihm ist. Sie muss immer wieder zu ihm hin sehen. Sie tut es gegen ihren Willen und mit schlechtem Gewissen.

Aber etwas zwingt sie, und es ist Sünde. Denn es hängt damit zusammen, dass er sich den Bart abgenommen hat. Dass sein Gesicht nackt ist. Sein nacktes Gesicht erregt sie.

Sie ist aber doch eine anständige Frau. Das, woran sie jetzt ständig denken muss, ist bisher im Dunkeln geschehen unter der Decke mit geschlossenen Augen und reglos als Pflicht und Schuldigkeit. Am Abend des Tages aber, an dem er sich ihr mit nacktem Gesicht gezeigt hat, liegt sie zum erstenmal neben ihm und wartet, dass er kommt, hofft sie, wünscht sie, dass er kommt, spürt sie zum erstenmal zwischen ihren Beinen eine Hitze, die nur er lindern kann und nur dadurch, dass sie in sein nacktes Gesicht blickt dabei. Er muss etwas gespürt haben, denn er kommt an jenem Abend zu ihr, und da tut sie etwas, was sie noch nie getan hat und was eine anständige Frau nicht tut. Sie nimmt seine Hand und presst sie sich zwischen ihre Beine. Und an jenem Abend erlebt sie etwas, was sie noch nie erlebt hat, derart, dass er ihr die Hand auf den Mund pressen muss.

Das ist kein Grund zur Freude. Simon Kantor ist ein Mann

geworden, den sie nicht mehr kennt. Das macht ihr Angst. Aber auch in ihr entwickelt sich etwas, das sie nicht an sich kennt und das ihr ebenfalls Angst macht. Ständig will sie sein Gesicht küssen. Sie zwingt sich, nicht zu ihm hinzusehen oder wegzublicken, wenn er mit ihr spricht. Doch das hilft ihr wenig. Sie kann sein Gesicht auch mit geschlossenen Augen sehen. Er muss etwas gespürt haben. Er muss die Überwindung gespürt haben, die es sie kostet, ihn nicht anzusehen, den Schmerz, abweisend zu tun. Aber gerade das scheint ihn anzustacheln. Früher hat er von ihr abgelassen, wenn sie sich sträubte. Jetzt aber lächelt er und bleibt hartnäckig. Sie tut gleichgültig, sie tut empört, aber in ihr schreit es, mach weiter, hör nicht auf, komm.

Aber sind sie denn nicht verheiratet? So darf man es nicht tun, findet sie. So ist es Sünde.

Aber vielleicht ist Amerika ja ein Land, wo man es tun darf. So tun darf. Ein Land, wo es keine Sünde ist.

In München besteigt Albert Werth den Orient-Express. Er weiß, was die Compagnie Internationale des Wagons-Lits et des Grands Exprèss Européens ist, gegründet von dem Belgier Georges Nagelmackers. Er weiß, dass dieser kostbar in Blau und Gold leuchtende Zug Legende ist. Doch er besteigt ihn mit trotziger Beiläufigkeit, als würde er eine Hamburger Straßenbahn besteigen. Er lässt sich nicht von der mächtigen schwarzen Lokomotive und ihren riesigen roten Rädern und den weißen Dampfwolken, die sie ausstößt, beeindrucken, auch nicht von seinem mit Rosenholz getäfelten Abteil und den eingelassenen Intarsien in Form von Blütenzweigen.

Allerdings prüft er seinen verstellbaren Sessel, den der Schaffner zur Nacht in ein Bett verwandeln wird. Er untersucht das Waschbecken mit dem Warm- und Kaltwasserhahn und dem Spiegelschränkchen, in dem er schwere Kristallgläser und eine Karaffe mit Wasser entdeckt. Er knipst die Leselampe über seinem Bett an und auch die blaue Nachtlampe, die leuchtet für den Fall, dass der Reisende in der Nacht aufstehen muss. Dann verteilt er schnell und sachlich seine Reiseutensilien. In dieser teppichgepolsterten, goldbraun leuchtenden Kammer wird er die nächsten vier Tage verbringen müssen.

Nein, so einfach lässt sich Frohsinn bei ihm nicht erzeugen. Auch nicht durch den Speisewagen, durch all dieses Silber und Kristall auf den Damasttischtüchern. Kochen können sie ja, denkt er, immerhin, als er sofort nach dem Essen in sein Abteil zurückgeht. Unterwegs kauft er sich am Zeitungsstand die *Times*. Ausdrücklich fühlt er sich in diesem Augenblick als Hamburger. Das heißt: Bitte recht nüchtern.

Auch das Wort Damaskus kann nichts bei ihm auslösen. Es ist ihm egal, wohin er fährt und auch egal zu wem. Sie haben Verwandtschaft in London und Paris, aber diesen Onkel Papo, diesen Gewürzhändler, kennt niemand. Zu den Festen schickt er Glückwünsche, ansonsten aber ist er ein Gerücht, ein Scherz, der für Orientalisch-Ausgefallenes steht. Nur Oma Werth, würde sie noch leben, hätte sagen können, wie er mit ihnen verwandt war. Eigentlich hätten sie ihn Onkel Eli nennen müssen. Man nannte ihn aber bei seinem Familiennamen. Für sie in Hamburg hatte er einen leicht komischen Klang wie eine kindliche Verballhornung. Er war aber ein traditioneller sephardischer Familienname. Sie stammten alle aus Spanien. Als sie von dort vertrieben wurden, wanderten sie nach Portugal aus, dann entweder in den Orient oder über Amsterdam nach Hamburg. Vielleicht wird es ja nett werden, denkt er.

Er schlägt die *Times* auf und vertieft sich in einen Artikel über die Qualität englischer Kohle. Er liest eine Weile, doch dann wird sein Blick starr.

Was ist das?

Das ist doch nicht zu glauben. Aber es ist wahr. Geradezu schmerzend wahr.

Er lässt die Zeitung sinken. Was er mit Bildern und Fotos herbeizuzwingen versuchte, hatte sich ohne irgendeinen Anlass eingestellt, oder waren die Vibrationen des fahrenden Zuges die Ursache? Wie auch immer.

Er legt die Zeitung beiseite und steht auf. Er geht in den Speisewagen. Er muss sich ablenken. Er bestellt eine Flasche Roten. Das kann ja eine schöne Nacht werden, denkt er. Als er spät abends in sein Abteil zurückstrebt, schwankt er nicht unerheblich.

Doch hatte er sich umsonst Sorgen gemacht. Als er schließlich im Bett liegt, bleibt alles ruhig. Dafür schläft er gut. Er schläft geradezu paradiesisch gut. Durch die Nacht eines unbekannten Landes getragen, schläft er im Takt der schlagenden Räder wie nur damals als Wickelkind.

Erst heiß, dann kalt

Eine Nonne auf Urlaub. Von der Gefährlichkeit kleiner Männer. Doktor Werth bekommt einen Fes geschenkt.

Am Horizont erscheint eine kleine, schwarze Wolke. Sie löst in der Gruppe vor dem Bretterschuppen Jubel und Geschrei aus. Die Bambusen Jacobus und Hendrik beginnen kreischend auf und ab zu hüpfen. Die Krankenschwestern Veronika und Martha beginnen zu schluchzen. Pater Martin schreit: Da ist er. In der Ferne, dort wo die Gleise in einem silbrigen Punkt zusammenlaufen, ist unter der Rauchwolke etwas Schwarzes sichtbar geworden. Es beginnt sich zu vergrößern, und ganz fern kann man das Keuchen der Lokomotive hören und das Rollen des Zuges.

Schwester Alma ist jetzt völlig eingekreist. Alle, mit Ausnahme von Pater Martin natürlich, wollen möglichst nah bei ihr sein, sich an sie drängen, sie berühren. Sie drückt Hände, streicht über Köpfe und Wangen. Sie hat Tränen in den Augen und ruft immer wieder: Ich bin ja bald wieder zurück. An die Bretterhütte ist ein Schild genagelt. Schwarz auf weißen Grund gemalt steht darauf: Karibib. Ein Scherzbold hat darunter geschrieben: Hauptbahnhof.

Die Kleinbahnlokomotive mit ihren drei offenen Wagen stößt einen triumphierenden Pfiff aus. Dann beginnt sie zu bremsen. Kreischend und rumpelnd kommt der Zug zum Stehen. Schwester Alma drängt aus dem Kreis heraus und klettert auf den letzten Wagen, über den man zum Schutz gegen die Sonne eine Plane gespannt hat. Jacobus reicht ihr den

Koffer, Hendrik den Liegestuhl hinauf. Alle strecken jetzt die Hände nach ihr aus. Wieder stößt die Lokomotive einen Pfiff aus, und langsam setzt sich der Zug in Bewegung. Die Bambusen Hendrik und Jacobus laufen noch eine Weile mit, dann bleiben sie zurück und winken wie alle dort an dem Bretterschuppen, die kleiner und immer kleiner werden, aber hartnäckig weiterwinken. Erst als der Zug um einen Hügel biegt und sie verschwunden sind, lässt Schwester Alma ihren Arm sinken und wendet ihr Gesicht in den Fahrtwind. Die Luft ist frisch und kühl, es ist früher Morgen, die Sonne steht dicht über dem Horizont.

Langsam zieht das Land vorüber, Halbwüste, mit wenigen trockenen Kameldornbüschen zwischen Geröllbrocken. Schließlich klappt sie den Liegestuhl auf und nimmt in ihm Platz, und so, in einer für eine Ordensschwester, erst recht aber für eine Dominikanerin, ungewöhnlich lässigen Haltung schaukelt sie vergnügt Swakopmund entgegen.

Drei Tage später steht sie an der Reling des Hamburger Dampfers Gertrude Woermann. Unter ihren Füßen vibrieren die Stahlplanken. Die Schiffsmotoren laufen volle Fahrt. Die Brandung, die wenigen kleinen Häuser am Ufer und die graubraune Wüstenlandschaft dahinter werden unmerklich kleiner, als würden sie gegen den Horizont zurück geschoben. In etwas mehr als drei Monaten wird sie zurück sein. Nach fünf Jahren Krankendienst in der Missionsstation Karibib darf sie auf Urlaub in das Mutterhaus ihres Ordens.

Sechs Wochen später sitzt sie in einem Haus in Bad Kleinen, einem Städtchen an der Bahnlinie Berlin–Hamburg. Vor einer Woche war in ihrem Mutterhaus ein Brief für sie angekommen. Steh mir bei, schrieb ihre Tante. Ich sterbe. Da ihre Tante sie als Alleinerbin eingesetzt hatte, gestattete man ihr die Reise zu ihr bereitwillig. Man erwartet, dass sie die Erbschaft ihrem Orden stiftet.

Sie versucht, einen Brief zu schreiben. Über das Datum und die Eingangsformel ist sie noch nicht hinausgekommen: Gelobt sei Jesus Christus in Ewigkeit Amen.

Sie steht auf und geht in das Zimmer der Sterbenden. Ihr Mund steht offen, der Atem geht rasselnd und mühsam. Aus einem nassen Tuch träufelt sie Wasser auf ihre rissigen Lippen. Sie geht wieder ins Wohnzimmer und setzt sich vor den angefangenen Brief.

Sie betrachtet den Ehering an ihrer linken Hand.

Du bist verheiratet? fragten die Hottentotten-Frauen. Wo ist dein Mann?

Ich bin eine Braut Christi.

Du bist mit einem Gott verheiratet?

Verlobt. Es gibt keinen anderen Gott neben ihm.

Und wo sind eure Kinder?

Ich bin verlobt.

Wieviele Bräute hat dein Gott? So viele?

Sie sahen sich ungläubig an.

Wie oft kommt dein Gott zu dir?

Sie fragten ernst und sachlich. Sie waren ja durchaus willens zu verstehen.

Es klingelt. Notar Kupfer bringt die Unterlagen, wie er sich ausdrückt, unterschriftsreif. Er verliest das Testament, zeigt ihr die Stellen, wo sie unterschreiben muss, erst in den Erbschaftspapieren, dann auf dem Kaufvertrag, denn er hat schon einen Interessenten für das Haus. Jetzt fehlt nur noch der Totenschein.

Ich möchte das Geld in bar, sagt Schwester Alma. In Hundertmarkscheinen.

Sie wandert durch das Haus. Sie ist jetzt sechsundzwanzig. Mit vierzehn kam sie ins Kloster. An ihre Eltern, die beide tot sind, hat sie nur noch eine verschwommene Erinnerung, an ihre Geschwister überhaupt keine mehr. Sie geht durch das Haus wie durch ein Museum. So lebt man also. So kocht man, hier isst man, hier schläft man. Fotos an den Wänden. Hochzeiten, Geburten, Ausflüge, Gruppenbilder. Glückliche Tage.

Sie geht wieder hinunter und setzt sich vor den angefangenen Brief.

Als sie die Dokumente unterschreiben sollte, hatte sie nachdenken müssen. Alma Laufer, hatte sie schließlich geschrieben. Laufer war ihr bürgerlicher Name. Wen bezeichnet er? Welche Person?

Sie geht zu ihrer Tante hinüber. In der Tür bleibt sie stehen. Es ist still. Nur das Ticken des Weckers auf dem Nachttisch. Sie bringt ihn hinaus. Mit einem Tuch bindet sie der Toten den Unterkiefer hoch. Sie holt Wasser und Handtücher, um sie zu waschen. Sie zieht ihr ein frisches Nachthemd an und faltet ihr die Hände auf der Brust. Sie zieht die Fenstervorhänge zu und entzündet rechts und links ihres Kopfes zwei Kerzen. Jetzt liegt da ein Leichnam.

Sie hat keinen Grund erschüttert zu sein. Auch theologisch nicht. Und sie hat schon so viele sterben sehen.

Schon am nächsten Tag erscheint Notar Kupfer. Er zieht einen dicken Umschlag aus der Tasche.

Bitte, zählen Sie nach, sagt er. Und hier die Empfangsbestätigung unterschreiben. Im Gegenzug gibt sie ihm den Totenschein. Als er gegangen ist, nimmt sie das Geld aus dem Umschlag, ein dicker Packen Banknoten. Sie hat noch nie Geld besessen. Sie riecht daran.

Von Zeit zu Zeit geht Simon Kantor zur HAPAG-Agentur. Herr Ehrlicher wirft die Hände in die Luft, wenn er erscheint.

Immer noch nichts, ruft er verzweifelt.

Aber wer eine Passage über Bremen hat, kann durch, sagt Simon Kantor.

Als ob der Bazillus zwischen Hamburg und Bremen unterscheiden könnte.

Die Hamburger kneifen zu und die Bremer machen das Geschäft, ruft Herr Ehrlicher.

Mindestens so verzweifelt wie er ist sein Chef, der Leiter der Passagenabteilung von HAPAG, Albert Ballin. In der letzten Zeit hatte die HAPAG allein mit dem Auswanderergeschäft einen Gewinn von jährlich zehn Millionen Mark erwirtschaftet. Dass damit Schluss sein sollte, ist nicht hinnehmbar.

Ballin tut, was er bisher immer getan hat, er verhandelt, und zwar mit dem schärfsten Konkurrenten der HAPAG, dem Bremer Lloyd. Er ist ein sehr kleiner Mann. Schon mit achtzehn hatte er Prokura in der Auswandereragentur seines Vaters (er musste dazu eigens vorzeitig für volljährig erklärt werden), er hat sich hochverhandelt bis an die Spitze der Passageabteilung von HAPAG, bis in den Vorstand. Sein Prinzip ist der Ausgleich der Interessen. Der Kuchen ist groß genug, jeder soll sein Stück abbekommen. Die Energie, mit der er seine Konkurrenten zur Zusammenarbeit zwingt, scheint mit seiner Kleinheit zusammenzuhängen. Auch ist er kein schöner Mann. Schon früh musste er darüber nachdenken, wie er auf andere wirkt. Also versteht er etwas von Psychologie. Außerdem sind Auswanderer-Expedienten in Hamburg wenig angesehene Leute, erst recht nicht, wenn einer von ihnen arm und Jude ist wie er. Das Auswanderergeschäft hat den Ruch von Menschenhandel. Für ihn hat die Macht einen anderen Geschmack als für Patriziersöhne wie Laisz oder Mönckeberg oder Sloman, einen schärferen.

Er klingelt nach seinem Sekretär. Er hat einen Termin beim Bürgermeister. Es ist ihm gelungen, die Herren vom Bremer Lloyd davon zu überzeugen, dass die Schließung der Reichsgrenzen auch nicht in ihrem Interesse liegen könne. Er hat sie zu einem gemeinsamen Brief an den preußischen Innenminister überredet. Vom Inhalt dieses Briefes will er den Bürgermeister unterrichten. Außerdem will er dem Senat ein Geschenk machen.

Es steht auf dem mit grünem Maroquin-Leder bezogenen Konferenztisch seines Büros, eine flache, grün gestrichene Kiste, die etwa zwei Meter lang und anderthalb Meter breit ist. An den Ecken sind Halterungen angebracht, in denen Tragegriffe stecken.

Sein Sekretär hilft Ballin in den Mantel, zwei Angestellte heben die Holzkiste vom Tisch, und Ballins Sekretär nimmt eine große, schwarze Papprolle unter den Arm. So brechen sie zum Rathaus auf.

Außer Mönckeberg sind die Senatoren Versmann und Hachmann zugegen, als Ballin vorgelassen wird. Er unterrichtet die Herren davon, dass die HAPAG und der Bremer Lloyd sich in einem gemeinsamen Brief an den preußischen Innenminister gewandt haben.

Ausführlich berichtet er von der Schwierigkeit der Verhandlungen, aber auch von der Einsicht in die Gemeinsamkeiten der Interessen. Die drei Herren sollen erst einmal begreifen, was es heißt, dass sich zwei der größten deutschen Reedereien in dieser Frage zusammengetan haben. Von der Kiste draußen im Vorzimmer hat er noch nichts gesagt.

In dem Brief, sagt Ballin, werde dem preußischen Innenminister vorgerechnet, dass die Sperre für die preußischen Eisenbahnen eine Mindereinnahme von mehr als zwei Millionen Mark, für die Dampfschifffahrtsgesellschaften eine von acht bis neun zur Folge haben wird.

Die Herren blicken gequält. Sie wissen, was das an Steuerausfällen bedeutet.

Jetzt spielt Ballin seinen Trumpf aus. Wenn aber der Grund für die Absperrung die Furcht vor der Einschleppung von Seuchen sei, so könne man dem abhelfen dadurch, dass an der Grenze Kontrollstationen eingerichtet werden, in denen man die Auswanderer auf Krankheiten hin untersucht.

Die Herren blicken misstrauisch. Sie denken alle drei das gleiche: Und wer wird das bezahlen? Wir vielleicht?

Ballin hat eine Pause gemacht. Dann sagt er: Gebaut und betrieben werden die Stationen auf Kosten von HAPAG und Bremer Lloyd.

Man lächelt erleichtert, aber auch anerkennend.

Voraussetzung wäre natürlich die Öffnung der Hamburger Staatsgrenzen, sagt Ballin. Man wird wieder ernst, doch man bleibt gelassen. Zur Not kann man sich ja immer noch hinter dem preußischen Innenminister verstecken.

Doch nun zu einem erfreulicheren Thema, ruft Ballin. Er habe dem Senat etwas mitgebracht. Es befinde sich im Vorzimmer. Amüsiert erhebt man sich. Verständnislos stehen die Herren vor der grünen Kiste.

Dies ist, ruft Ballin, während er schwungvoll wie ein Zirkusdirektor den Deckel zurückklappt, ein Modell. Das Modell einer kleinen Stadt.

Die Herren treten näher.

Die Zustände in den Auswandererbaracken am Amerika-Kai, sagt Ballin, sind nicht nur seit der Cholera-Epidemie ein Skandal.

Ballins Sekretär hebt das Dach eines der langgestreckten

Gebäude ab. Neugierig beugen sich die Herren nieder.

Niedlich, sagt Mönckeberg.

Bettchen reiht sich da an Bettchen, zwei lange Reihen.

Wir müssen in die Zukunft denken, sagt Ballin.

Versmann hebt das Dach eines kleineren, fast quadratischen Gebäudes ab. Eine Kirche, eine protestantische. Hachmann entdeckt eine katholische. Mönckeberg einen jüdischen Betsaal. Richtige kleine Bänke und Stühle, alles maßstabgetreu. Die Herren machen sich kichernd auf Details aufmerksam.

Die Auswandererströme werden anschwellen, sagt Ballin. Es liegt auch im Interesse Hamburgs, dass die Leute menschenwürdig untergebracht werden.

Versmann hat die Küche entdeckt mit Hackbänken, Kesseln und putzigen kleinen Töpfen und Pfannen. Entzückend.

Die hören mir nicht zu, denkt Ballin. Ich hätte ihnen genauso gut eine Puppenstube schenken können.

Mönckeberg hat den Saal mit den Dampfmaschinen entdeckt, die für den Strom sorgen, Hachmann den Musikpavillon.

Diese Anlage wird fünftausend Menschen beherbergen können, sagt Ballin, eine kleine Stadt für sich. Sie wird die modernste und komfortabelste Auswandererunterkunft in Europa sein. Eine Million Mark würde die HAPAG dafür aufwenden. Vorausgesetzt …

Die Herren richten sich auf.

Vorausgesetzt, sagt Ballin, die Stadt stellt den Baugrund dafür auf der Veddel zur Verfügung.

Die Herren sehen ihn an.

Ach so, sagt Hachmann.

Wir werden das prüfen, sagt Mönckeberg.

Das Modell und die Pläne lasse ich Ihnen da, sagt Ballin. Guten Morgen.

Zwei Senatsangestellte blicken Ballin nach, wie er mit seinem Sekretär das Rathaus verlässt.

Früher hätte man zu so einem Menschenhändler gesagt.

Aber hilft er den russischen Juden nicht, sich vor Verfolgungen zu retten?

Heuchler. Ihn interessiert nur das Geld.

Aber ist es nicht so?

Typisch Jude. Geld und Moral.

Was hat das damit zu tun, dass er Jude ist? Jeder andere an der Spitze der HAPAG würde so handeln, müsste es sogar. Wegen eben jenes Antisemitismus, den Sie hier an den Tag legen, müssen die Juden doch aus Russland fliehen.

Der preußische Innenminister prüft also Ballins Vorschlag, der Hamburger Senat prüft ihn. Eines Morgens aber platzt Ballin der Kragen. Er diktiert einen Brief. Er lässt sich einen Termin bei Mönckeberg geben. Er stürmt ins Rathaus.

Die Steuern der HAPAG nimmt der Senat gerne, faucht er. Aber was tut Hamburg für die HAPAG? Im übrigen möchte ich Sie davon unterrichten, dass ich soeben der Handelskammer einen Brief geschrieben habe. Wenn Hamburg seine Grenzen nicht für russische Auswanderer öffnet, sieht sich die HAPAG gezwungen, ihren Firmensitz nach Nordenham bei Bremerhaven zu verlegen. Ich empfehle mich.

Die HAPAG hat ein Grundstück gekauft, ruft Ehrlicher Simon Kantor entgegen, als der wieder einmal vorbeischaut. Es ist etwas im Busch.

Zwei Wochen nach Ballins Auftritt im Rathaus hat der Senat die Sperre des Hamburger Staatsgebiets für Auswanderer aus Russland aufgehoben. Der preußische Innenminister prüft allerdings weiter.

Schwester Alma hat den Brief an ihre Oberin immer noch nicht abgeschickt. Sie fragt sich, worauf sie wartet. Und da wird ihr klar, dass dieser Brief, wenn nicht einen Akt des Ungehorsams, so doch der Eigenmächtigkeit bedeutet. Sie will selbst entscheiden, wann sie zurückkehrt.

Sie stellt ihre Mutter Oberin vor eine vollendete Tatsache. Als der Brief ihrer Tante kam, hatte sie eine überwältigende Erleichterung empfunden. Aber war es denn so schön in der Gluthitze Afrikas? fragte sie sich. Vier kleine Steinhäuser um ein Wasserloch, ein paar Holzschuppen und dahinter die

Pontoks der Nama in einer von Geröll übersäten Halbwüste, in der nur Kameldornsträucher wuchsen und hier und da Büschel von hartem hohen Gras – mehr war da doch nicht. Aber da war der Himmel, da war das gelbe Glühen, wenn die Sonne hinter den kupferfarbenen Bergen unterging. Da waren die Hitze und der Frost, da waren Sandstürme und Regenfluten und Wolken von Sternen.

Lenk nicht ab, denkt sie. Wieso Erleichterung? Und zwar so stark, dass sie Mühe hatte, sich nichts anmerken zu lassen. Die Beurteilungen ihrer Arbeit und ihrer Person, die Pater Martin geschrieben hatte, waren wohl so günstig, dass die Oberin ihr die Bitte, ihre sterbende Tante besuchen zu dürfen, nicht abschlagen konnte. Und da wusste sie, warum sie Erleichterung empfunden hatte, als der Brief kam.

Was essen die Schwarzen eigentlich?

Können die sprechen?

Meinst du wirklich, sie haben eine Seele?

Dann wären sie ja Menschen.

Meerstern, ich dich grüße. O Mariiia-a mild.

Erwachsene Frauen, gehalten wie Schwachsinnige.

Ihre Beschränktheit, ihre Unbildung, Bosheit. Der Neid, die Intrigen. Ist so Gott gedient?

Die Mutter Oberin hatte ihr demonstrativ keine einzige Frage gestellt. Das war Kommentar genug.

Es ist ihr heiß geworden. Sie wirft sich vor, selbstgerecht zu sein, hochmütig. Doch sie spürt, dass ihre Selbstvorwürfe nur Gewohnheit sind, und sie fragt sich, was sein würde, wenn nach weiteren fünf Jahren ihre Zeit in Afrika um war. Sie würde in ihr Kloster zurückkehren, was sonst? Und da ist plötzlich ein Aufruhr in ihr, Panik, beinahe ein Schrei.

Nein.

Sie springt auf. Sie muss sich ablenken. Sie beginnt zu packen.

Ihre eigenen Dinge hat sie schnell zusammen. Sie hat einen Einfall. Sie könnte den Frauen in Karibib eine Freude machen. Sie würde ihnen ein paar Kleider mitbringen. Sie geht hinauf ins Schlafzimmer. Sie zieht einen Koffer vom Kleiderschrank herunter. Ein rotes, schwarz gemustertes Kleid gefällt ihr besonders. Es würde Mathilde stehen. Sie geht zum Spiegel und hält es sich vor. Und da errötet sie. Sie hält das Kleid, als prüfte sie, ob es ihr selbst stehen würde. Schnell wirft sie es in den Koffer.

In einer Schublade stößt sie ganz hinten auf etwas Hartes: ein Kästchen. Sie öffnet es. Es glitzert. Das ist Schmuck. Sie klappt den Deckel wieder zu. Das interessiert sie nicht.

Sie geht hinunter. Sie sitzt wieder vor dem Brief. Die Beerdigung ihrer Tante war vor drei Tagen. Was tut sie so lange hier? Ich durfte allein sein, denkt sie. Niemand, der etwas von mir wollte, niemand, der mich beobachtete. Sie war allein gewesen, ganz für sich allein. Eine Wohltat, wie sie sie noch nie erlebt hatte, eine Wollust.

Sie faltet den Brief, steckt ihn in den Umschlag und geht hinaus zum Briefkasten. Längst hätte sie ihr Haar wieder scheren müssen.

Sehen Sie sich das an, ruft Herr Ehrlicher Simon Kantor zu. Hinter dem Gebäude der HAPAG-Agentur ist eine Baracke hochgezogen worden. Man ist dabei, Fenster einzusetzen. Jetzt kann es nicht mehr lange dauern, sagt Herr Ehrlicher.

Albert Werth sitzt mit Onkel Papo, Tante Rachel und Vetter Louis auf der Dachterrasse von Onkel Papos Haus in Damaskus. Sie haben gebratene Wachteln von einer großen Silberplatte gespeist. Das Hausmädchen bringt den Mokka. Der Abendhimmel über Damaskus ist aus lichtblauem Email.

Onkel Papo spricht Arabisch, Hebräisch, Ladino, das alte Spanisch der sephardischen Juden, ein wenig Italienisch, ein wenig Englisch, ein wenig Deutsch. Louis ist siebzehn. Er wird den Gewürzhandel seines Vaters übernehmen. Sein pechschwarzes Haar hat er konsequent pomadisiert. Er trägt schwarze Halbschuhe mit weißem Lederbesatz. Wie alt bist du eigentlich, hatte er den steifen, deutschen Jeckes gefragt. Sechsundzwanzig? hatte er ungläubig gerufen.

Onkel Papo hat Albert Werth einen roten Fes geschenkt. Louis beschließt, die weitere Erziehung seines Vetters in die

Hand zu nehmen und ihn zunächst in das Nachtleben von Damaskus einzuführen.

Dr. Albert Werth sitzt auf Onkel Papos Dachterrasse, auf dem Kopf einen roten Fes.

Reisebekanntschaften

Was ein preußischer Leutnant ist. Falsche Papiere. Wie sprechen die Schwarzen?

Der Gefreite Groth steht neben der Tür in Habachtstellung. Er trägt Uniform, Knobelbecher, weiße Handschuhe. Über seinem linken angewinkelten Arm hängt eine Leinenserviette. An dem Tisch in der Mitte des Zimmers haben der Leutnant von Reutersdorf, der Leutnant von Palen, der Leutnant von Tessenow und der Leutnant Neuhaus gerade den Nachtisch beendet. Der Gefreite Groth sieht die Herren, und er sieht sie auch wieder nicht. Unter anderem wegen dieser Fähigkeit, etwas zu sehen und auch wieder nicht, hat ihn der Leutnant Neuhaus zu seinem Burschen gemacht.

Groth sammelt die Kristallschälchen und die Löffel ein, geht in die Küche und setzt Wasser auf. Er bringt Mokkatassen und Zucker hinüber. Die Herren Leutnants sind dabei, Zigarren anzuzünden. Der Gefreite Groth öffnet schon mal das Oberlicht des einen der beiden Fenster. In der Küche bereitet er den Mokka, bringt ihn hinüber, schenkt ein, dann holt er die Karaffe mit Cognac und die Cognac-Schwenker. Danach zieht er sich in die Küche zurück.

So wie er etwas sehen kann und auch wieder nicht, so vermag er auch etwas zu hören und auch wieder nicht. Er hat gehört, wie die Herren das belgische Kohlebecken annektierten, Paris besetzten, die britische Flotte versenkten, die Ukraine vereinnahmten und Kolonien gründeten. Er hat das alles gehört und auch wieder nicht. Er hat die Fähigkeit erworben, das alles zu hören und in ihm bleibt es still. Zwar dick mit einer grauen Eisschicht von Gleichgültigkeit bedeckt, aber manchmal doch der unvermittelt auflodernde Wunsch, hinauszugehen, den Karabiner zu holen und sie alle abzuknallen, wie sie da sitzen.

Gleich wird Leutnant Neuhaus rufen: Jetzt aber endlich ein anständiges Bier. Und da ruft er auch schon: Endlich ein anständiges Bier. Der Gefreite Groth nimmt das Fässchen, trägt es hinüber, sticht es an und beginnt vier Krüge zu füllen. Leutnant Neuhaus kann es gar nicht erwarten, seinen Krug zu bekommen. In Wirklichkeit hasst er Bier. In der Neuhausschen Villa in Essen wird Wein getrunken. Vorwiegend französischer, die Flasche zu einem Preis, für den Klaus Groth sechs Monate im Hamburger Hafen Säcke schleppen müsste.

Der Gefreite Groth weiß das, weil sein Leutnant Neuhaus nach Abenden wie diesem, nachdem er sich zum letztenmal übergeben, der Gefreite Groth ihn aus seiner vollgekotzten Uniform gepellt und ins Bett gebracht hat, vertraulich zu werden pflegt.

Der Gefreite Groth lässt Wasser in zwei Putzeimer ein. Er stellt sie auf den Flur neben die Toilettentür. Daneben legt er Putzlappen. Er geht zu den Herren und leert Aschenbecher, füllt Bierkrüge. Als er in die Küche will, steht Leutnant von Tessenow auf und will zur Tür hinaus zur Toilette. Groth lässt ihm natürlich den Vortritt. Von Tessenow bleibt stehen und sieht ihn an, das heißt, er sieht zu ihm hinauf. Der Gefreite Groth setzt die beiden Aschenbecher auf dem Tisch ab und nimmt Haltung an.

Ausspreche Anerkennung in scharfer Form, kräht von Tessenow.

Von Tessenow ist blond, dicklich, schweinchenrosa und mehr als einen Kopf kleiner als Groth.

Groth nimmt die Hände an die Hosennaht, zieht die Stiefelabsätze mit einem leichten Klacken aneinander und sagt:

Danke ergebenst, Herr Leutnant.

Als Tessenow zurückkommt, geht Groth in die Toilette und wischt die Pisse des Leutnants von Tessenow vom Fußboden auf.

Leutnant Neuhaus hatte zwei kalte Platten von Kempinski kommen lassen. Seine Gäste kommen aus Mecklenburg und Brandenburg, ihre Väter bauen Kartoffeln an oder Gerste, und Leutnant Neuhaus musste ihnen erklären, was alles auf den Platten war: Trüffeln, Fasanenbrust, Morcheln, Kaviar. Die Einladungen des Leutnant Neuhaus sind sehr begehrt, obwohl das niemand zugeben würde. Wenn seine Gäste aber abends die Treppe hinuntertorkeln, sagen sie: Kofmich.

Groth hört, wie Neuhaus dieses elende Berlinerisch zu imitieren versucht, und er hört, wie er mit seiner Mutter in diesem rheinischen Singsang telefoniert. Er fragt sich, die haben ein Walzwerk in Oberhausen mit dreitausend Arbeitern, warum lässt er sich das von diesen preußischen Hungerleidern gefallen? Es ist ihm allerdings keine sehr dringende Frage. Die einen lassen dreitausend Mann für sich schuften, die anderen dreißig. Wo ist der Unterschied?

Im Zimmer drüben wird es laut. Sie sind in Afrika bei den Hottentottenweibern.

Die Toilettenutensilien des Leutnant Neuhaus sind aus schwerem Silber. Er liebt Spiegel und Duftwässer aller Art. Er trägt seidene Nachthemden und liest Bücher mit Gedichten drin. Für Manöver hat er eine zweite Toilettengarnitur, die ungefähr der des Leutnants von Tessenow entspricht, auch vergleichbare Unterwäsche. Der Gefreite Groth fragt sich, wie Leutnant Neuhaus dazu kommt anzunehmen, dass er das nicht herumerzählt, was er auf dem Toilettentisch seines Leutnants sieht. Neuhaus wäre die Lachnummer des Regiments.

Manchmal, wenn seine Gäste nach einem dieser sogenannten Herrenabende gegangen sind, er sich zum letztenmal übergeben hat und er kraftlos über der Toilettenschüssel hängt, nimmt Groth ihn einfach auf den Arm und trägt ihn ins Bett. Er hat dann Mitleid mit ihm. Er hat so viel Geld. Warum kommt es ihm so sehr darauf an, ausgerechnet in diesem Regiment zu dienen? Zum Abschied hatte ihn Neuhaus gefragt, ob er nicht bleiben und Berufssoldat werden wolle. Als Groth lächelte und den Kopf schüttelte, steckte ihm Neuhaus einen Hundertmarkschein zu, gab ihm die Hand und sagte: Danke.

Groth sitzt in einem Eilzug, der von Berlin nach Hamburg fährt. Ihm gegenüber sitzt ein Ehepaar mit einem kleinen Jungen. Sie sprechen Jiddisch. Nach einer Weile wendet sich der Mann auf Deutsch an ihn. Ob er auch nach Hamburg fahre. Groth muss von Hamburg erzählen.

Drei Reihen weiter saß ich. Das ist erklärungsbedürftig. Wie kam ich in diesen Eilzug nach Hamburg?

Nach der Treibjagd hatte ich es plötzlich eilig gehabt. Ich sah nämlich Rybakow, genauer General Rybakow, noch genauer, General Fürst Rybakow, auf den Förster und mich zukommen, und zwar mit Gattin. Und Rybakow hatte mich erkannt.

Er hat nie ein Wort mit mir gewechselt, aber auf den ersten Blick wusste er, wer ich war. Vielleicht hat er ein oder zweimal inkognito am Rand einer Menschenmenge gestanden, vor der ich meine Vorträge über Amerika hielt. Aber das brauchte er dazu noch nicht einmal. Man wusste damals, wie ich aussah. Ich war Gesprächsstoff in mindestens einem Regierungsbezirk mit meinem schwarzen Umhang, meinem breitkrempigen, weichen Hut, mit meiner Jacke aus englischem Tweed, meinen sehr kostbaren, handschuhweichen Stiefeln und vor allem mit meinem Stock mit seinem Medusenhaupt aus Silber.

Sollte ich vielleicht mit einer Zaunlatte auf meine Bilder zeigen? Hier, meine Damen und Herren, sehen Sie einen Grizzly in der Umarmung mit einem Trapper, und hier eine Klapperschlange in ihrer ganzen Schönheit, ein Zeigestock gehörte sozusagen zu meinem Handwerkszeug, und was lag näher, als dazu einen Spazierstock zu benutzen. Mal wies ich mit seiner Spitze auf die Bilder, mal mit dem Knauf, wobei ich das silberne Medusenhaupt recht anschaulich in Szene setzte.

Mein Zeigestock bot also durchaus Gesprächsstoff, zumal ich ihn nicht nur zum Bilderzeigen benutzte. Ich wusste ihn auch zu tragen. Ein solcher Stock ist ja erst in letzter Linie zur Stütze gedacht. Man trägt ihn, man zeigt ihn, man deutet damit auf etwas hin, man fühlt damit vor, er ist ein verlängertes Wahrnehmungsorgan, eine Zierde, und manchmal kann man ihn auch sehr elegant ums Handgelenk wirbeln lassen oder mit dem Knauf einem störrischen Bauern auf den Schädel klopfen.

Tatlins Stock war also nicht nur überall bekannt und ein Nonplusultra an Eleganz, es war auch etwas Unheimliches um ihn. Manche Bauern hielten ihn für ein eigenständiges und gefährliches Wesen.

Ich hatte ihn mir bei einem Warschauer Goldschmied und Uhrmacher anfertigen lassen. Das lag nahe, wenn der Knauf aus Silber gearbeitet sein sollte und dazu nach einer Vorlage, die ich selber lieferte. Außerdem musste der Mann aber auch noch Mechaniker sein, am besten Uhrmacher, denn ich lieferte ihm nicht nur die Vorlage für den Knauf, sondern auch eine Konstruktionszeichnung für das Innere des Stocks. Er war ein nahezu fleischloser Mensch mit einem Habichtsgesicht, der zwischen seinen Kostbarkeiten über komplizierten Uhrwerken brütete, reich und gleichzeitig von einem wütenden Geiz, das Gesicht zu einer Maske der Habgier vertrocknet. Doch als er meine Konstruktionszeichnung begriff, lief ein sardonisches Lächeln darüber hin.

Nun mag ein Zeigestock so schön sein, wie er will, er bleibt ein Zeigestock, ein unangenehmes und aufdringliches Instrument der Belehrung. Es kann aber auch durch Druck auf einen kleinen Knopf am Knauf aus seiner Spitze plötzlich blitzend wie die Wahrheit eine fußlange Klinge springen.

Ich lebte auf der Landstraße und in Wirtshäusern. Es gab schließlich Hunde, Wahnsinnige, Betrunkene, Räuber und Ehemänner.

Igor Tatlin, vermute ich, rief Rybakow und kam mit ausgestreckter Hand auf mich zu. So lerne ich Sie ja endlich einmal kennen.

Ich zog den Hut.

Wie schön, dass Sie zum Erfolg der Jagd beigetragen haben.

Dass sie zu einem so glänzenden Ereignis wurde, verdanken Ihre Hoheit eher Förster Nemetz, der hier neben mir steht, sagte ich. Er hat sie organisiert.

Rybakow geruhte vage in die Richtung des Försters zu lächeln, der gekrümmt dastand, die Mütze in seinen Händen knetend.

Seine Rolle sei sehr bescheiden, versicherte Nemetz, eine große Hilfe aber sei ich gewesen, der ich übrigens eine Kunst beherrsche, die in dieser Perfektion außergewöhnlich sei, nämlich das Messerwerfen.

Die Augen Rybakows leuchteten auf.

Durchaus wie im Zirkus, sagte Nemetz. Stellen Sie eine Person gegen eine Tür, und er rahmt sie mit seinen Messern ein.

Rybakows Blick suchte seine Frau. Nachdem er den Hirsch an ihrer Stelle niedergeschossen hatte, war sie zu ihrer Kutsche geflüchtet, doch er hatte sie brutal wieder ins Freie befördert.

Tut man für die Kunst nicht alles, mein Liebling? fragte er mit finsterer Bonhomie. Du wirst uns doch nicht um einen seltenen Kunstgenuss bringen wollen.

Noch nie habe ich Augen einen solchen Hass sprühen sehen wie bei dieser Frau. Sie wandte sich ab und ging zu ihrer Kutsche, und wieder folgte ihr Rybakow. Sie wird ihm wohl nicht entkommen sein.

Tatsächlich hatte ich in die Innenseite meines Rocks Futterale für drei Wurfmesser nähen lassen. Und ich sorgte dafür, dass man sie an Theken oder Wirtshaustischen sah, und dass auch sie Gesprächsstoff waren. Ich brauchte ja nur meinen Rock aufzuknöpfen und, als wäre mir heiß, auseinander zu schlagen.

Bis nachher, rief Rybakow mir über die Schulter zurück, während er seiner Frau folgte. Im Schlosshof loderten schon Fackeln, über Feuern drehten Treiber Wildschweine, ein Bierfass war angezapft, das Jagdschloss strahlte hell erleuchtet. In der Halle voll besetzte Bänke. Auf den Tischen Schüsseln mit gebratenem Wild, Körbe mit Brot, Äpfeln und Trauben. Dazwischen Bierkrüge und Flaschen mit wasserklarem Wodka. Eine Zigeunerkapelle spielt. In dem mächtigen Kamin lodert Feuer. Aus den angrenzenden Sälen Walzermusik für den Adel. Es ist noch früh. Der Alkohol beginnt erst zu wirken. Man ist heiter, noch gelten gewisse Umgangsformen.

Bei der Jagd war es Nemetz nicht gelungen, mich zu erledigen, jetzt versuchte er es mit den Messern. Als jemand mit ihm sprechen wollte und er abgelenkt war, tauchte ich in der Menge unter und ging zu den Ställen. Und so sitze ich jetzt in diesem Eilzug nach Hamburg, drei Reihen hinter diesem kleinen, jüdischen Uhrmacher, dem ich geholfen hatte, sein Haus zu verkaufen, Simon Kantor heißt er. Ich hatte ihn sofort erkannt.

Simon Kantor war schließlich gar nicht mehr so sicher gewesen, dass er nach Amerika wollte. Man hatte ihm sogar einen Gewerbeschein ausgestellt, und so schlecht war es in Eydtkuhnen nicht, da hatte Ruth ganz recht. Doch etwas hatte sich auch in ihr verändert. Wenn das Wort Amerika fiel, wehrte sie nicht mehr ab und wechselte das Thema. Jetzt war sie es, die von Amerika sprechen wollte. Anfangs ganz sachlich – das hat Zeit, bis wir in New York sind, oder, das werden wir sehen, wenn wir in New York sind – dann aber auch ohne Anlass.

Sie begann, es zu beschreiben, vor allem Daniel gegenüber. Ein grünes, weites Tal war New York, durchzogen von Flüssen, die überall Seen bildeten, so dass man unsicher wurde, ob die Landflächen noch Verbindung zu tieferen Erd- oder Gesteinsschichten hatten, oder ob sie nicht schwimmende Inseln waren auf diesen überklaren, sich kaum bewegenden, trägen Gewässern, die irisierten in der warmen Feuchte und im Sonnenlicht, in dem die Unterschiede zwischen Wasser und Land verschwammen und der Horizont und der Himmel sich rundeten zu einem riesigen wie Perlmutt schimmernden Ei.

Als Simon begriff, dass es jetzt Ruth war, die nach Amerika wollte, da begann auch der Diamant auf dem Busen der Frau Landrätin wieder zu wachsen. Er war recht klein geworden, ein winziges Fünkchen nur noch. Doch jetzt vergrößerte er sich und hatte schließlich das Ausmaß eines Fünfkaräters angenommen.

Das Entstehen der Kontrollstation hatten sie mit Angst verfolgt, doch auch mit einer diffusen Lust, die sich unter die Angst mischte, und als sie fertig war und die ersten Züge abgingen, sagte Simon Kantor: Jetzt.

Ruth packte ohne Widerspruch.

Die gefürchtete ärztliche Untersuchung, das Duschen und die Desinfektion überstanden sie glimpflich. Dr. Menz winkte sie durch. Simon Kantor hatte ihm zwei Uhren repariert, und so standen sie eines kalten, windigen Morgens auf dem Bahnsteig. Nach und nach begann sich der Bahnsteig zu füllen. Schließlich waren es zweihundert oder dreihundert Menschen, die dichtgedrängt standen. Aber dies war keine Menschenmenge wie andere, niemand sprach. Greinende Kinder wurden zum Schweigen gebracht. Irgendwo tief im Inneren Russlands waren sie aufgebrochen, hatten ihre erbärmlichen Hütten, das schmutzstarrende Elend, die Öde ihrer Dörfer hinter sich gelassen. Sie konnten nicht mehr zurück. Alles Gewohnte, Vertraute, Kenntliche lag hinter ihnen. Aber was würde kommen? Sie hatten die Werber gehört, die Erzählungen, die sich unter ihnen ausgebreitet hatten. Aber das waren Worte, die ihnen hier, auf diesem Bahnsteig ganz unglaubwürdig erschienen. Sie glaubten nicht, dass es von hier aus weitergehen würde. Hier würde nie ein Zug für sie ankommen.

Als er aber dann doch kam, da flogen die Türen auf wie von selbst, da erhob sich ein tiefer, heiserer, ungeheurer Schrei. Schreiend stürmten sie die Waggons.

Simon Kantor hatte sich nicht gerührt. Nein, sagte er. Das müssen wir uns nicht antun. Wir nehmen den regulären Zug. So viel mehr kostet das auch nicht. Er hatte übrigens alle seine Uhren verkauft.

Es war ihm gelungen, seine Fahrkarten gegen reguläre umzutauschen. Das war schon einmal ein erster Erfolg. In Berlin war es ihnen gelungen, in den richtigen Zug umzusteigen und in einem Abteil vierter Klasse Sitzplätze zu bekommen. Schwieriger war es, den Anblick dieser ungeheuerlichen Häuserwüste, die Berlin hieß, auszuhalten und das Entsetzen, das es in ihnen erregte. Erst als der Zug durch Felder fuhr, kleine Flussläufe überquerte, Wälder passierte, sahen sie einander wieder an. Und schließlich war es ein Erfolg, dass sie mit diesem jungen Mann ins Gespräch gekommen waren, der ihnen etwas über die Stadt Hamburg erzählte.

Der Zug beginnt zu bremsen. Häuser tauchen auf, ein Stationsschild gleitet vorbei – Bad Kleinen. Der Zug hält. Die Tür wird geöffnet, zwei Koffer werden ins Abteil geschoben. Es steigt ein – alle starren – eine Nonne. Sie sieht sich nach einem Platz um und entdeckt einen neben Simon Kantor. Der junge Mann aus Hamburg und Simon Kantor heben ihre Koffer ins Gepäcknetz, sie setzt sich.

Ich beobachte sie eine Weile, dann gehe ich hinüber.

Simon Kantor ist verblüfft.

So sieht man sich wieder. Darf ich mich dazusetzen?

Aber da sitze ich schon neben Groth.

Die Nonne sieht mich an. Sie sieht mich an, dann nicht mehr. Die ganze Fahrt über, bis wir in Hamburg ankommen, sieht sie mich nicht mehr an.

Daniel ist aufgeregt. Sie war in Afrika, und dort hin fährt sie wieder? Sind die wirklich schwarz da unten? Können die sprechen? Und wie hört sich das an?

Wir fahren zusammen. Die Nonne spricht. Aber sie spricht Nama, ein weiches, gutturales Lauten, doch durchsetzt mit Schnalzlauten, vor allem aber mit Klicklauten wie gepfeffert. Sie starren sie an.

Und was heißt das? sagt Daniel verstört.

Du bist ein hübscher, intelligenter Junge, und ich mag dich, sagt Schwester Alma.

Sie lachen erleichtert.

Und was heißt, das Wetter ist schön, und wir fahren nach Amerika? ruft Daniel.

Wieder gurrt und schnalzt und klickt es aus dem schönen Mund von Schwester Alma.

Und was heißt, wenn wir in Amerika sind, werden wir bald reich sein?

Daniel, jetzt ist es genug, ruft Simon Kantor.

Jetzt sollte ich von Amerika erzählen. Ich spulte herunter, was in der Broschüre steht, die Werber auswendig zu lernen haben. Doch ich hielt inne. Ich weiß nicht, was über mich kam. Vielleicht hing es mit dieser Nonne zusammen. Ich sah nichts mehr. Ich hatte auf der Landstraße und in Wirtshäusern gelebt, davor in einem Internat. Ich blickte durch erleuchtete Fenster in Wohnstuben, und ich sah sie sitzen in der Wärme und im Licht. Sie blickten mich wartend an.

Und da sagte ich: Die Pilgerväter waren nach Amerika gekommen, um das himmlische Jerusalem zu bauen, die Stadt auf dem Hügel. Wo Schwerter zu Pflugscharen umgeschmiedet werden und Lanzen zu Winzermessern. Jeder wird unter seinem Weinstock und seinem Feigenbaum sitzen, und niemand wird ihn aufschrecken, denn die Frevler kommen nicht hinein und auch die Lügner nicht und nicht die Meineidigen. Die ganze Stadt wird dem Herrn gehören. Tyrannen wohnen dort nicht mehr in Gotteshäusern, Mörder gelten da nicht mehr als Helden, Macht und Gewalt nicht mehr als heilig.

Häuser beginnen draußen vorbeizugleiten. Das ist schon Hamburg, sagt Groth. Sie springen auf, wollen ihre Mäntel anziehen.

Setzt euch, sagt Groth. Wir sind noch lange nicht da.

Die Schatzkammer

Doktor Werth ist wieder zurück.
Zwei Frauen werden sitzen gelassen. Bauchtanz.

Gelber, beißender Nebel hängt über der Stadt. Es ist feuchtkalt. Hauskamine qualmen, Lokomotiven qualmen, Schiffsschornsteine, Fabrikschlote qualmen. Wassertröpfchen kondensieren an den Rußpartikeln in der Luft. Es nieselt. Hamburger Wetter.

Albert Werth geht die Admiralitätsstraße entlang zum Hafen. Er will zur Speicherstadt, der anderthalb Kilometer langen Antwort auf Bismarcks Vergewaltigung Hamburgs, die backsteinerne Überkompensation der Angst vor dem Beitritt zum Zollverein, die weithin sichtbare Befestigung des Rests, den der eiserne Kanzler ihnen von ihrer alten Herrlichkeit gelassen hat, des Freihafens. Ein Schutzwall mit Treppenhaustürmen, symbolisch überhöhten Ecktürmen, die Wehrgängen anstehen würden, sakralen Spitzbögen – eine effektvolle Bühnendekoration, deren Spiegelung im Wasser der Fleete die mit glasierten Steinen inkrustierten Fassaden noch höher und monumentaler erscheinen läßt als sie sind, eine Inszenierung von Macht und Wohlstand, Wunsch- und Angstarchitektur der Pfeffersäcke.

Albert Werth weicht Fuhrwerken aus, springt über grüngelb schillernde Pfützen, über Pferdemist, auch über eine tote Katze. Endlich wird er die Schatzkammer betreten dürfen, die er bisher nur von außen gesehen hat, die Stadt in der Stadt, mit eigenem Postamt, eigener Polizeiwache, eigener Feuerwehr, eigener Wasser- und Energieversorgung, die Stadt der Arbeit, in der niemand wohnen darf, aus der auch die kleinen Schacherer vertrieben sind, das komprimierte Hamburg.

Was die endlose Prozession der Dampfer die Elbe heraufschleppt, wird hier aus Schuten hochgewunden, gelagert, gewogen, gezählt, taxiert, verpackt und wieder herabgelassen auf Fuhrwerke, Schuten, verschwindet in Eisenbahnwaggons, wird übers Land verteilt, über die Grenze hinaus bis nach Polen, Russland, Österreich, Ungarn und weiter. Ein ganzer Stadtteil wurde niedergerissen, vierundzwanzigtausend Menschen mussten weichen, wohin, das kümmerte niemanden. In wenig mehr als fünf Jahren wurde das damals größte Lagerhaus der Welt hochgezogen, das würdige Behältnis für die Köstlichkeiten der Erde und ihre Transsubstantiation in Ware.

Albert Werth nähert sich den beiden Eingangstürmen der Brooksbrücke. Auch hier hannoversche Backsteingotik. Die Türme empfangen den Besucher, vermitteln zwischen der profanen Welt der Stadt und dem sakralen Bereich der kaufmännischen Heiligtümer. Es stinkt. Aus dem Hafenwasser, von der Straße, von überall her. Hier brütete damals die Cholera.

Es bedarf höchster Geistesgegenwart, um den Fuhrwerken auszuweichen, den Lastenträgern, den Paletten mit Säcken und Kisten, die herab- oder hinaufgewunden werden. Wehe, ein Sack oder eine Kiste rutscht dort oben vom Stapel. Pferdewiehern und Geschrei überall. Mehrfach wird der feine Herr angerempelt. Dumpfes Tuten der Dampfer, Möwengeschrei, von Blohm & Voss her hallende Schläge auf Eisen, das Stampfen von Dampframmen.

Endlich ein Schild: G. Voss & Cons., 4. Boden

Er steigt hinauf, klopft an eine Tür, tritt ein und ist in einer anderen Welt. Aus dem gelbgrauen Hamburger Zwielicht ist er in ein braungold leuchtendes Gewölbe versetzt, aus der Gestankhölle des Hafens in einen Dufthimmel. Kardamom, Kurkuma, Kumin und Safran. Sumach, Mastix, Koriander, Paprika, Anis, Fenchel, Kümmel, Cayennepfeffer. Nüsse, Samen, Dörrobst, getrocknete Pfefferschoten.

Voss und Consorten. Gewürze en detail und en gros.

Vanille als Extrakt und in Stangen, Zimtpulver und Zimtrinde, Ingwer, Rosmarin, Nelken, Thymian, Muskat und Kaffee und Tee.

Herr Voss beliefert Bäckereien, Hotels, Restaurants, Eisenbahngesellschaften, Cafés, Limonadehersteller.

Ich soll Ihnen Grüße von meinem Onkel Eli Papo aus Damaskus bringen und außerdem die Post, sagt Albert Werth und zieht einen Packen Briefe aus der Manteltasche.

Herr Voss gießt einen Raki ein. Er und Onkel Papo sind Geschäftspartner seit zwanzig Jahren.

Sahtak, sagt Herr Voss und hebt sein Glas. Albert Werth trinkt und lehnt sich tief einatmend zurück.

So hat es auch bei Onkel Papo gerochen.

Ein Stehgeiger und ein Pianist, rote Teppiche und samtbezogene Sessel, Marmor und schweres Porzellan, die silbernen Kaffee- und Teelöffel klirren, die Geige schluchzt, ein Café am

Jungfernstieg, das ein Herr und eine Dame betreten. Eine Dame in fortgeschrittenen Jahren und ein junger, sehr junger Mann. Nicht dass er ihr Sohn sein könnte, eher ihr Neffe, was hieße, dass sie seine Tante wäre. Doch würde ein Neffe so nicht mit seiner Tante umgehen, denkt Oberkellner Wintrich, und die Tante würde nicht so hell lachen, wenn der junge Mann etwas sagt, und ihn auch nicht so ansehen. So verzückt.

Zum Abschied führt Herr Voss Albert Werth in die drei an sein Kontor grenzenden Räume. Angestellte sitzen über Bestellungen, Rechnungen und Briefe gebeugt. Eine Wendeltreppe führt in einen Saal hinab, wo abgefüllt, gewogen, verpackt und adressiert wird.

Gibt es nicht noch irgendwo eine Kammer, die sie mir vermieten könnten, sagt Albert Werth. Nur damit ich ab und zu kommen und hereinriechen könnte?

Er tritt in den Nieselregen hinaus. Es dämmert. Die Gaslaternen brennen schon. Er muss sich beeilen. Vor dem Diner muss er sich noch umziehen. Und immer noch hat er Betty nicht angerufen.

Der sehr junge Mann in dem Café am Jungfernstieg beugt sich zu seiner Dame hinüber und flüstert ihr etwas ins Ohr. Sie lacht auf und gibt ihm einen Klaps auf die Wange. Er steht auf und verschwindet in Richtung Toiletten.

Albert Werth betrachtet die gedeckte Tafel im Esszimmer seiner Eltern, das Damasttischtuch, das Porzellan, das Kristall, und er seufzt gequält. Er ist wieder in Hamburg.

Er begrüßt die eintreffenden Gäste. Man schüttelt dem Heimgekehrten herzlich die Hand. Schließlich geben seine Eltern das Diner aus Anlass und zur Feier seiner Rückkehr. Aber darin wird sich die Bedeutung des Abends nicht erschöpfen. Albert Werth soll, so will es vor allem seine Mutter, wenn die Herren sich zu Mokka und Zigarren zurückgezogen haben, Bettys Vater ins Nebenzimmer bitten und um die Hand seiner Tochter anhalten.

Damaskus, ein sandfarbenes Kubengewirr, überragt von Minaretten und den Kuppeln der Moscheen, den Toren der Zitadelle und dem Azm-Palast.

Albert Werth betrachtet Betty, die schmollende Betty, eine glänzende Partie, die ihm eine ebenso glänzende Zukunft als der führende Hamburger Modearzt sichern würde.

Die Tänzerin wirbelt aus den Kulissen auf die Bühne, eine Spirale aus roten und blauen Schleiern. Mit einer abrupten, gegenläufigen Bewegung kommen sie in der Luft zum Stillstand, sinken herab über einem vollen, nur von einem bestickten Band gebändigten Busen, einem herausfordernd vorstehenden weißen Bauch, auf dem sich ein besticktes Band zwischen ihren Schenkeln verliert.

Das Orchester bricht ab, eine Trommel beginnt einen monotonen Rhythmus. Die Tänzerin steht still. Langsam fängt sie an, sich im Rhythmus der Trommel zu winden. Vor irgendetwas scheint sie ausweichen, scheint sie fliehen zu wollen, aber irgendetwas hält sie auch fest, etwas das macht, dass sie keinen Fuß rühren kann, etwas, das ihr aber auch eine durchdringende Lust bereitet, je qualvoller sie sich windet, je schneller die Trommel wird.

Unvermittelt bricht sie ab. Sie steht wie bestraft. Dann aber, ohne dass sie sich regen würde, beginnen ihre Brüste zu beben. Ihre träge Fülle beginnt sich zu beleben, als wären sie etwas Selbstständiges, und jetzt helfen auch ihre Schultern nach. Sie schüttelt jetzt ihre Brüste, zeigt erst jetzt ihre ganze Fülle. Abrupt und brutal setzt die Trommel wieder ein. Ihr Rhythmus fährt ihr ins Becken. Andeutungsweise zuerst beginnt es vor und zurück zu zucken, dann aber immer schamloser und wilder.

Wieder bricht die Trommel ab. Wieder steht sie still. Und jetzt beginnen ihre Bauchmuskeln zu vibrieren. Schweißtropfen rinnen zwischen ihren Brüsten herab. Ihr Bauch beginnt zu wogen, ein eigenes, fremdes Wesen jetzt, und dann bricht sie mit einem Schrei zusammen, fällt vornüber zwischen ihre gespreizten Schenkel, jetzt nur mehr eine Woge schwarzes Haar und ein runder Rücken.

Der junge Mann in dem Café am Jungfernstieg wäre jetzt eine halbe Stunde lang auf der Toilette, wenn er auf die Toilette gegangen wäre. Oberkellner Wintrich beschließt nachzusehen. Nur der guten Ordnung halber. Er kommt zurück und geht zum Tisch der Dame.

Darf es noch etwas sein?

Noch einen Kaffee bitte.

Frau Werth hebt die Tafel auf. Die Herren ziehen sich in den Rauchsalon zurück. Nach einer halben Stunde kommen sie wieder. Mit nachdenklichen Gesichtern. Unter der Hand wussten alle, dass der Zweck des Abends in mehr bestand als in der Begrüßung des heimgekehrten Sohnes. Sie hatten sich auf Champagner und Glückwünsche vorbereitet. Es war aber etwas geschehen, das darin bestand, dass nichts geschehen war. Albert Werth hatte Bettys Vater nicht ins Nebenzimmer gebeten. Er hatte seinen Mokka geschlürft und eine Zigarre geraucht.

Mit betretenen Gesichtern kommt man also in den Salon zurück, und ohne dass ein Wort gesagt worden wäre, wissen die Damen sofort, was geschehen war.

Umso aufgeräumter plaudert man. Geradezu hektisch macht man Konversation. Zum Glück hat man Wormser. Daniel Wormser ist Lehrer an der Talmud-Tora-Realschule, Mitglied im deutschen Central-Komitee für die russischen Juden, und er hat den Israelitischen Unterstützungsverein für Obdachlose gegründet. Wie befürchtet, beginnt er von seiner karitativen Arbeit zu erzählen. Man zahlt ja gerne, aber von diesen russischen Glaubensgenossen will man nicht allzuviel hören. In ihrer Ungebildetheit und in ihrem unaufgeklärten aschkenasischen Fundamentalismus sind sie für diese Doktoren, Rechtsanwälte, Bankiers und Unternehmer doch eher eine Peinlichkeit. Mit denen will man nicht in einen Topf geworfen werden.

In dem Café am Jungfernstieg ist die Dame inzwischen der einzige Gast. Oberkellner Wintrich geht zu ihr. Es tut mir leid, sagt er. Aber wir schließen jetzt.

Man hat Wormser zugehört, doch nach einer Anstandspflicht bricht man auf. Ungewöhnlich früh und alle gleichzeitig, fast fluchtartig.

Albert Werth verabschiedet seine Gäste an der Tür. Er verabschiedet sich von Bettys Eltern, er verabschiedet sich auch von Betty. Er verbeugt sich. Sie geben sich nicht die Hand.

Was machst du jetzt eigentlich? fragt ihn Wormser beim Abschied an der Tür. Komm doch mal bei unserem Verein vorbei.

Wir brauchen Ärzte, sagt Wormser.

Der Kutscher hält Bettys Eltern den Schlag auf. Sie steigen ein. Hinter ihnen steigt Betty ein. Sie sitzt ihren Eltern gegenüber mit dem Rücken zur Fahrtrichtung. Nach einer Weile sagt ihre Mutter: Betty. Betty schweigt.

Betty, sagt sie noch einmal.

Ihr Mann legt ihr die Hand auf den Arm. Sie drückt ihr Taschentuch auf die Augen. Betty blickt starr geradeaus, genau zwischen ihnen hindurch.

Albert Werth weiß, dass der Abend noch nicht zu Ende ist. In der Mitte des Salons wird er von seiner Mutter gestellt.

Ich verlange eine Erklärung, faucht sie.

Ich lasse mich nicht verkuppeln, sagt er.

Dagegen hast du bis jetzt nichts gehabt, schreit sie.

Jetzt habe ich aber etwas dagegen.

Was hast du gegen Betty?

Nichts, sagt er, nur dass ich sie nicht heiraten will, sie mag noch so viel Geld haben.

Er lässt sie stehen und geht auf sein Zimmer. Er ist wieder in Hamburg. Jetzt kommen wieder die Cholera-Fratzen.

Er war so ein netter Student gewesen. Aber das war lange her.

Schokolade

Hinken verboten. Ein Tässchen in Ehren.
Tränen.

Doktor Werth läuft eine Treppe hinunter. Er hört, wie der Portier sagt: Sie haben Glück. Da kommt er. Eine Nonne spricht ihn an.

Ein Abszeß auf Nummer 16, sagt die Nonne. Ob er sich den einmal ansehen könne.

Doktor Werth blickt die Nonne an. Er hat überhaupt keine Zeit.

Also gut, sagt er. Aber schnell.

Der Abszeß sitzt an der Außenseite des linken Oberschenkels, eine gewaltige Eiterbeule.

Ein splittriges Holzscheit sei vom Wagen gefallen und gegen ihr Bein geschlagen, sagt die Frau. Es habe geblutet, dann habe sich die Wunde geschlossen.

Da sitzt noch etwas drin, sagt die Nonne.

Doktor Werth blickt sie an. Sind Sie vom Fach?

Ein bisschen, sagt die Nonne.

Was hier Zimmer Nummer 16 heißt und in dem zwei Erwachsene und ein Kind hausen, würde man bei Rechtsanwalt Werth als Besenkammer bezeichnen.

Morgen Nachmittag um vier, sagt Doktor Werth.

Die Nonne lächelt.

Er greift nach der Türklinke, verfehlt sie, erwischt sie schließlich doch. Er lächelt zurück, geht hinaus.

Es war ein Glück gewesen, dass sie diesen jungen Mann aus Hamburg im Zug getroffen hatten. Schon nach den ersten Schritten auf dem Bahnsteig hatte er zu Ruth gesagt: Aber Sie hinken ja.

Ich hab da etwas am Bein. Es tut schon im Knie weh.

Damit kommen Sie aber auf Ellis Island nicht die Treppe hinauf, hatte der junge Mann gesagt. Die haben da eine breite Treppe, die müssen alle hinauf, damit sie sehen können, wer hinkt oder keucht oder stehenbleiben muss. Wer hinkt, bekommt einen Zettel mit einem L darauf. L für limping, für hinkend. Und wer den Zettel aufgeklebt bekommt, den schicken sie zurück.

Auch sonst war der junge Mann ein Segen. Ohne ihn wären sie eine halbe Stunde nach Ankunft des Zuges wahrscheinlich ausgeplündert gewesen, hätte man ihnen, verwirrt und verängstigt, wie sie gewesen wären, angeblich unerhört günstiges Blechgeschirr, billige Steppdecken und genial konstruierte Spirituskocher aufgeschwatzt, denn die Litzer, wie die Blutsauger genannt wurden, fielen auf dem Bahnsteig wie Heuschrecken über die Auswanderer her.

So aber hatte er sie gewarnt, ihnen regelrecht verboten, irgendetwas zu kaufen, denn für alles, was sie auf dem Schiff brauchten, gebe es Preislisten und Adressen von Geschäften, wo alles für einen Bruchteil zu haben wäre. Und schließlich hatte er sie zu einem Hotel gebracht, sogar in einer unverständlichen Sprache, die dennoch Deutsch sein sollte, mit dem Portier um die Zimmerpreise gefeilscht, so dass sie den Umständen entsprechend ganz anständig untergekommen waren für die Zeit, bis sie in die Auswanderer-Baracken am Amerika-Kai in Quarantäne mussten. Die Kantors in der bewussten Besenkammer, Tatlin in einem Schlafsaal mit zehn Betten und Schwester Alma in einem Zweibettzimmer.

Doch nannte sich das, was sie für ein Hotel hielten, noch nicht einmal selber so. *Zum großen Auswanderer-Hause* nannte es sich in meterhohen Lettern, ein vierstöckiger, trostloser Kasten, ein Lagerschuppen, doch für Menschen, abgewetzt von ihren Schuhen und Händen, verkrustet von ihrem Schmutz, bröckelnd und verlaust, ein Palast für Kakerlaken und Ratten, vibrierend von Geschrei und Lachen, von Stöhnen und Verzweiflung und Angst, die letzte Station vor der großen Reise.

Mit einer zornigen Bewegung wirft Schwester Alma ein Handtuch über die Spiegeltür des Kleiderschranks. Sie nimmt die Haube ab und setzt sich. Sie fährt mit der Hand durch ihr wie gelackt glänzendes schwarzes Haar. Sie hat es immer noch nicht geschoren. Wahrscheinlich sehe ich aus wie ein Clown mit diesen abstehenden Strähnen, denkt sie.

Sie hätte sich längst erkundigen müssen, wann das nächste Schiff nach Swakopmund geht. Zu ihren Kranken wolle sie zurück, hatte sie geschrieben. Die wenigsten waren krank. Die meisten lagen auf dem Bauch mit eiternden Striemen auf dem Rücken, die die Peitschen und Stöcke der deutschen Farmer geschlagen hatten. Doktor Heinrich versuchte sie zu überreden, wenigstens nicht mehr die scharfkantigen, rissigen Nilpferdpeitschen zu benutzen.

Zuviel Epidermisverluste, pflegte er zu sagen. Andererseits drohen bei der Verwendung von Stöcken Leberschädigungen und Knochenbrüche. Und Tauenden? Äußerlich blieb die Haut heil, innerlich aber zerrissen sie das Muskelgewebe.

Doch wie sonst sollte man das Christentum verbreiten und die Kultur?

Im Namen Christi wurden die Wunden geschlagen, im Namen Christi wurden sie von ihr geheilt. Die Farmer erwarteten von ihr, dass sie ihnen die Schwarzen wieder arbeitsfähig pflegte, und das sehr energisch. Sie musste um jeden Tag kämpfen, den ein schwarzer Arbeiter auf ihrer Krankenstation bleiben konnte.

Oft stand sie nachts draußen in der Wüste unter dem Prunk der Sterne, und manchmal sagte sie sich: So vergeht dein Leben.

Das ist nicht dein Leben, rügte sie sich dann. Christus hat es dir geliehen, und ihm gibst du es zurück.

Hat er es dir gegeben, damit du diesen Kerlen hilfst, das Land auszuplündern und freie Menschen zu Sklaven zu machen? Das Handtuch über der Spiegeltür stört sie plötzlich. Sie setzt die Haube wieder auf und nimmt es ab.

Vorsichtig nähert sie sich der wackligen Kommode, auf der ihre Zimmergenossin ihre Toilettensachen ausgebreitet hat: Bürsten, Kämme, ein Handspiegel, eine Puderdose, Parfümfläschchen, Lippenstift. Was weiß ich eigentlich von den Menschen, fragt sie sich.

Sie setzt sich wieder. Sie merkt, dass sie darauf wartet, dass ihre Zimmergenossin zurückkommt. Eigentlich war ich immer allein, denkt sie.

Ihre Zimmergenossin stößt einen Schrei aus, als sie hereinkommt und das Licht anmacht.

Mein Gott, was haben Sie mir einen Schrecken eingejagt, ruft Frau Ebel. Warum sitzen Sie denn da im Dunkeln?

Frau Ebel ist eine rundliche, amselhaft lebhafte, fröhliche Person. Sie kommt aus Mainz, und auf diese Stadt singt sie, obwohl mit einem gewissen schmerzlichen Unterton, unentwegt geradezu Lobeshymnen, derart, dass Schwester Alma schließlich fragt: Warum fahren Sie denn nicht wieder zurück?

Dort kann ich mich nicht wieder blicken lassen, ruft Frau Ebel fröhlich.

Haben Sie nicht Verwandte dort, Freunde?

Oh doch, ruft Frau Ebel. Zwei Kinder hab ich dort. Egon, der ist acht, und Amalie ist zwölf. Ich hab sogar einen Mann dort.

Ich verstehe nicht.

Natürlich nicht, Kindchen, sagt Frau Ebel. Aber dazu muss ich Ihnen ein Wort erklären, das Sie nicht kennen. Ich bin nämlich durchgebrannt.

Schwester Alma kennt das Wort tatsächlich nicht. Nachdem Frau Ebel es ihr erklärt hat, stellt sie eine Frage, auf die Frau Ebel natürlich gewartet hat. Mit wem?

Mit Amalies Klavierlehrer.

Das muss ja ein beeindruckender Mann sein, sagt Schwester Alma ratlos.

Er ist zwanzig, sagt Frau Ebel trocken.

Eine Weile schweigen sie, dann sagt Frau Ebel: Aber er ist ein Engel.

Wieder schweigen sie.

Ein Engel?

Schließlich beginnt Frau Ebel, ihren Engel zu beschreiben, und zwar an Haupt und Gliedern, derart, dass Schwester Alma mehrmals versucht ist, nach ihrem Gebetbuch zu greifen. Es erweist sich nämlich, dass Frau Ebels Vorstellungen zu einem erheblichen Teil von denen abweichen, die Schwester Alma von Engeln hat. In einem Anfall von keuscher Frivolität beugt sie sich vor und sagt kichernd: Den würde ich ja gern auch einmal kennenlernen.

Frau Ebel lacht über die tief errötete Schwester.

Geht nicht, geht nicht, ruft sie.

Und warum nicht?

Er ist mir durchgebrannt, ruft Frau Ebel. Und zwar mit all meinem Geld. Das heißt, mit allem, was ich ihm gegeben habe, achttausend Mark. Was er nicht wusste – und vielleicht wäre er dann noch etwas länger geblieben – zwölftausend hab ich noch in meinem Korsett versteckt.

Schwester Alma atmet tief durch.

War Ihr Mann denn hässlich zu Ihnen? sagt sie. Vielleicht trank er.

Der Ebel ist ein Schatz, ruft Frau Ebel. Und ein großartiger Bauunternehmer. Ich konnte wirklich nicht klagen.

Aber die Kinder?

Ja, die Kinder, sagt Frau Ebel.

Sie schweigen schon wieder.

Und wie erklären Sie sich das alles? sagt Schwester Alma. Aber kommen Sie mir nicht schon wieder mit Ihrem Engel.

Geht aber nicht anders, sagt Frau Ebel ernst.

In der Nacht wacht Schwester Alma auf. Sie starrt ins Dunkel, und sie denkt: Das wäre ja, als ob ich Christus durchbrennen würde.

Doktor Werth ist geradezu penetrant guter Laune. Er singt in der Badewanne, er pfeift, während er sich die Krawatte umbindet, vor sich hinsummend besprüht er sich mit Kölnisch Wasser.

Das muss ja eine tolle Verabredung sein, zu der du willst, sagt seine Mutter misstrauisch.

Verabredung? Ich muss zu Wormser und seinem Israelitischen Unterstützungsverein, sagt ihr Sohn.

Eigentlich hat er noch nie gelogen, denkt sie. Merkwürdig. Irgendetwas ist doch passiert.

Albert Werth kann sich seine gute Laune auch nicht erklären. Sie ist selbst ihm aufgefallen. Aber man muss ja auch nicht alles erklären, denkt er.

Herr Voss, der Gewürzhändler, hat ihm aus der Speicherstadt ein Kästchen aus Sandelholz geschickt – voller Gewürzproben. Manchmal riecht er hinein. Es steht auf seinem Schreibtisch. Jederzeit griffbereit.

Er durchquert eilig und schweigend die Diele. Im Treppenhaus aber pfeift er schon wieder vor sich hin.

Dieser Doktor hat sein Versprechen sicher längst vergessen, sagt Ruth. Auch Simon ist davon überzeugt.

Der kommt, sagt Schwester Alma.

Woher wollen Sie das wissen?

Ich weiß es eben, sagt sie.

Und wo finden wir einen anderen Arzt?

Der kommt bestimmt, sagt sie und muss lächeln.

Sie behält Recht. Fast auf die Minute genau um vier klopft es.

Geradezu beschwingt tritt Doktor Werth ein. Statt auf die Patientin geht er mit ausgestreckter Hand auf Schwester Alma zu, fast als wollte er ihr gratulieren. Anerkennend bemerkt er das bereitstehende heiße Wasser, die Seife, die Handtücher.

Schwester Alma erklärt ihm, wo und womit sie die letzten fünf Jahre verbracht hat.

Ich mach schon mal das Fenster auf, sagt sie und zu Ruth und Simon und Daniel: Am besten, Sie halten sich die Nase zu.

Ruth muss sich so drehen, dass das Bein etwas über den Bettrand hinaussteht. Schwester Alma hält eine Mullwindel bereit. Werth setzt das Skalpell an. Doch er zögert. Sie sieht ihn an, und da merkt sie, dass er so etwas zum erstenmal macht, dass er ein Anfänger ist.

Sie nickt ihm zu. Jetzt.

Daniel stößt einen Ekelschrei aus. Es stinkt.

Schwester Alma arbeitet schnell und geschickt. Sie entdeckt in der Wunde einen schwarzen Punkt. Werth faßt ihn mit einer Pinzette. Er zieht einen schwarzen Holzsplitter aus dem Gewebe. Schwester Alma legt einen Verband an. Als sie sich schließlich die Hände gewaschen haben, stehen sie sich gegenüber.

Na, dann will ich mal, sagt Doktor Werth.

Schwester Alma geht mit ihm hinaus.

Haben Sie sich denn Hamburg schon ein wenig angesehen? sagt Werth.

Sie lächelt und schüttelt den Kopf.

Dürfte ich Ihnen ein wenig von der Stadt zeigen?

Warum eigentlich nicht?

Und so brechen Doktor Werth und Schwester Alma in einer offenen Droschke zu einer Besichtigungsfahrt auf, ein junger Herr und eine Nonne in vollem Dominikanerhabit, ganz offensichtlich auf einer Spritztour, denn sie haben es nicht eilig, vorwärts zu kommen. Die Nonne sitzt bequem zurückgelehnt, den linken Arm auf der Lehne ausgestreckt, und blickt interessiert und wohlgefällig in das Getümmel von Wagen und Passanten, und so sah ich sie.

Sie sind etwa auf der Mitte des Jungfernstiegs, und Werth weist gerade mit ausgestrecktem Arm auf die Alster hinaus, die voller Schuten und Segelboote ist.

Als die Droschke Richtung Gänsemarkt zuckelt, folge ich ihr. Vor einem Café lässt Werth halten und entlohnt den Kutscher. Die beiden verschwinden in dem Café. Durch das in die Scheiben geätzte Rankenwerk sah ich noch, wie sie sich an einem Tisch niederließen, dann ging ich weiter.

Schwester Alma ist noch nie in einem Café gewesen, erst recht nicht in einer solchen Wollusthöhle. Teppiche, Marmor, Mahagoni, Silber. Ein Stehgeiger spielt unzüchtige Melodien. Geschnürte Damen mit ausladenden Hüten und Hüften, Schnurrbärte, Backenbärte, Kinnbärte, Kaiserbärte. Pomade. Doktor Werth ist übrigens glattrasiert.

Er reicht ihr die Karte.

Aber was ist Sherry? Oder Cointreau? Oder Danziger Goldwasser? Kaffee und Tee, das kennt sie. Sie will schon Kaffee bestellen, als Doktor Werth sagt: Vielleicht eine Schokolade?

Sie nickt. Obwohl: Soll sie eine Tafel Schokolade essen? Denn Schokolade hatte sie schon einmal gesehen, diese flachen Tafeln.

Der Kellner kommt mit einem Kaffee und einem Cognac für Doktor Werth und einem Kännchen Schokolade für Schwester Alma.

Er gießt ihr ein, sie nippt: Ein süßer Himmel öffnet sich. Auf ihrer Zunge tanzen Engel. Sie nimmt nur winzige Schlucke.

Ich lief durch dieses Hamburg, als würde mich etwas vor sich her treiben. Als die Dunkelheit einsetzte, stieg meine Erregung noch einmal. Die Menge der erleuchteten Fenster war überwältigend. Aus einem erleuchteten Zimmer kann man nicht in die Dunkelheit hinausblicken. Sehr wohl kann man aus der Dunkelheit in ein erleuchtetes Zimmer hineinblicken. Sie räkeln sich in ihren Kammern ja nicht nur gewärmt und geschützt, sie wähnen sich auch unbeobachtet. Unfreiwillig geben sie mir etwas von sich preis, der ich außen vor bleibe, unbemerkt, der Voyeur.

Ungeheure Energieströme gehen von diesen erleuchteten Häusermassen aus, von diesen Kammern und Salons, Ballsälen und Boudoirs, sie dringen in mich ein, ich scheine keine Haut zu haben in solchen Augenblicken, ich muss nur immer weitergehen, immer tiefer in diese Unübersehbarkeit hinein, in dieses Meer von Möglichkeiten. Wo ich bin, von dort will ich weg. Wo ich war, dort will ich wieder hin. Ich weiß, dass ich keine Ruhe finden werde. Ich kann nicht aufhören zu gehen.

Im Zimmer ist eine Unruhe. Obwohl es völlig still ist, ist in dem Zimmer eine Unruhe. Es muss etwa zwei Uhr in der Nacht sein.

Frau Ebel ist vor einer Stunde zurückgekommen. Danach ist Schwester Alma eingeschlafen. Von dieser Unruhe aber ist sie aufgewacht. Sie könnte nicht sagen, worin diese Unruhe besteht, denn es ist vollkommen still.

Dann hört sie ein Atmen, ein tiefes Einatmen. Danach ein

gepresstes Ausatmen. Das mehrmals. Dann ein erlöstes Ausatmen.

Sie liegt regungslos auf dem Rücken. Sie hat die Augen geschlossen. Sie presst die Lider zusammen. Trotzdem quellen Tränen darunter hervor, laufen ihr über die Wangen.

Das Kleid

Krone, Kulasse, Rondiste. Der Frau Ebel ihr Korsett.
Klaus Groth friert.

Man muss den Unterschied erkennen zwischen einem weißen Brillanten und einem weißen Zirkon, zwischen einem rosa Beryll, einem rosa Topas, rosa Turmalin, rosa Saphir, Spinell, Rosenquarz, Kunzit, Granat, Feueropal, Chrysoberyll. Turmalin kommt in fast jeder Farbe vor und ein blassblauer Stein kann ein Zirkon, Aquamarin, Topas, Apatit, ein synthetischer Spinell oder ein Euklas sein.

Ein weißer Stein kann ein Brillant sein, eine Doublette (ein flacher echter Brillant auf einen synthetischen Unterkörper geklebt) oder auch ein weißer Saphir, ein synthetischer weißer Saphir. Ein synthetischer Rutil (meist gelblich), ein Titanit, ein weißer Spinell (selten), weißer Topas, Quarz oder Bergkristall. Neuerdings wieder verwendet werden Malachit, Idokras, Peridot, Dioptas, Citrin, Chrysopras.

Ruth Kantor mag nicht, wie Simon von Edelsteinen spricht. Seine Stimme nimmt dann etwas Kaltes an, und sie wird so hart wie die Steine, von denen er spricht.

Der vollgeschliffene, runde Brillant hat 58 Flächen. Der Oberkörper, die Krone, besteht aus 32 Facetten und der Tafel, der Unterkörper, die Kulasse, aus 24 Facetten, die Trennungslinie (der Umfang des Steins) ist die Rondiste.

Sie mag nicht, dass er ständig die Nase in dieses Buch steckt, das er sich gekauft hat und in dem Edelsteine beschrieben und abgebildet sind.

Simon Kantor war in der Stadt gewesen, und erst jetzt glaubt er zu wissen, was hohe Häuser sind, und er hatte wieder das kalte Feuer gesehen. Hundertfach funkelte es in den Schaufenstern der Juweliergeschäfte.

Ruths Bein hat sich gebessert. Sie kann schon wieder auftreten. Daniels Lieblingslektüre ist das englische Wörterbuch, das sein Vater gekauft hat. Es grenzt an ein Wunder, wie er lernt. Und er will, dass seine Eltern auch lernen. Er examiniert sie, hört ihnen Vokabeln ab. Er beginnt, Sätze zu bilden.

Die Stühle wollen Walzer tanzen.

Die Lampe singt ihr trauriges Lied.

Mamas Bein ist weiß.

Ruth mag nicht, dass Simon neuerdings mit diesem Tatlin im Aufenthaltsraum zusammensitzt.

Klaus Groth war nach Hause gegangen, nachdem er die Russen in Meyers Auswandererhaus untergebracht hatte. Woran er immer noch ganz mechanisch als sein Zuhause dachte, war eine Wohnung in jenem Gängeviertel, das den berühmten Bakteriologen Robert Koch so schockiert hatte, als er nach dem Ausbruch der Cholera-Epidemie nach Hamburg gerufen wurde. Seinen letzten Urlaub hatte Klaus Groth vor über einem Jahr gehabt, doch reichte das aus, dass er den Schmutz, das Elend, den Verfall fast wie ein Fremder wahrnahm. So schlimm hatte er es nicht in Erinnerung. Als er die enge, schmierige Stiege zu der Wohnung im dritten Stock hochkletterte, glaubte er ersticken zu müssen. Er klopfte und trat ein, ohne ein Herein abzuwarten. Der Mann, der da am Küchentisch saß, sah aus wie sechzig. Tatsächlich war er fünfundvierzig. Er zeigte beim Anblick seines Sohnes keine Reaktionen. Klaus Groth knöpfte sich die Jacke auf und setzt sich zu ihm an den Tisch.

War es schön bei den Preußen? sagt sein Vater.

Groth weiß, dass er jetzt nicht antworten darf.

Draußen ist es heller Tag. In dieser Wohnküche herrscht Dämmerung.

Sein Vater ist Nieter. Zehn Stunden am Tag schlägt er auf weißglühende, daumendicke Stahlnieten ein. Zehn Stunden Lärmhölle. Zehn Stunden in dem nasskalten Wind, der die Elbe heraufweht. Jeden Tag außer sonntags.

Sein Vater steht auf. Er stemmt sich hoch, als lägen Gewichte auf seinen Schultern. Er geht zum Schrank und holt Kornflasche und Gläser.

Weißt du, wie der berühmte Herr Koch das hier genannt hat? fragt er.

Ich hab es im *Vorwärts* gelesen, sagt Klaus Groth.

Es war ein Getrampel auf der Treppe gewesen. Es hatte geklopft, fast gleichzeitig war der Hausverwalter eingetreten. Hinter ihm Männer in schwarzen Mänteln und Hüten. Bevor der Hausverwalter etwas erklären konnte, drängten sie an ihm vorbei in die Wohnung. Wilhelm Groth war nicht um Erlaubnis gebeten worden, und es dachte auch niemand daran, ihm etwas zu erklären. Sie sahen sich in diesen beiden Zimmern um, als gäbe es ihn nicht, und allmählich wurden sie still. Es verschlug ihnen die Sprache.

Meine Herren, sagte schließlich einer, ich vergesse, dass ich in Europa bin. Dies sind asiatische Verhältnisse.

Es war der berühmte Robert Koch gewesen, der das sagte, der Entdecker des Cholera-Bazillus, und er wusste, wovon er sprach, denn als es ihm in Kairo nicht gelang, den Erreger der Cholera zu isolieren, fuhr er nach Kalkutta. Etwas Schlimmeres als die Arbeiterquartiere im Gängeviertel, wird er seiner Verlobten schreiben, habe ich weder im Judenviertel in Prag noch in Italien kennengelernt. In keiner anderen Stadt habe ich solche ungesunden Wohnungen, Pesthöhlen und Brutstätten angetroffen.

Klaus Groth hebt sein Glas und trinkt seinem Vater zu. Er denkt, diesem Mann ist die Frau gestorben. Er denkt nicht, dass diese Frau auch seine Mutter war. Er denkt nur, diesem Mann ist die Frau gestorben.

Seine Schwester Gertrud poltert herein. Sie ist achtzehn, ein lautes, aufdringliches Ding.

Zeigst du dich auch mal wieder.

Sie hätte wissen können, dass er keinen Urlaub bekam.

Er steht auf. Er spürt, dass sie wollen, dass er geht. Unter seiner Jacke trägt er seinen guten Anzug und eine Krawatte.

Er passt nicht hierher.

Er atmet durch, als er im Freien ist. Er geht in die Belle-alliance-Straße zu seiner älteren Schwester. Sie freut sich, tätschelt ihm die Wangen, setzt ihn auf einen Stuhl. Drei kleine Kinder starren ihn an. Ihre Mutter ist schon wieder schwanger.

Erzähl mal, während ich Kaffee mache, ruft sie.

Erzähl du mal, sagt Klaus Groth.

Sie lässt den Wasserkessel sinken.

Willst du es wirklich wissen?

Ja, sagt Klaus Groth. Alles.

Sie kommt zum Tisch und setzt sich.

Vater kam nach Hause, und sie war nicht mehr da. Sie war weggebracht worden. Aber wohin, wusste niemand. Nach drei Tagen hab ich sie gefunden. Aber da war sie schon tot.

Groth wartet.

Sie lag auf dem Flur in einer Reihe mit anderen.

Sie schluckt. Sie versucht zu sprechen.

Ich hab sie kaum wiedererkannt, flüstert sie.

Klaus Groth wartet.

Sie sind blau, sie sind verdreht, sagt sie. Sie starren mit offenen Augen und offenen Mündern. Sie stinken, schreit sie.

Groth legt seine Hände auf ihre. Eine Weile sitzen sie so.

Dein Kaffee, sagt sie.

Sie will wissen, wie es in Berlin war, und er erzählt auch ein wenig, aber eigentlich hören sie einander gar nicht zu. Schließlich geht er. Weder sie noch Gertrud oder sein Vater hatten gefragt, was er jetzt machen wolle oder wo er die Nacht verbringen würde.

Frau Ebel macht Toilette. Halb angezogen läuft sie im Zimmer umher. Der Aufwand scheint einem Herrn zu gelten. Schwester Alma staunt. So geht das also zu. Der eine raus, der andere rein.

So ist das nicht, Schwester, ruft Frau Ebel. Es ist viel komplizierter. Aber davon verstehen Sie nichts. Im übrigen müssten Sie den Benz kennen. Der ist Edelsteinhändler. Aus Idar-Oberstein.

Waren Edelsteinhändler besondere Leute? Wo war die Logik? Schwester Alma staunt. Derartiges trugen Frauen also unter ihren Kleidern. Rote Seide, schwarze Spitzen, durchbrochene Strumpfbänder. Dass Frau Ebel sich für das Treffen mit diesem Herrn Benz so sorgfältig vorbereitet, heißt dann doch wohl, dass Herr Benz diese Unterwäsche auch zu sehen bekommt.

Und Herr Benz will ebenfalls nach Amerika? Und warum?

Wissen Sie, was ein Wechsel ist, sagt Frau Ebel. Ein Wechsel hat manchmal die unangenehme Eigenschaft zu platzen. Stellen Sie sich einen vergrößerten Knallfrosch vor. Erst hat es in Idar-Oberstein geknallt, dann in Koblenz, dann in Köln, dann in Münster, dann in Bremen. Die Polizei mag diese Knallerei nicht. Und jetzt helfen Sie mir bei dem Korsett. Hier an diesen beiden Bändern müssen Sie ziehen, bis die Kanten aufeinandertreffen. Dann flechten Sie die Bänder kreuzweise in die Haken. Ziehen, haken, bis Sie oben sind.

Warum halten Sie denn die Luft an? fragt Schwester Alma.

Das macht die Linie, ich meine: Die Taille. Das bringt's.

Schwester Alma zieht, Frau Ebel hält sich am Fußende des Betts fest.

Sie halten mich für flatterhaft, ruft Frau Ebel. Das ist aber falsch.

Und Ihr Mann?

Den liebe ich. Aber ich hätte ihn nie heiraten dürfen.

Und was ist mit dem, der Sie sitzen ließ?

Den Franz liebe ich auch, aber den hätte ich nie geheiratet.

Und der Herr Benz?

Den liebe ich nicht, aber den werde ich heiraten.

Ich glaube, ich will das alles gar nicht verstehen, sagt Schwester Alma.

Wenn mich nicht alles täuscht, werden Sie es sehr bald verstehen, sagt Frau Ebel.

Schwester Alma zieht aus Leibeskraft.

So ist das gut, ruft Frau Ebel.

Aber das muss doch wehtun.

Macht nichts, ruft Frau Ebel und richtet sich auf. Ihr Korsett knarrt.

Es klopft.

Das ist der Benz, ruft Frau Ebel, und ich bin noch nicht fertig.

Schwester Alma geht zur Tür, um Herrn Benz das auszurichten, aber Frau Ebel ruft: Er soll ruhig hereinkommen.

Benz, ruft Frau Ebel, während sie sich vor dem Spiegel pudert, das ist die flotte Schwester Alma.

Herr Benz ist ein kleiner, rundlicher, freundlicher Mann. Er tätschelt Frau Ebels erstaunlichen Hintern, dann streckt er dieselbe Hand, die eben noch diesen halbnackten Hintern getätschelt hat, Schwester Alma entgegen.

Benz der Name, sagt er.

Schwester Alma ist rot geworden. Die Situation war unmöglich. Sie zusammen mit diesem Mann und der halbnackten Ebel. Und da hatte sie einen Einfall. Sie überwand sich und schüttelte Benz entschlossen die Hand. Vielleicht war es ja möglich, die Aufmerksamkeit dieses Menschen von der halbnackten Ebel abzulenken und sie dazu zu bringen, sich endlich etwas anzuziehen.

Sie sind Edelsteinhändler, habe ich gehört, sagt sie. Ich hätte da etwas. Vielleicht können Sie mir einen Rat geben.

Sie geht zum Schrank und kommt mit einem Kästchen zurück. Sie öffnet es und leert den Inhalt auf den Tisch aus, den Schmuck ihrer Tante.

Was ist das wert?

Herr Benz pfeift durch die Zähne.

Das ist erheblich, sagt er.

Wieviel?

Das kommt darauf an. Geben Sie mir mal ein Blatt Papier und einen Bleistift, sagt Herr Benz und beginnt, den Schmuck Stück für Stück zu bewerten. Als er die Zahlen addiert hat, sagt er, also ein Juwelier würde etwa zweiundfünfzigtausendachthundert dafür erlösen. Wenn Sie ihm das dagegen verkaufen, würden Sie vielleicht dreitausend bekommen.

Danke, sagt Schwester Alma und legt den Schmuck wieder in das Kästchen. Die Ebel ist endlich fertig, und die beiden verabschieden sich.

Frau Werth hat ihrem Sohn zwar noch nie das Frühstück zubereitet, aber sie hat ihm immer dabei Gesellschaft geleistet. Sie musste doch sicher sein, dass der Junge ordentlich isst.

Du bist gesehen worden, sagt sie.

Albert Werth beklopft die Spitze seines Frühstückseis.

Mit einer Mulattin.

Sehr interessant, sagt Werth. Das Ei ist gerade richtig.

Eben aus Caracas angekommen.

Wie das klingt: Eine Mulattin aus Caracas.

Und du bist mit ihr am Arm über den Jungfernstieg spaziert.

Also erstens, sagt Albert Werth, bin ich nicht mit ihr über den Jungfernstieg gegangen, sondern in einer offenen Droschke gefahren. Zweitens ist sie keine Mulattin, sondern eine deutsche Dominikanerin. Und drittens kommt sie nicht aus Caracas, sondern fährt nach Afrika zu ihrer Missionsstation zurück.

Aber irgendetwas ist mit dir, ruft sie und geht hinaus. Das lasse ich mir nicht ausreden.

Jemand von der HAPAG hat ihn angesprochen. Ob er einen erkrankten Schiffsarzt vertreten könne. Nur für eine Reise. New York und zurück. Er hatte sich Bedenkzeit ausbedungen. Seine Mutter würde Zustände bekommen, wenn er annehmen würde. Schiffsarzt, das kam für sie gleich hinter Eintänzer.

Am nächsten Tag begegnete ich der Nonne erneut. Sie stand schon wieder vor einem Modegeschäft. Ich trat neben sie. Sie blickte auf. Ich lächelte, aber sie lächelte nicht zurück.

Wenn Sie nicht nach Afrika zurück wollen, wohin dann? fragte ich.

Woraus schließen Sie, dass ich nicht nach Afrika zurück will?

Ich zuckte die Schultern.

Und Sie? sagte sie. Sie wissen doch auch nicht wohin.

Zwischen ihren Augen stand eine kleine, scharfe Falte.

Doch, sagte ich. Nach Amerika. Gehen wir doch ein kleines Stück an diesem See entlang, an dieser Alster.

Sie kam sofort mit. Sie wusste wirklich nicht wohin.

Ich erzählte ihr die Geschichte von der Ballnacht auf einer Bauwollplantage in Louisiana. Ich bin ja nur ein Marktschreier, und ich erzähle für Geld. Aber gerade deshalb weiß ich, dass es erbarmungslos auf den Anfang ankommt. Wer den Zuhörer nicht in den ersten Minuten gefesselt und am Weghören gehindert hat, wird es nie mehr können. Nun hätte ich mit dem Herrenhaus beginnen können, wie es weiß und schon erleuchtet durch die alten Parkbäume strahlte. Aber ich begann mit den Magnolien.

Ich wies auf eine Bank. Setzen wir uns doch, sagte ich. Kennen Sie Magnolien? Natürlich wartete ich ihre Antwort nicht ab. Kurz bevor sie aufgeblüht sind, haben ihre Blütenblätter ein fast unirdisches Weiß erreicht, eine wächserne, makellose Jenseitigkeit, wie sie manchmal die Züge von Toten aufweisen. Sie sind übergroß und von müder Üppigkeit in der feuchten Schwüle der Nacht.

Ich brauchte den Vergleich gar nicht mehr zu ziehen, denn als ich die Terrasse erwähnte und den Ballsaal dahinter, der auf sie hinausging, da zog sich der Vergleich zwischen den Magnolienblüten und den weiß gekleideten Frauen auf der Terrasse ganz von selbst. Es kommt ja nicht auf die Beschreibung von irgendwelchen Dingen oder Personen an, sondern darauf, die Vorstellung dieser Dinge oder Personen im Kopf des Hörers entstehen zu lassen, sein Vorstellungsvermögen in Gang zu setzen. Die Mittel dazu können höchst einfach sein. Das sagt noch gar nichts aus über ihre Wirkung.

Ich kam zu der Musik, die aus dem Ballsaal in die feuchtheiße Nacht floss. Eine Geschichte soll ja nicht nur den Verstand, die Kenntnisse oder die Neugier des Zuhörers ansprechen, sondern ihn vielmehr denken, fühlen, riechen, schmecken, erinnern, leiden und hoffen lassen, und alles möglichst gleichzeitig. Während er hört, soll er leben. Vielleicht wie er nie zuvor gelebt hat.

Doch ließ ich die Musik, die aus dem Ballsaal kam, nur wie Schaum auf dem dunklen Fluss des Gesangs treiben, der aus den Hütten der Sklaven hinter dem Herrenhaus herüber floss. Erst auf diesem Gewässer schwammen die weißen Frauengestalten auf der Terrasse mit der müden Resignation verblühter Magnolien.

Nun hat jede Geschichte eine geheime Absicht, deswegen wird sie erzählt. Keine ist unschuldig. Immer wieder beschrieb ich die dunkle, üppige Haarpracht der Frauen auf der Terrasse, wie sie schwarz auf ihre Schultern oder sogar tiefer bis kurz vor ihre Hüften fiel, Kaskaden von blauschwarzen Locken. Denn ich wusste natürlich, dass die Nonne geschoren war.

Möglich, dass sie verstanden hatte, denn mitten in der Erzählung stand sie auf und verabschiedete sich.

Klaus Groth sitzt in Altona am Elbhang und blickt zu Blohm & Voss und den Werften hinüber. Ihm ist kalt. Etwas fehlt. Wo immer er früher war, stets war dieser ferne, winzige, Wärme abstrahlende Punkt gewesen. Jetzt ist da eine leere, kalte Stelle.

Klaus Groth wird inne, dass seine Mutter tot ist. Er springt auf und geht hin und her. Er ringt nach Luft. Er läuft den Abhang hinunter zur Elbe. Er starrt auf den Fluss. Nach und nach gelingt es ihm, dieses aufquellende Gewächs in seiner Brust, das ihn zu ersticken droht, herabzudrücken, kleiner zu pressen, in den Magen hinunter zu drängen, wo es sich als kleines, bitteres Knäuel festsetzt.

Hammerschläge wie von Riesen hallen dröhnend von den Werften her über den Fluss. Metall kreischt auf Metall. Ketten rasseln.

In einer Barkasse zwischen den Arbeitern der Mittagsschicht stehend fährt er zu Blohm & Voss hinüber. Er will zu seinem Vater. Er springt über Gleise, läuft unter Kränen hindurch, weicht Lokomotiven aus. Der Lärm ist ohrenbetäubend. Er läuft auf den Kreuzer-Neubau zu, der auf Kiel liegt, ein turmhohes rostbraunes Stahlgehäuse. Er fragt sich schreiend durch, klettert Leitern hinauf, und schließlich steht er vor ihm. Sein Vater lässt den Niethammer sinken.

Was willst du, sagt er.

Erst jetzt wird ihm klar, dass er nicht weiß, weshalb er hergekommen ist, und er schämt sich.

In einer plötzlichen Eingebung sagt er: Ich will mich verabschieden. Ich gehe nach Amerika.

Sein Vater sieht ihn an.

Das würde ich auch tun, wenn ich so jung wie du wäre.

Und da streckt er ihm die Hand hin. Es war noch nie vorgekommen, dass er ihn berührte, außer wenn er ihn schlug.

Klaus Groth ergreift die Hand seines Vaters. Zum erstenmal spürt er seines Vaters Hand in der seinen, und sie ist hart und schwer. Einen Augenblick zu lange dauert dieser Händedruck, aber um einen für Klaus Groth sehr kostbaren Augenblick. Er wendet sich um und klettert die Leiter hinab.

In der Nachmittagsstille einer Kneipe und vor einem Bier beginnt der Tumult in ihm sich zu legen. Rätselhaft, wie er darauf verfallen war zu sagen, er gehe nach Amerika. Bis zu dem Augenblick, als er es sagte, hatte er nie daran gedacht. Hatte er es aus Scham gesagt, weil er zu seinem Vater gelaufen war und nicht wusste warum? Aus Trotz? Er könnte fahren. Das Geld dazu hat er.

Ihm ist kalt. Er braucht ein Bett. Und da geht er zu Meyers Auswandererhaus. Ich sah ihn sofort, als er in der Tür des Schlafsaals auftauchte. Ich winkte. Hier ist noch ein Bett frei.

Thymian und Salbei und Pfeffer und Kardamom: Albert Werth hat den Nachsorgebesuch bei Ruth Kantor nicht vergessen. Und da kommt ihm eine Idee. Als er pünktlich um vier an der Tür von Nummer sechzehn anklopft und eintritt, trägt er etwas auf dem Arm, was ein führendes Hamburger Feinkostgeschäft einen Präsentkorb, weniger Feinsinnige einen Fresskorb nennen. Schinken und Würste und Dosen mit Gänseleberpastete und Kaviar, Champagner und Cognac und Trauben und Käse enthält er. Schwungvoll tritt Doktor Werth ein, doch schon beim ersten Blick sieht er, dass Schwester Alma nicht da ist.

Ernüchtert setzt er den Korb auf dem Tisch ab.

Was macht das Bein, sagt er zu Ruth. Noch Beschwerden im Knie? Und da sieht er die große, schlanke Frau in einem rotschwarz-geblümten Kleid und mit einem weichen, schwarzen Hut auf dem Kopf.

Aber erkennen Sie mich denn nicht mehr? sagt sie. Ich bin es.

Albert Werth starrt. Ihm wird heiß.

Schwester Alma.

Ich heiße Alma Laufer, sagt die Frau lächelnd.

Keine Beschwerden mehr im Knie, sagt Ruth Kantor. Und die Wunde beginnt sich schon zu schließen.

Es wird ein fideles Festmahl. Sie holen Frau Ebel und ihren Benz dazu und schließlich auch mich und Groth.

Hier ist es aber heiß, sage ich, als ich hereinkomme.

Hier ist es nicht heiß, sagt Alma ohne mich anzusehen. Sie haben Fieber.

Woher wollen Sie das wissen?

Das sehe ich, sagt sie.

Ohne mich anzusehen? denke ich.

Als der Champagner alle ist, muss Groth Bier holen.

Wie wäre es mit einem Tässchen Schokolade, sagt Albert Werth.

Alma Laufer schüttelt lächelnd den Kopf. Diesmal nicht.

Geständnisse

Klaus Groth muss weit weg. Daniel darf bei Mama schlafen. Schwester Alma zieht um.

Sie haben meine Mutter umgebracht, erzählt Klaus Groth. Sie haben fast zehntausend Menschen umgebracht. Mit mir ist etwas geschehen. Ich weiß noch nicht was. Sie haben auch in mir etwas umgebracht.

Sie haben ihre eigenen Brunnen. Ihre Dienstboten kochen ihnen das Wasser keimfrei. Wir aber müssen das Seuchenwasser trinken. Man könnte es durch Sand filtern, aber das war ihnen zu teuer. Alles was uns zugute kommen könnte, ist zu teuer. Wir essen zu viel, wir nehmen zu viel Platz ein, wir atmen zu viel. Wir sind zu teuer. Und immer arbeiten wir zu wenig.

Auf der Brook-Insel haben sie vierundzwanzigtausend Menschen aus ihren Wohnungen geworfen. Sie brauchten Platz für die Speicherstadt. Sie brauchten Platz für die Waren. Wo die Vierundzwanzigtausend bleiben sollten, hat sie nicht interessiert.

Ich war Bursche bei einem Leutnant in Berlin. Ich habe die Leutnants reden hören. Wenn geschieht, worauf sie warten, dann gibt es Krieg, dann werden Millionen sterben. Das ist für die noch nicht einmal ein Gedanke wert.

Sandfilter kosten noch nicht einmal viel. In Bremen hat man sie installiert, und es gab keinen einzigen Cholerafall. Hier haben sie zehn Tage gebraucht, bis sie überhaupt zugaben, dass die Seuche in der Stadt ist. Die Geschäfte könnten ja darunter leiden. Aber wo war sie in der Stadt? Bei uns Proleten war sie, nicht in ihren Villen. Die Cholera ist eine Proletenkrankheit.

Wenn du zwölf Stunden am Tag Säcke schleppen musst, machst du dir über die Zukunft keine Gedanken. Du bist zu müde dafür. Der Barras war anfangs paradiesisch. Saubere Kleider, saubere Betten, saubere Schlafsäle. Keine Läuse, Wanzen, Ratten. Und satt zu essen. Das bisschen Marschieren und Exerzieren war ein Kinderspiel. Und das Schießen hat Spaß gemacht. Ich wurde sogar zu einem Lehrgang für Scharfschützen geschickt. Beim Barras konnte ich endlich einen klaren Gedanken fassen.

Etwas ist mit mir geschehen. Erst jetzt merke ich, wie oft ich an sie dachte, wie ich dachte, das musst du ihr sagen, das musst du ihr zeigen, wie wird sie das finden. Wie ein Kind, das angelaufen kommt und ihr etwas geben will, das etwas haben will, das etwas zeigen will.

Es wäre vielleicht anders, wenn sie normal gestorben wäre, an irgend einer Krankheit. So aber ist sie umgebracht worden. Sie haben sie mir genommen. Ich bin noch nicht einmal wütend oder traurig. Das habe ich hinter mir. Ich bin ganz kalt.

Ich hab das Gefühl, irgendwann mach ich etwas. Ich weiß noch nicht was, aber irgendwann mach ich etwas.

Ich glaube, du solltest weggehen von hier, sagte ich. Du solltest weit weggehen, und ganz schnell.

Ruth hat Daniel etwas gekauft. Er beginnt auf und ab zu hüpfen. Für mich?

Er betastet das Päckchen. Es fühlt sich weich an.

Bestimmt etwas zum Anziehen, sagt er enttäuscht.

Mach es auf, sagt Ruth.

Er schlägt das Papier auseinander. Etwas rot und blau und schwarz Geblümtes. Aus Stoff. Mit spitzen Fingern hebt er es hoch. Es fällt auseinander: Ein Kleid. Ein Mädchenkleid.

Angeekelt starrt er sie an.

Zieh die Jacke und die Hose aus, sagt Ruth.

Was soll das, sagt Simon Kantor.

Resolut befreit Ruth ihren Sohn von Jacke und Hose. Als sie ihm das Kleid überstreifen will, schreit er und flüchtet unter den Tisch.

Erklär uns endlich, was das soll, sagt Simon Kantor, jetzt ziemlich bestimmt.

Morgen müssen wir in die Auswandererbaracken. Und er soll nicht mit dir in den Männerschlafsaal. Er bleibt bei mir.

Daniel hockt unter dem Tisch. Er spitzt die Ohren. Eigentümliche Einschlafschwierigkeiten hatten ihn in der letzten Zeit heimgesucht. Er ging zwar gehorsam ins Bett, schloss auch pflichtschuldig die Augen, aber immer, wenn sein Vater oder seine Mutter sagten, meinst du, jetzt schläft er? befiel ihn ein ununterdrückbares Hüsteln. Über ihm streiten sich seine Eltern. Sie streiten sich seinetwegen. Mit einem kleinen, selbstzufriedenen Lächeln hört er zu.

Aber er ist ein Junge, er muss in den Männerschlafsaal, sagt sein Vater.

Zu all diesen haarigen, Tabak kauenden, spuckenden Verbrechern soll er? Zu diesen Grobianen und Stinkstiefeln? ruft seine Mutter. Er schläft bei mir.

So weit hat er da unter dem Tisch noch nicht gedacht. Das

ist ja interessant. Vorsichtig streckt er den Kopf unter dem Tisch hervor.

Er bleibt bei mir und basta, ruft seine Mutter. Komm her.

Sie zieht ihn unter dem Tisch hervor, und mit einer Bewegung, als würde sie ihn einfangen, streift sie ihm das Kleid über. Sie zupft ein bisschen, dann tritt sie zurück.

Daniela, ruft sie. Ist sie nicht süß?

Daniel sieht seinen Vater an. Mit einem kleinen, triumphierenden Lächeln zieht er das Kleid an der linken Seite ein wenig hoch und macht einen Knicks.

Wo ich herkomme, da ist für die meisten die einzige Uhr immer noch die Sonne, erzählt Simon Kantor, obwohl hier und da Kirchenglocken die Zeit ein wenig genauer unterteilen. Aber es gibt auch schon Uhren. Küchenuhren, Wecker, Taschenuhren, obwohl Taschenuhren eigentlich mehr zum Schmuck getragen wurden. Ich wusste, dass, je weiter man nach Westen fährt, desto größer die Uhrendichte werden würde. Immer mehr Menschen richteten sich nach ein und derselben Zeit. Und dann sah ich die erste Bahnhofsuhr. Damit verpflichtete sich die Bahn nicht nur selbst zur Pünktlichkeit, sondern auch die Reisenden, und da hatte ich, wie ich so über meinen Uhren saß, eine Vision. Immer besser würde der Kreislauf der Züge mit dem Hin und Her der Schiffe abgestimmt werden, dieser koordiniert mit dem Fluss der Waren aus den Fabriken und den Arbeits- und Ruhezeiten der Menschen. Eins greift durchdacht ins andere, ist abgestimmt und eingepasst, ein großer, harmonischer Kreislauf, in dem nichts Unnützes und Unvernünftiges Platz hätte. Die Welt als Uhrwerk.

Bis sie uns totzuschlagen versuchten.

Wir sind gerannt. Seitdem weiß ich, was Todesangst ist. Seitdem weiß ich aber auch, dass ich alles tun werde, damit das mit mir nicht noch einmal geschieht. Und wenn ich alles sage, dann meine ich auch alles.

Bravo, sage ich. Das ist die richtige Haltung, um nach New York zu fahren.

Mein Gott, jetzt haben Sie mich schon wieder erschreckt, Schwester, sagt Frau Ebel ins Zimmer tretend. Wie sitzen Sie denn da. Zwei Koffer und schon wieder ihre Nonnentracht.

Ich wollte nicht gehen, ohne mich zu verabschieden, sagt Schwester Alma. Ich wechsele das Hotel. Es soll mich niemand finden.

Das, wovor Sie sich verstecken wollen, hat Sie längst gefunden, sagt Karoline Ebel, zieht ihren Mantel aus und nimmt ihren Hut ab.

Es kommt wie aus dem Nichts, sagt Frau Ebel. Es ist wider alle Vernunft, und manchmal denke ich, es kommt gar nicht darauf an, ob es dieser oder jener Mann ist. Meinen Sie, ich hätte mir meinen Franz aussuchen können?

Schlimmer als ihre Grausamkeit ist das gute Gewissen, das sie beim Prügeln haben, sagt Schwester Alma. Sie sind sich keiner Schuld bewusst, im Gegenteil, sie sind sogar stolz darauf, die Schwarzen das Arbeiten zu lehren.

Meinen Sie, ich hätte nicht gewusst, was es bedeutet, mich mit Franz einzulassen? Meinen Sie, ich hätte meine Kinder nicht geliebt? Ich habe ein Verbrechen an ihnen begangen.

Brutalität, Heuchelei, was würde es mich angehen, wenn all das nicht im Namen Gottes geschähe, wenn es nicht gebilligt würde von meiner Kirche, von der ich Teil bin.

Ich habe dagegen angekämpft, sagt Karoline Ebel. Du darfst deine Kinder und deinen Mann nicht verlassen, du darfst nicht weglaufen. Du musst kämpfen. Bis ich sah: Wenn ich diesen Kampf gewinne, dann zum Preis, dass ich tot bin. Tot bei lebendigem Leibe.

Ich muss allein sein.

Sie werden nicht mehr allein sein. Er ist bei Ihnen. Er lässt sich nicht mehr vertreiben.

Es wird doch immer beschrieben als etwas Schönes, als etwas Fröhliches, Helles.

Von den Dummköpfen. Es trifft ja auch nur wenige. Nur wenige sind dazu imstande. Nur wenige haben die Kraft dazu.

Es ist etwas Furchtbares, Dunkles.

Es ist das Leben.

Ich habe versucht zu beten, bis ich einsah, wie kindisch

das ist, ja blasphemisch, Gott auf einen gütigen Vater zu verkleinern, den man um ein Geschenk bittet.

Das Dunkle und Furchtbare ist das Geschenk.

Es tötet.

Nicht Sie. Ich weiß, dass ich mir nie verzeihen werde, was ich meinen Kindern angetan habe. Und irgendwann wird mich das auch umbringen. Aber Sie sind allein und frei. Sie haben das große Los gezogen.

Frau Laufer? sagt der Mann und fährt mit dem Zeigefinger die Namensliste in seinem Gästebuch entlang. Eine Frau Laufer haben wir nicht.

Die Nonne, vielleicht erinnern Sie sich, sagt Albert Werth.

Oh ja, natürlich. Die ist ausgezogen.

Albert Werth sieht den Mann an, als habe er nicht verstanden. Dann wendet er sich um und geht hinaus. Er ist benommen, als hätte man ihm einen Schlag versetzt.

Gut, denkt er. Dann heure ich als Schiffsarzt an. Das ist dann genau das Richtige.

Den Verfolger verfolgen

Eine Postkarte rächt sich. Doktor Werth füllt einen Totenschein aus.

Eines Morgens in ein Schaufenster mit Herrenkonfektion blickend, machte ich eine Entdeckung, bei der sich meine Kopfhaut körnig zusammenzog. Neben mir, ebenfalls in das Schaufenster blickend, stand der Förster, der Mann, der mich zur Jagd eingeladen hatte und der nicht nur Deutscher war, sondern auch so hieß: Nemetz.

Sehr vorsichtig wandte ich ihm den Rücken zu und überquerte mit angehaltenem Atem die Straße. In einigem Abstand blieb ich stehen. Er betrachtete immer noch die Auslagen. Ganz langsam atmete ich aus.

Da hatte ich den Salat. Wieder einmal hatte mir das Fell gejuckt. Ich kann es doch einfach nicht lassen. Von Eydtkuhnen aus hatte ich Rybakow eine Postkarte geschickt, auf der ich mich für die Ehre und das Vergnügen bedankte, dass ich an seiner Jagd teilnehmen durfte, ich sei auf dem Weg nach Hamburg, um mich nach Amerika einzuschiffen. Eine offene Postkarte, die der Postmeister, der Briefträger und die Dienstboten natürlich lasen, eine unmissverständliche Verhöhnung seiner Exzellenz, denn in der letzten Zeit hatte ich begonnen, dem General Rekruten zu stehlen. Ich besorgte ihnen falsche Papiere. Mit denen reisten sie dann nach Amerika aus.

Seine Exzellenz hatte also ein Hühnchen mit mir zu rupfen. Er hatte mir den Förster nach Hamburg nachgeschickt und womöglich nicht nur ihn. Wahrscheinlich hätte Rybakow mich schon am Abend nach der Treibjagd festsetzen lassen, wäre ich ihm nicht rechtzeitig entwischt. Dass der Förster seine Pflicht an mir tun würde und womöglich mehr, war keine Frage. Er hatte sein eigenes Motiv. Es ist ein Kreuz mit mir.

Nemetz schien schließlich genug gesehen zu haben. Er zog seine Uhr und ging eilig weiter. Er hatte offenbar ein Ziel. Ich folgte ihm. So war ich am sichersten, nicht von ihm überrascht zu werden. Außerdem war es ein Kitzel.

Der Zar hielt seine Untertanen wie Gefangene, die Bauern waren überdies leibeigen, die Rekruten der Militärgerichtsbarkeit unterstellt. Und dennoch fanden sie Mittel und Wege, Verbindung mit mir aufzunehmen. Ich sorgte dafür, dass die Kontakte über möglichst viele Mittelsmänner liefen, die ausschließlich kleine Bauern waren. Ihr Haß auf die Kulaken und die Behörden war der sicherste Schutz vor Verrat. Natürlich bezahlte ich sie. Die Deserteure bekam ich erst zu Gesicht, wenn ich die Pässe übergab und sie schon praktisch auf der Flucht waren. Ich bestellte sie einzeln, wobei ich den Treffpunkt absichtlich vage beschrieb. Aber wie soll er dich da finden, wurde ich gefragt. Nicht er wird mich finden, sondern ich ihn. Ich wollte den Mann erst eine Weile beobachten, um sicher zu gehen, dass er allein war.

Nemetz verschwand in einem Haus, das pompös und wichtigtuerisch in einer Seitenstraße stand. An seiner Tür ein blank poliertes Messingschild: Russisches Generalkonsulat. Als Nemetz das Haus wieder verließ, war ein Mann bei ihm. Sie gingen zielstrebig die Straße hinauf.

Voraussetzung für alles war Semjonow. Er stellte die falschen Pässe her. Er besaß eine kleine Druckerei im Hinterhof eines heruntergekommenen Mietshauses. Er druckte Kalender, Visitenkarten, Plakate, Bekanntmachungen, auch Radierungen und Kupferstiche, Heiligenbildchen, die er von Hand kolorierte. In dem Raum, in dem seine alte, klapprige Heidelberger und seine Setzkästen standen, befand sich auch sein Bett. Seine Höhle verließ er nur, um das Nötigste zu besorgen, eine menschliche Auster.

Ich hatte zunächst ein paar Heiligenbildchen gekauft, dann tastete ich mich weiter. Ein Freund habe seinen Pass verloren. Schließlich hatte Semjonow verstanden. Er sagte weder ja noch nein. Ich komme in einer Woche wieder, sagte ich, ließ ihm Geld und einen Zettel mit den Daten eines Einundzwanzigjährigen da. Der Pass, den Semjonow mir gab, als ich nach einer Woche wiederkam, war hervorragend. Ich hatte ihm drei Apfelsinen mitgebracht.

Nemetz und sein Begleiter strebten auf ein Haus zu, über dessen Tür das Wort Polizeiwache stand. Sie verschwanden darin; sie holten sich offenbar Unterstützung bei den Deutschen. Ich hatte richtig vermutet. Als sie die Wache verließen, waren sie zu dritt. Sie schlugen die Richtung zum Hafen ein, verschwanden in einem Hotel, kamen heraus, verschwanden im nächsten. Sie kontrollierten offenbar die Gästelisten.

In einem, das sie schon kontrolliert hatten, mietete ich mich ein. Es war schon als Kind mit mir so, und es hat meine Mutter zur Verzweiflung getrieben: Die Wahrheit bekommt man aus mir nur stückweise heraus, sozusagen eine nach der anderen. Es gibt schließlich nicht nur eine, sondern meist mehrere. Rybakow verfolgte mich nicht nur, weil ich ihm Rekruten stahl. Da war noch etwas anderes.

Als ich eines Nachmittags bei Semjonow einen Pass abholen wollte, fiel mein Blick auf einen Stoß bedruckter Blätter auf dem Tisch.

Katechismus der revolutionären Gesellschaft

Diese Gesellschaft hat als Ziel den Sieg des Prinzips der Revolution auf der Erde, folglich die radikale Auflösung aller gegenwärtig bestehenden religiösen, politischen, ökonomischen und sozialen Organisationen und Einrichtungen und die Neubildung zunächst der europäischen und dann der universellen Gesellschaft auf den Grundlagen der Freiheit, der Vernunft, der Gerechtigkeit und der Arbeit.

Abschaffung der Monarchie. Der Republik.

Abschaffung der Klassen, Rangstufen, Privilegien und Unterschiede aller Art. Absolute Gleichheit der politischen Rechte für alle Männer und Frauen. Gleiches Stimmrecht.

Abschaffung, Auflösung und moralischer, politischer, gerichtlicher, bürokratischer und finanzieller Bankrott des bevormundenden, überragenden, zentralistischen Staates, der das Doppelspiel und andere Ich der Kirche und als solches dauernde Ursache der Verarmung, Verdummung und Versklavung der Völker ist.

Michail Bakunin

Semjonow hatte die Blätter so gelegt, dass ich gar nicht anders konnte, als sie zu sehen. Ich nahm mir einen kleinen Stoß und ging. Am Morgen der Jagd war Semjonow verhaftet worden. Rybakow wusste sehr wohl, auf wen er zuging, als er mich begrüßte.

Eine helle, lockere Wolkendecke. Auf den oberen Stockwerken liegt schon braungolden die Morgensonne. In dem engen Straßenschacht ist die Luft kühl und rauchig. Ein Gespann mit Kohlensäcken, das eine Pferd wirft den Kopf. Eine Frau überquert mit einem Korb am Arm die Straße. Ihre Schürze ist so lang wie ihr Rock. Zwei Hunde jagen einander im Kreis. Der Tag ist weit und unübersehbar. Und plötzlich stand ich vor dem Förster.

Vor Verblüffung waren wir unfähig, uns zu rühren. Wir glotzten einander an. Und da befiel mich ein kitzelndes, ein ungeheures, ein ganz ununterdrückbares Gelächter. Ich lief und lachte gleichzeitig. Ich lachte, dass mir die Seiten wehtaten. Ich lief einer vorbeifahrenden Straßenbahn hinterher, holte sie ein und schwang mich auf die Plattform. Aus dem nächsten Wagen drohte mir der Förster mit der Faust. Ich sprang ab und schwang mich auf einen Wagen, der in die entgegengesetzte Richtung fuhr, wechselte in eine dritte Bahn, immer noch kitzelte mich dieses Lachen. Ich fuhr bis zur Endstation, einem Dorf vor der Stadt. Dort waren bereits Straßen gepflastert und Baugruben ausgehoben. Am Rand einer Wiese ließ ich mich ins Gras fallen. Ab und zu musste ich immer noch lachen.

Einmal aber ist mir das Lachen vergangen. Immer öfter war mir in der letzten Zeit aufgefallen, dass in den Gasthöfen Leute saßen, die da nicht hingehörten, und auf kleinen, abgelegenen Wegen begegnete ich Reitern auf auffallend gut genährten Pferden, wie sie sich kein Bauer leisten konnte.

Eines Nachmittags nach der Treibjagd kehrte ich in einem Gasthaus ein, das ich bisher für sicher gehalten hatte. Ich ging durch den Schankraum und dann durch die Tür hinter dem Tresen die Treppe hinauf. Oben blieb ich stehen. Die beiden Männer an dem Tisch in der hinteren Ecke. Ich hatte keinerlei Anhaltspunkte, nur das Gefühl, es stimmte etwas nicht mit ihnen.

Ich ging in meine Kammer, stieg durch das Fenster auf das Dach des Schuppens darunter und zu Boden. Ich führte mein Pferd aus dem Stall, sattelte es, ging mit ihm zur Straße und saß auf. Es war fast schon zu spät. Hinter dem Haus preschten Reiter hervor, ein halber Kavalleriezug. Sie trieben mich in den Wald. Ich galoppierte durch die Tannen einen Hang hinab ins Tal. Eine andere Möglichkeit gab es nicht mehr. Der Grund des Tals aber bestand aus einem Sumpf.

Ich sprang ab und lief in diesen Sumpf. Doch ist laufen nicht das richtige Wort dafür, wie ich mich fortbewegte. In grotesken Verrenkungen sprang ich von Moospolster zu Moospolster, so als ob mir der Boden da unten zu heiß geworden wäre. Tatsächlich trugen mich die Moospolster nur für den Augenblick der einen, flüchtigen Berührung. Hätte ich innegehalten, ich wäre sofort versunken. Planschend, spritzend, mich verzweifelt verrenkend sprang ich weiter, bis ich mich schließlich mit letzter Kraft in ein Weidengebüsch warf.

Die Reiter hatten den Rand des Moores erreicht. Sie saßen ab. Sie lachten, riefen durcheinander. Wer in dieses Moor geriet, kam nicht wieder heraus. Doch ein wenig wollten sie noch warten – zur Sicherheit. Sie zündeten Feuer an.

Ich hörte sie. Ich hing in der Weide, dicht über dem Wasser, und da schwamm eine Ringelnatter auf mich zu und sah mich an. Ich sah diese senkrechten Pupillen, diesen Basiliskenblick, und der Tod sah mich an. Und da tat ich etwas, das ganz wahnsinnig war.

Scheißkerle, schrie ich denen am Ufer zu. Ihr leckt ihnen die Stiefel, mit denen sie euch ins Gesicht treten.

Es wurde still.

Scheißkerle, schrie ich noch einmal.

Immer noch war es still.

Doch dann rief eine Stimme Kommandos.

Feuer.

Eine Salve prasselte in die Weide, in der ich hing.

Es riss mich an der Schulter. Und da schrie ich. Ich schrie, als habe es mich im Bauch erwischt. Sie sollten glauben, sie hätten mich erledigt. Ich hing in dieser Weide, von der ich nicht wusste, wann sie umknicken würde, ich hing über diesem Sumpf, der mich in sich hineinsaugen würde, ohne dass eine Spur von mir übrigbleiben würde, und nach und nach begann ich, die Soldaten zu vergessen.

Ich wachte auf, als ich mich ein bestimmtes Wort schreien hörte. Das Wort Mama. Hilf mir, Mama, schrie ich.

Das war ja alles ganz theatralisch. Ich begann zu wimmern, verstummte schließlich. Die Reiter löschten die Feuer und saßen auf.

Schwester Alma sitzt in Sankt Katharinen. Eine katholische Nonne in einer protestantischen Kirche. Sie ist allein. Der Lärm der Stadt ist weit weg. So sehr gedämpft macht er die Stille nur tiefer. Sie will beten. Will sie um etwas bitten? Das erscheint ihr kindisch, Gott verkleinernd. Will sie anbeten?

Dann müsste sie sich ein Bild von IHM machen. Aber jenseits jeder Vorstellung, jenseits jeden Begriffs, wo ist er dann noch – so verborgen?

In ihrer ersten Zeit in Karibib hatte sich eine Frau um sie gekümmert, die Frau eines Farmers, Frau Baumgart. Sie lud sie ein, gab ihr Ratschläge, erzählte ihr von dem Land und den Schwarzen. Mit ihrem Mann und ihren drei Kindern bewohnte sie ein stattliches Haus inmitten einer Farm. Sie war eine große, blonde, resolute Frau, die dennoch zu manchmal ganz überraschender Sensibilität und Herzlichkeit fähig war. Gegen ihre Lebhaftigkeit wirkte ihr Mann still und ernst. Seine große Liebe galt Gedichten und der Musik. Er hatte ein Klavier und Noten herschaffen lassen, und an manchen Abenden oder Nachmittagen gab er regelrecht Konzerte. Doch sangen sie auch gemeinsam mit den Kindern Lieder, nicht selten Kanons, vierstimmige Chorsätze, meist Kirchenlieder. Dazwischen gab es Pfänderspiele, Ausflüge und Teegesellschaften. Sie gehörte beinahe zur Familie, und zum ersten Mal kam ihr eine Ahnung davon, wie es wäre, ein Zuhause zu haben.

Bis eines Tages dieser schwarze Arbeiter eingeliefert wurde.

Sein Rücken war eine einzige Wunde. Und das hatte mit seiner Peitsche Herr Baumgart getan. Der so sehr die Musik liebte, der Gedichte sprechen konnte, dass man glaubte, man würde gleich emporgehoben und davonfliegen.

Sie sitzt in dieser Hamburger Kirche. Sie ist in großer Not.

Nach Karibib zurück kann sie nicht mehr, in ihr Mutterhaus auch nicht. Sie kann nicht weinen. Sie hat die Hände gefaltet, als bete sie, aber sie presst die Handflächen aneinander, als müsse sie sich selbst davon überzeugen, dass sie noch existiert.

Der Schrei ist so, dass der Portier augenblicklich den Federhalter fallen lässt und die Treppe hinauf stürmt. Vor einer halb offenen Tür liegt eine Frau am Boden. Er wirft einen Blick in das Zimmer, zuckt zurück und schließt die Tür. Die Frau am Boden scheint ohnmächtig zu sein. Von überall her laufen Leute herbei. Man flößt der Frau Wasser ein. Langsam kommt sie wieder zu Bewusstsein, kann aber noch nicht sprechen.

Als Doktor Werth eintrifft, hat man die im Zimmer bereits vom Fensterkreuz geschnitten und aufs Bett gelegt. Ihren Hals hat man gnädig mit einem Schal bedeckt. Er stellt den Tod fest, doch zum Ausfüllen des Totenscheins braucht er ihre Personalien. Er kramt in ihrer Handtasche und findet endlich ihren Pass: Ebel, Karoline.

Das Akkordeon

Daniel verabschiedet sich von Natascha.
Simon Kantor lernt Skat. Vom Nutzen der Hundesteuer.

Besucher werden in Hamburg von ihren Gastgebern gern in eines der Ausflugscafés am Elbufer in Övelgönne oder Teufelsbrück geführt, um den Schiffsverkehr auf der Elbe zu beobachten. Während man bei Kaffee und Kuchen sitzt, gleitet draußen ein Ozeanriese vorbei. Der Anblick ist einzigartig insofern, als Gebilde von solcher Größe der Erfahrung nur als lastend und unverrückbar bekannt sind (Häuserblocks, Rathäuser, Kirchen), hier sich aber als beweglich erweisen, was in den Betrachtern meist eine erhebliche Verwirrung erzeugt, die aber als lustvoll erlebt wird, denn sie äußert sich gewöhnlich in überraschten und begeisterten Rufen. Auf Postkarten wird das Vorübergleiten des Schiffs später als majestätisch beschrieben.

Die Saxonia wird von zwei bulligen Bugsierern die Elbe hinauf geschleppt. Sie ist zurück von einer Reise nach New York. Auf der Hinfahrt hatte sie Passagiere an Bord, vor allem Auswanderer, auf dem Rückweg Fracht. Sie wird im Brooktorhafen festmachen.

Simon Kantor sitzt vor einem leeren Blatt. Daneben liegt ein Briefumschlag. Er kaut am Bleistift. Wem will er schreiben?

Als sie gepackt hatten, um in die Auswandererbaracken

umzuziehen, hatte Ruth zum Schluss Daniel das Mädchenkleid übergestreift. Sie hatten keine Zeit gehabt, sich darüber zu wundern, dass er sich das so widerspruchslos gefallen ließ, sogar dass sie ihm über den Ohren das Haar zu zwei zopfähnlichen Schwänzchen zusammenband.

Simon Kantor betrachtete seinen Sohn amüsiert.

Unsere Daniela, rief er.

Daniel sah ihn nur an.

Und als wäre das nicht Spott genug, rief Simon: Jetzt darfst du auch nicht mehr im Stehen pinkeln.

Er lachte sogar über seinen eigenen Scherz.

Daniel errötete und schlug die Augen nieder.

Als sie aufbrachen, hielt er sich dicht an seiner Mutter, und als sie in dem Getümmel und Geschrei der Baracken endlich eine Hand frei hatte, nahm er sie und ließ sie nicht mehr los. Es war Nachmittag, als sie die Untersuchungen und Formalitäten endlich hinter sich hatten und im Frauenschlafsaal ein Bett fanden und sich ein wenig einrichten konnten. Bis dahin hatten sie seine stille Folgsamkeit als seine Weise empfunden, ihnen zu helfen und als Erleichterung. Als er aber auch nach dem Abendessen immer noch schwieg, betrachtete ihn Ruth nachdenklich.

Ist dir nicht gut? Sag doch etwas.

Er presste die Lippen zusammen und schüttelte den Kopf. Wenig später zog er ihren Kopf zu sich herunter und flüsterte ihr etwas ins Ohr. Sie stand auf und ging mit ihm zu den Toiletten. Sie mussten warten. Als eine der Bretterzellen endlich frei war, schickte sie ihn hinein. Auf dem Rückweg zu der Baracke, in der gegessen wurde, griff er sofort wieder nach ihrer Hand.

Irgendetwas stimmte nicht mit ihm. Klein und heiß lag seine Hand in ihrer, und so still wie er dasaß, war er nicht mehr er selbst. Sollte einem Mädchenkleid eine solche Verwandlungskraft innewohnen? Oder ängstigten ihn der Lärm und das Durcheinander in den Baracken? Bislang hatte er sich nicht als besonders furchtsam erwiesen. Doch sie drang nicht weiter in ihn. Was immer es war, das ihn so still machte, irgendwann würde es sich zeigen.

Es zeigte sich, als sie schlafen gingen. Es war lange her, dass Ruth Kantor mit ihrem Sohn das Bett geteilt hatte. Er war längst zu alt dafür, und als sähe er das auch ein, lag er am äußersten Rand, steif auf dem Rücken, abgesondert und ganz für sich allein. Ruth beugte sich zu ihm hinüber.

Daniel, flüsterte sie. Was ist denn?

Als er nicht antwortete, wollte sie ihn zu sich herumdrehen, und erst da spürte sie die Anspannung in seinem Körper. Sie rückte an ihn heran.

Daniel, flüsterte sie.

Er schwieg, doch sie fühlte, dass sich in ihm etwas vorbereitete, etwas heraufstieg.

Daniel.

Und da kam es heraus. Nicht als Weinen, nicht als Schluchzen, sondern als trockenes, trostloses Wimmern.

Sie hielt ihn fest.

Natascha.

Er wimmerte das Wort.

Sie drückte ihn an sich.

Natascha. Er begann zu schluchzen.

Und endlich weinte er. Und während er weinte, löste sich die Spannung in seinem Körper. Sie drückte seinen Kopf an ihre Brust. Natascha hatte in der Schule nicht mehr neben ihm sitzen wollen. Ruth hielt ihn fest, und endlich versiegte das Weinen, und sein Körper wurde schlaff und weich. Sein Atem beruhigte sich, und dann war er eingeschlafen.

Worüber hatte er geweint? Dieses Mädchen hatte ihn verraten. Jetzt denkt er noch, sie sei seine Freundin gewesen. Viele Jahre später wird er erkennen, vorausgesetzt, das Leben hat ihm nicht allzu übel mitgespielt und hat ihn nicht stumpf und fühllos gemacht, vielleicht an einem trüben, trostlosen Sonntag Nachmittag, dass sie seine erste, seine große, seine einzige Liebe war, ein nie wieder gefühltes Entzücken. Und er wird es an dem Schmerz erkennen, der frisch und trostlos ist wie damals in den Armen seiner Mutter, jetzt ein alter Mann.

Nicht über Nataschas Verrat weinte er, den hatte er ihr längst vergeben, er weinte darüber, dass er sie verloren hatte, unwiderruflich, denn erst einmal über dem Meer, gab es kein Zurück mehr. Er weinte aus Sehnsucht.

Simon Kantor brütet über dem leeren Blatt Papier. Ist er nicht ebenfalls verraten worden? Jeder in der kleinen Stadt hat ihn gekannt. Beigestanden hat ihm niemand. Wenn er ihnen dort so weit hinter dem Horizont schreiben will, heißt das, dass er ihnen verziehen hat? Wer so fragt, weiß nicht, was Sehnsucht ist.

Ruth trifft ihn vor dem leeren Blatt Papier an.

Wem willst du schreiben?

Ich weiß es nicht.

Sie nimmt das Blatt und zerreißt es.

Du schreibst niemandem.

Sie weiß nicht, wem er schreiben wollte. Aber sie weiß, warum er schreiben wollte. Sie denkt ja selber dorthin zurück, fühlt zurück, träumt zurück. Denn immer steigen Bilder herauf und mit ihnen Farben, Gerüche, Laute, Geräusche. Das Knarren der Erntewagen, die Stimmen der Mütter, die zum Essen riefen, das Krähen der Hähne. Der Regen an den Scheiben. Das Knistern des Schnees. Das gleichmäßige Gehen der Tage. Die Gräber.

Sie macht sich nichts vor. Da waren die Gleichgültigen, da waren die Böswilligen, da waren die Freunde. Aber da war – so hatten sie geglaubt – das Recht, in dieser kleinen, armen Stadt zu leben. Dazu zu gehören, hier zu Hause zu sein und hier einmal zu sterben. So weit von dort entfernt, sieht sie jetzt, dass erst im Verlust die Bilder ihre Verführungskraft entwickeln, ihr unheimliches Leben, ihr jenseitiges Scheinen.

Daniel war in den Armen seiner Mutter erwacht wie nach einer überstandenen Krankheit. Schwach und leicht und glücklich lag er. Seine Mutter schlief noch, er rührte sich nicht, so sollte es bleiben.

Sein Appetit beim Frühstück erregte allgemeines Erstaunen. Das hinderte ihn jedoch nicht daran, ein weiteres Stück Brot zu fordern. Danach zog er sich wieder aufs Bett zurück.

Satt, zufrieden und noch ein wenig schwach saß er mit angezogenen Beinen am Kopfende, den Rücken gegen die

Wand gelehnt. Er blickte um sich, und langsam, als wäre ihm das Vermögen dazu abhanden gekommen wie in einer Ohnmacht und er erstarke wieder, begann er wieder zu sehen: die Stimmen und das Geschrei in dem Raum, die umherlaufenden, sich jagenden Kinder, und diese Schwäche, die noch immer in ihm war, begann zu weichen, er kam zu Kräften, und da zog er sich das Mädchenkleid über den Kopf und warf es von sich. Er war wieder er selbst, Daniel Kantor. Er sprang auf und ging zu einer Gruppe von Jungen seines Alters hinüber.

Ihr könnt doch nicht immer so trübsinnig herumsitzen, rief Ruth. Warum spielt ihr nicht etwas. Schach zum Beispiel. Damit die Zeit schneller vergeht und ihr auf andere Gedanken kommt.

Gute Idee, sagte Klaus Groth, wühlte in seinem Seesack und warf schließlich einen Packen Spielkarten auf den Tisch.

Skat, rief Robert Benz elektrisiert.

Aber das kann ich nicht, sagte Simon Kantor.

Macht nichts, rief Robert Benz, das ist schnell gelernt. Das erklären wir Ihnen.

Ruth ließ die drei allein.

Daniel trieb sich herum. Allein, aber auch mit anderen Jungen. Was am Abend vorher gewesen war, hatte er vergessen. Er hatte Natascha vergessen. Die Möglichkeiten, zu spielen oder Neues zu entdecken, waren in den überfüllten Baracken jedoch begrenzt, die deutschen Beamten außerdem von drakonischer Strenge, und so langweilten sie sich bald. Es kam Streit auf, die Größeren vertrieben sich die Zeit damit, die Kleineren zu drangsalieren, Daniel zog sich zurück. Doch wohin? Sein Vater spielte dieses rätselhafte Skat. Es blieb nur seine Mutter.

Skat ist ein Ritual, und Rituale sind gut sowohl gegen die Langeweile wie gegen die Angst. Das Mischen, das Geben, das Drücken. Das Aufnehmen des Blatts, das Ordnen des Blatts, die Beurteilung des Blatts. Das Durchspielen der Möglichkeiten, die Spekulation auf den Bock. Und wie immer das Blatt ist, das man hat, man darf unter keinen Umständen eine Reaktion zeigen, allenfalls ein schlaumeierisches oder rachsüchtiges Lächeln. Anders, man hat einen Grand mit vieren, angesagt fünf, schwarz sechs. Aber da wirft man, ähnlich wie beim Null Ouvert, nach dem ersten Stich gleich das ganze Blatt auf den Tisch. Gegenwehr zwecklos.

Die Drei sitzen in einem unsichtbaren Gehäuse. Ukrainische Bauern in hohen Pelzmützen, knielangen Röcken und Schaftstiefeln, Polen in Halbschuhen und mit runden Hüten, Russen in Pumphosen und Knobelbechern, Frauen mit Kindern auf dem Arm, das Tuch um die Brust geschlungen, Geschrei und Gezänk, die ununterdrückbare Unrast der Kinder – das alles berührt die Spieler nicht, ist weit weg. Wer hat gegeben? fragt einer nach dem Studium seines Blatts wie erwachend.

Gut, sagt er. Ich spiele Herz.

Auch was von jenseits der Barackenwände kommt, der Lärm der Werften, auch Stimmen und Schreie sind weit weg. Vor allem aber das dumpfe, dröhnende Rufen der Schiffe. Es ruft nach ihnen. Einstweilen aber gilt es, das Kreuzspiel durchzuziehen.

Die Auswandererbaracken durcheilt unermüdlich Herr Nussbaum. Er ist gut, ja mit einer gewissen Zierlichkeit gekleidet (Pfeffer und Salz, Weste, Fliege), auf der Strasse oder in einem Lokal eine angenehme Erscheinung, unter all den russischen, polnischen, ukrainischen, rumänischen Bauern, Handwerkern und Tagedieben aber ein Exot. Er bewegt sich behend und geschäftig. Er hat Dringendes zu erledigen. Doch was? Man fragt es sich spätestens, wenn er zum dritten Mal vorbeigeeilt ist. Er ist ein Zwischendeckpassagier wie alle andern, und wie alle andern kann er nichts tun als warten. Wem also überbringt er offenbar sehr dringliche Nachrichten?

In Wersbolowo vor der preußischen Grenze begannen unsere Schwierigkeiten, erzählt die Frau. Ein deutscher Arzt und mehrere Gendarmen bestiegen den Zug. Wir wurden untersucht, mussten sagen, wohin wir wollten und wieviel Geld wir hatten. Das Resultat der Inquisition: Wir durften die Grenze nur überschreiten, wenn wir unsere Dampferbillets dritter Klasse in solche zweiter Klasse eintauschten, was zweihundert Rubel mehr erforderte, als wir besaßen. Unsere Pässe wurden uns abgenommen und die Weiterfahrt verweigert.

Daniel steht neben seiner sitzenden Mutter, an ihre Schulter gelehnt. Im Kreis der Frauen ist eine, die ihr Kind stillt, ein Vorgang, den er mit einem träumerisch abwesenden Interesse verfolgt.

Von unserem Unglück gerührt, rieten uns die deutschen Beamten, in Kibart auf der russischen Seite auszusteigen und uns an einen Herrn Schidorsky zu wenden, fährt die Frau fort. Und der wurde tatsächlich unser Retter. Er gab uns Pässe nach Eydtkuhnen, wo sein Bruder Vorstand eines Emigranten-Hilfsvereins war. Mehrere Tage beherbergte uns der gute Mann, ein Jude, in seinem Haus, ungeachtet unserer Schäbigkeit. Dann arrangierte er unseren Übertritt nach Deutschland. In Eydtkuhnen bestiegen wir den Zug, und gegen Abend erreichten wir Berlin. Mir wird noch heute schwindlig, wenn ich daran denke, wie wir durch diese Stadt wirbelten. Es schien, als führen wir immer schneller und schneller.

Die Brust der Frau steht weiß und prall aus dem Kleid hervor. Die Nase des Kinds drückt eine kleine Delle hinein. Es trinkt zügig und mit geschlossenen Augen. Sein kleiner Adamsapfel bewegt sich auf und ab.

Auf einem einsamen Feld gegenüber einem vereinzelt stehenden Haus mit einem großen Hof hielt unser Zug. Wir mussten aussteigen. Kinder schrien nach ihren Eltern, Eltern nach ihren Kindern. Eine heillose Verwirrung entstand. Unser Gepäck wurde in einer Hofecke rücksichtslos auf einem Haufen zusammengeworfen, weiß gekleidete Deutsche schrien Befehle, schnell, schnell, und wir alle nahmen die Anordnungen hin wie folgsame Kinder.

Kein Wunder, dass sich das alles in manchen Köpfen zu Räuber- und Mördergeschichten verdichtete. Schließlich hatte man uns an einen Ort gebracht, wo nur ein einziges Haus zu sehen war. Unsere Sachen wurden uns weggenommen, unsere Freunde von uns getrennt. Ein Mann inspizierte uns, als wollte er unseren Marktwert feststellen. Merkwürdig aussehende Leute trieben uns umher wie dumme Tiere voller Hilflosigkeit und Ergebung. Kinder schrien, und wir wurden in einen kleinen Raum eingepfercht, wo ein großer Kessel mit Wasser auf dem Ofen kochte. Unsere Kleider wurden uns abgenommen, und wir wurden mit einer schlüpfrigen Substanz eingerieben, die Anlass zu den schlimmsten Vermutungen gab. Ohne Warnung ergoss sich aus Duschen warmes Wasser über uns. Dann wurden wir in einen anderen kleinen Raum getrieben, wo wir in wollene Decken gehüllt saßen, bis große Säcke hereingebracht und ausgeleert wurden. Es waren unsere Kleider, die da auf dem Boden lagen. Wir konnten nur Dampfschwaden sehen und Befehle zum Anziehen hören. Schnell, schnell. Wir mußten unsere Kleider aus dem Wust hervorsuchen, während der Dampf uns blind machte. Wir erstickten beinahe, wir baten die Wärterinnen um etwas Zeit, aber sie blieben ungerührt. Schnell, schnell, oder ihr versäumt den Zug. Wir werden also doch nicht ermordet. Sie fertigten uns nur ab zur Fortsetzung der Reise, sie befreiten uns nur von dem Verdacht gefährlicher Krankheiten.

Wenn in Polotzk die Cholera ausbrach, wie es ein oder zwei Mal in jeder Generation geschah, machten wir kein derartiges Aufheben davon wie diese Deutschen. Wer an der Krankheit starb, wurde beerdigt, und wer am Leben blieb, ging in die Synagoge zum Beten. Wir fühlten uns von der Weise verletzt, wie die Deutschen uns behandelten. Meine Mutter starb einmal fast an der Cholera, aber man gab ihr einen neuen Namen, einen glückbringenden, der sie rettete; sie war damals ein kleines Mädchen. Jetzt war keiner von uns krank, aber all diese Gendarmen und Krankenschwestern schrien uns Befehle zu und hielten Abstand zu uns, als wären wir Aussätzige, mit denen sie nicht in Berührung kommen durften.

Der Säugling lässt die Brust los. Sein Kopf sinkt zurück, er ist eingeschlafen. An der dicken, braunen Brustwarze hängt ein weißer Tropfen.

Wir erreichten Hamburg am frühen Morgen nach einer langen Nacht in überfüllten Waggons. Man brachte uns zu einem merkwürdigen lang und schmal und hoch gebauten Gefährt, das von zwei Pferden gezogen und von einem stummen Fuhrmann gelenkt wurde. Man zwängte uns in diesen Wagen, das Gepäck warf man uns hinterher. Es begann eine lange Fahrt durch Hamburg. Sie dauerte Stunden, und immer noch liefen die Pferde, und immer noch kein Wort der Erklärung. Wir waren Fremde, und der Kutscher wusste es. Er konnte mit uns fahren, wohin es ihm beliebte – wie konnten wir das wissen. Uns überkam dieselbe Angst wie in Berlin.

Unsere mysteriöse Fahrt ging schließlich am Stadtrand zu Ende, wo wir noch einmal in Reih und Glied aufgestellt, ins Kreuzverhör genommen, desinfiziert, etikettiert und dann hier eingesperrt wurden. Wieder einmal schöpften wir den Verdacht, Opfer einer Verschwörung zur Gelderpressung geworden zu sein. Wir mussten nämlich wie bei jeder Säuberungsrunde auch hier eine Gebühr entrichten. Wir hatten aber kein Geld mehr. Man glaubte uns nicht, und so erlitten wir die alles krönende Schmach der Körperdurchsuchung.

Und jetzt sitzen wir hier in diesem Gefängnis hinter hohen Mauern und vergitterten Fenstern zu Hunderten in ein halbes Dutzend nummerierter Abteile gepfercht, wo es morgens und abends Appell gibt wie im Zuchthaus.

Die Frau hat nicht bemerkt, dass ihr Kind nicht mehr trinkt. Weiß steht ihre Brust aus dem Kleid. Daniel fällt ein, dass er heute Nacht bei seiner Mutter schlafen wird. Die Frau spürt seinen Blick und zieht ihr Kleid hoch.

Die Saxonia bunkert Kohle und Wasser und löscht ihre Stückgutladung. Immer tiefer arbeiten sich die Schauerleute die vollgestapelten Niedergänge und Kabinen hinab in das Zwischendeck hinunter, und nach und nach leeren sich die Hallen, und an den Wänden werden die dreistöckigen Bettenreihen sichtbar und die gestapelten Tische und Bänke.

Skatspieler sind Kiebitze gewohnt, denn ein ungeschriebenes Gesetz erlaubt jedem das Zuschauen. So nehmen die drei von Herrn Nussbaum auch zunächst kaum Notiz, dann aber umso eindringlicher. Klaus Groth will gerade ein Pik-Ass ausspielen.

Seine Hand fährt hoch, um die Karte triumphierend auf den Tisch zu schmettern, als es bellt.

Seine Hand mit der Karte verharrt in der Luft. Sie blicken noch auf die Kreuz-Sieben und die Kreuz-Zehn auf dem Tisch, dann sehen sie sich an. Was war das?

Sie sehen Herrn Nussbaum an, und wieder bellt es. Herr Nussbaum wirft den Kopf zur Seite und bellt. Dreimal. Dann blickt er sie verlegen an und lächelt entschuldigend. Langsam und sehr vorsichtig lässt Klaus Groth die Hand mit dem Pik-Ass auf den Tisch sinken. Sie lehnen sich zurück. Sie haben sich erschrocken. Sie denken nach.

Wollen Sie sich nicht setzen, sagt Robert Benz, als könne er dadurch Zeit gewinnen.

Gern, sagt Herr Nussbaum dankbar und nimmt hurtig Platz.

Spielen Sie mit? sagt Klaus Groth.

Danke, sagt Herr Nussbaum. Aber ich bin nicht imstande, das Spiel zu begreifen.

Einen Augenblick lang sehen sie wieder vor sich hin. Sie denken nach. Dann mischt Simon Kantor entschlossen die Karten und teilt aus.

Herr Nussbaum sitzt neben Robert Benz. Doch nur ab und zu wirft er einen Blick in die Karten. Die Augen werden ihm schwer, er sinkt ein wenig zusammen, fährt aber immer wieder, die Augen aufreißend, hoch. Die Pausen dazwischen werden allerdings immer länger, und schließlich ist es nicht mehr zu übersehen: Er ist eingeschlafen.

Und jetzt bemerken sie auch den Schwarm Kinder, der feixend in der Tür lauert. Klaus Groth braucht sich nur nach ihnen umzusehen und sich langsam vom Tisch hochzustemmen, damit sie kreischend davon stieben. Er lässt sich wieder auf die Bank zurückfallen. Das ist wohl die Erklärung für Herrn Nussbaums geschäftige Eile: Er war auf der Flucht. Wo immer er erschien, hefteten sich Kinder an seine Fersen. Der menschliche Hund.

Sie spielen weiter, bis die Aufseher Feierabend ausrufen, dann wecken sie ihn. Schlafenszeit, Herr Nussbaum.

Robert Benz war mehrmals an dem Punkt gewesen, aufzugeben und sich zu stellen. Ich reiße die paar Jahre ab und fange neu an, sagte er sich. Und du meinst, du kämst aus dem Zuchthaus heraus, wie du hineingegangen bist? widersprach er sich, du wirst dich selber nicht mehr kennen danach. Wer gibt einem Zuchthäusler noch Arbeit? An welchen Wirtshaustisch darf er sich denn noch setzen? Die eigentliche Strafe sind weniger die Jahre im Zuchthaus, sondern die danach, der Rest des Lebens.

Trotzdem wuchs die Versuchung, zur nächsten Polizeiwache zu gehen. Bis er Karoline Ebel traf. Seitdem ist er ein fröhlicher Mann, und jetzt, zusammen mit ihr, traut er sich auch Amerika zu.

Es ist verboten, sich der Umfassungsmauer zu nähern, erst recht, sich daran hochzuziehen, um einen Blick in den Hafen zu werfen. Bei Groth macht man eine Ausnahme. Nicht nur weil er Deutscher ist, sondern weil er keinen Versuch macht, über die Mauer hinwegzuspähen. Er will nur dastehen und auf die Geräusche des Hafens lauschen. Noch kann er ja zurück. Zu genau hat er den *Vorwärts* gelesen, als dass er sich Illusionen darüber machte, was Amerika für einen Proleten wie ihn bereithält. Und doch. Was? Er lauscht.

Skat ist also gegen vieles gut. Sogar gegen Musik, beziehungsweise eine bestimmte Art von Musik. Am Abend beginnt nämlich irgendwo in den Baracken ein Akkordeon zu spielen. Es hat eine entschieden epische Ader, einen Hang zu erzählen, lange, komplizierte Geschichten, die in weiten Ebenen spielen oder am Ufer eines breit und langsam dahinströmenden Flusses, manchmal auch in lichten Birkenwäldchen. Eine große Rolle spielen auch Wolken und oft auch der Mond. Gespräche verstummen dann, und Augen blicken ins Leere. Dagegen also hilft Skat, ein komplizierter Null Ouvert oder ein Kreuzspiel ohne vier.

Kommen die Karten auf den Tisch, ist auch Herr Nussbaum nicht weit. Es ist wohl seine Art von Takt, sich ihnen nur unter dem Vorwand des Kiebitzens zu nähern. Obwohl er eingestandenermaßen von Skat nichts versteht, verfolgt er das Spiel interessiert.

Sie tun so, als wäre er der vierte Mann, der gerade aussetzen muss. Wenn einer einen besonders raffinierten Spielzug macht, wirft er ihm einen listig-verschwörerischen Blick zu, oder, wenn er sein Spiel gewonnen hat, einen triumphierenden. Herr Nussbaum freut sich dann mit ihm. Manchmal muss er bellen.

Seine Schwester sei schon nach New York vorgefahren, sagt er. Sie erwarte ihn dort. Sie heiße Käthe.

Darf ich fragen, wo Sie herkommen? sagt Robert Benz.

Herr Nussbaum öffnet den obersten Knopf seiner Weste und zieht einen Brustbeutel hervor.

Über den Nussbaum ist hier alles drin, sagt er. Er hält Benz den Brustbeutel entgegen.

Nehmen Sie nur, ruft er. Der Brustbeutel hängt an einer Schnur, die um Nussbaums Hals liegt.

Zögernd, als müsste er Nussbaum selbst berühren, nähert sich Benz' Hand dem Lederbeutel. Doch dann rückt er näher an Nussbaum heran, öffnet entschlossen den Druckknopf, mit dem der Beutel verschlossen ist, und entnimmt ihm seinen Inhalt. Er blättert, liest, dann steckt er alles wieder zurück und schließt den Druckknopf.

Danke, sagt er verlegen.

Herr Nussbaum verstaut das Ledertäschchen wieder unter seiner Weste.

Ich muss los, sagt er. Ich bin schon viel zu spät dran.

Er geht davon, und man muss sagen, dass er seinen kleinen Embonpoint zu tragen weiß.

Sie schweigen eine Weile.

Er kommt aus Hirschheim in der Pfalz, sagt Benz. Er hat seinen Pass bei sich und die Fahrkarte. Sonst nichts.

Am nächsten Tag schiebt sich langsam etwas Ungeheures vor die vergitterten Fenster, die Aufbauten eines Dampfers. Die Saxonia wird an den Amerika-Kai verholt.

Putzkolonnen schwärmen die Gangways hinauf. Fuhrwerke mit Eisbarren fahren vor. Sie werden von schweren Kaltblütern gezogen, deren blonde Mähnen zu Zöpfen geflochten und mit Bändern und Glöckchen verziert sind. Männer in Lederschürzen schultern die weißlichen Barren und tragen sie die Gangway hinauf. Das Zwischendeck wird gesäubert, die Latrinen werden geleert, Bänke und Tische aufgestellt, Matratzen auf den Pritschen ausgebreitet.

Der Lärmpegel in den Baracken hat sich schlagartig erhöht. Viele mussten zwei Wochen in ihnen verbringen, eine Zeit, die sich so endlos dehnte, dass sie kaum noch daran glaubten, dass es jemals weitergehen würde. Daniel rechnet die Anzahl der Stunden bis zur Abfahrt aus. Für jede Stunde macht er einen Strich. Wenn sie vergangen ist, streicht er den Strich durch. So vergeht die Zeit noch langsamer, wird er von seinem Vater belehrt. Das Akkordeon schwelgt jetzt in Melancholie, macht sie noch zehrender dadurch, dass es einen Schuss weher Ironie dazu gibt. Sie erhöhen den Einsatz von einem Zehntel auf einen ganzen Pfennig. Das fördert die Konzentration.

Und Ihre Schwester erwartet Sie in New York? fragt Simon Kantor.

Ja, sie wird am Zug sein, hat man mir gesagt.

Hat man Ihnen gesagt. Simon Kantor senkt den Blick vor Herrn Nussbaums freundlichem Lächeln.

Lebt sie denn schon lange in New York?

Erst vor vier Wochen ist sie gefahren. Dass sie mir davon nichts gesagt hat, verstehe ich nicht. Sie war einfach verschwunden. Aber das wird sie mir in New York sicher erklären.

Sie haben zusammen gelebt?

Immer. Sie hat für mich gesorgt. Ohne sie, das wäre gar nicht gegangen.

Er muss bellen. Sehr hart und sehr lange, derart, dass sie ihn festhalten müssen. Danach ist er sehr erschöpft.

Wissen Sie was? sagt Robert Benz. Wir gehen jetzt schlafen. Es wird sowieso bald Feierabend ausgerufen und das

Licht gelöscht. Sie bekommen mein Bett, da liegen Sie zwischen den beiden, die passen auf Sie auf. Ich suche mir ein anderes.

Am vorletzten Tag beginnen sie schon am Morgen, Skat zu spielen.

Meint ihr, diese Schwester in New York gibt es wirklich? fragt Klaus Groth.

Ich frage mich, was vor vier Wochen geschehen ist, sagt Benz. Er sagt, da sei sie verschwunden.

Sie ist tot, sagt Simon Kantor. In New York erwartet ihn niemand.

Wenn er auf Ellis Island einen Anfall bekommt, sagt Klaus Groth, schicken sie ihn zurück.

Hoffentlich bekommt er einen, sagt Robert Benz.

Setzen Sie sich, Herr Nussbaum, ruft Simon Kantor. Wir haben schon auf Sie gewartet.

Es ist unmöglich hier, sagt Herr Nussbaum. Man kann sich gar nicht richtig waschen. Und ganz dringend müsste ich die Wäsche wechseln. Aber man hat mir meinen Koffer gestohlen und meinen Mantel und meinen Hut.

Sie sind doch sicher mit der Bahn hierher gekommen, sagt Robert Benz.

Ja, durchaus. Herr Meiser, unser Küster, hat mich gebracht und hier abgegeben. Ist das nicht nett von ihm? Die Stadt hat sogar die ganzen Einnahmen aus der Hundesteuer geopfert, damit ich zu Käthe fahren kann.

Als er zu einem Rundgang aufbricht, beschließen sie, die Skatkasse dafür zu verwenden, ihm bei dem Kleiderhändler am Eingang einen Mantel und einen Hut zu kaufen.

Der vorletzte Tag. Daniel kann jetzt die Stunden bis zur Einschiffung an vier Händen abzählen. Am späten Nachmittag hält eine Droschke an der Gangway der Saxonia. Albert Werth steigt aus. Er geht die Gangway hinauf, der Kutscher folgt mit zwei Koffern. Werth hat es zu Hause nicht mehr ausgehalten. Wenn er zurück ist, das ist ihm klargeworden, wird er sich eine eigene Wohnung nehmen. Mit Behagen richtet er sich in seiner Kabine ein. Er freut sich auf die kommenden Wochen, wie er sich nur als Schüler auf die Ferien gefreut hat.

Es war ein Uhr in der Nacht. Ich stand vor der Saxonia. Morgen um zwölf Uhr mittags wird sie ablegen. Die Passagiere werden gegen zehn an Bord gehen, und zwar über die Gangway, die jetzt schon ausgelegt ist, die aber jetzt oben an einer verschlossenen Tür endet. Ich werde diesen Weg nicht benutzen können, denn morgen früh werden dort, wo die Gangway beginnt, drei Herren stehen und auf mich warten. Ich musste also vorher auf dem Schiff sein. Schwarz ragte die haushohe, stählerne Bordwand vor mir auf. Wie sollte ich da hinaufkommen?

Um sechs Uhr nach dem Frühstück ist Appell. Es beginnt das Aufrufen der Namen. Der oder die Aufgerufene zeigt die Papiere und wird zusammen mit Kindern und Angehörigen in den Speisesaal gewinkt, wo sie alle warten müssen. Mehr als sechshundert müssen aufgerufen werden. Kurz vor zehn ist der Vorgang beendet. Die Türen werden geöffnet, und geleitet von HAPAG-Angestellten bewegt sich der Zug zur Saxonia. Sie müssen alle die eine Gangway hinauf. Das wird dauern. Albert Werth blickt vom Promenadendeck auf die wartende Menge herab und die dünne Kette von Menschen, die sich die Gangway hinaufbewegen. Schließlich geht er wieder in seine Kabine.

Kurz vor zwölf stößt die Sirene der Saxonia einen dumpfen, heiseren Ruf aus. Werth geht wieder hinaus, um das Ablegen zu beobachten. Nur noch wenige warten vor der Gangway. Schließlich bleiben nur die HAPAG-Angestellten übrig und drei Männer in Zivil.

Außer Albert Werth beobachtet sie noch jemand. Und zwar aus einem Rettungsboot heraus. Es ist mit einer Persenning abgedeckt, die mit Lederschnallen an dem Boot befestigt ist. An einer Stelle sind zwei Schnallen gelöst, hat sich die Persenning leicht angehoben. Die Öffnung ermöglicht einen ungehinderten Blick.

Das Kommando zum Einholen der Gangway ist schon gegeben, zwei Matrosen machen sich daran, es auszuführen, als eine Droschke im Trab, fast im Galopp herankommt und hält. Eine Nonne springt heraus und läuft mit flatternden Gewändern auf die Gangway zu.

Albert Werth stößt einen Schrei aus und beginnt zu winken. Hallo, schreit er begeistert und wäre fast in die Luft gesprungen. Aber Schwester Alma hat natürlich Besseres zu tun, als zu ihm emporzublicken. Sie muss die Gangway hinauf, bevor sie eingefiert wird. Ihre Koffer haben die beiden Matrosen dem Kutscher aus der Hand gerissen und laufen mit ihnen hinter ihr her die Gangway hinauf.

Es dauert aber dann doch noch eine Stunde, bis die Saxonia freigeschleppt und aus dem Hafen heraus und im Strom ist. Manchmal drückt der Wind den Rauch aus den Schornsteinen aufs Deck herab. Winzige Rußpartikel setzen sich auf Mänteln und Hüten ab, die, wenn man sie abzuwischen versucht, feine schwarze Streifen verursachen.

Weiß leuchten am Elbhang die Villen zwischen Parkbäumen hervor. Der Wind frischt auf. Er kommt steif die Elbe herauf, von Westen her über Wasser, kein Wind, wie er landeinwärts weht. Auf der Höhe von Brunsbüttel weitet sich der Fluss, die Ufer sind nur mehr undeutlich zu erkennen.

Dr. Albert Werth wird am Abend zum Captain's Dinner erscheinen müssen. Er wird versuchen, Schwester Alma dazu zu bitten. Doch bis dahin ist noch Zeit. Bis dahin wird die Saxonia auf hoher See sein, klein und schließlich ununterscheidbar im Grau der hereinbrechenden Dämmerung.

ZWEITER TEIL

Lang Lebewohl

Simon Kantor kauft sich einen Hut

Von der Notwendigkeit des Verrats. Die Blicke der Frauen.

Was ein guter Werber ist, der spricht nicht von Schiffen, zur Not vielleicht von Dampfern, ein guter Werber spricht von schwimmenden Palästen oder Königen der Meere, ein richtig guter Werber aber spricht von Ozeanriesen.

Das langerwartete Ablegen oder Anlegen – ein triumphalistischer, majestätisch langsamer, unbeirrter Vorgang, sowohl krönender Abschluss einer langen, mühevollen Reise als auch bejubelter Aufbruch in eine Neue Welt. Alle meine Ozeanriesen hatten natürlich vier Schornsteine, und zwar gewaltige, aus denen sie wild und grimmig qualmten. Und, meine Damen und Herren, beachten Sie unbedingt den weißen Dampfschweif, der aus dem Rohr am vorderen Schornstein hervorschießt, (jetzt kommt auch der Ton), das ist das Zeichen: Endlich geht es los.

Aber was auf dem sonnenheißen, staubigen Marktplatz eines russischen Städtchens die Augen leuchten ließ, das nahm sich in Hamburg am Amerika-Kai doch befremdlich anders aus, obwohl die Saxonia durchaus vier Schornsteine hatte und auch heftig aus ihnen qualmte und auch hier eine Kapelle Aufmunterndes spielte und Hüte und Taschentücher geschwenkt wurden.

Doch einigermaßen beklommen ging mir langsam, dann aber plötzlich und wie im Schock der Unterschied auf, der zwischen Gegenstand und seinem Abbild besteht. Die ungeheure Masse dieses Schiffskörpers ließ meine kleinen, harmlosen Bildchen lächerlich erscheinen, und angesichts der ehernen Sachlichkeit, mit der er sich unaufhaltsam von der Kaimauer löste, kam mir die Suada, mit der ich den Vorgang zu beschreiben versucht hatte, ganz unerträglich vor.

Mit wachsendem und stetig sich vertiefendem Entsetzen starrte ich auf den immer größer werdenden Abstand zwischen Bordwand und Kaimauer. Was tat ich eigentlich auf diesem Schiff? Was hat mich geritten, dass ich alles hinter mir ließ und auf eine Reise ohne Wiederkehr gegangen war? Mir war, als hätte ich mich in eine meiner eigenen Geschichten verirrt und in keine gute.

Wo war die Leichtigkeit, die schöne Distanz, mit der ich meine Geschichten führte, beschleunigte und verlangsamte, sie auf einen Höhepunkt hinführte, doch kurz davor abbrach, so dass ein Aufschrei durch die Wirtsstube ging und sie mich beschworen weiterzuerzählen und mir Bier und Wodka brachten, mir an der Theke sogar eine Zigarre kauften, die sie mir dann auf einer Untertasse feierlich präsentierten?

Eher schien das eine Geschichte zu sein, bei der der Erzähler selber Angst bekommt. Wenn ich erzählte, kam es nicht selten vor, dass Kinder zu weinen begannen. Und ob die Geschichte gut war, sah ich daran, wenn sich zum Beispiel das Gesicht einer Frau, gestandene Mutter von sechs Kindern und verheiratet mit einem Säufer, der sie zur Entspannung regelmäßig zu verprügeln pflegte, langsam zu verzerren begann und wie ihr Blick starr und panisch wurde, als sähe sie einen wandernden Leichnam ohne Kopf.

Das Ende des Erzählens wäre gekommen, wenn der Erzähler selber Angst bekäme. Die andern sollen Angst bekommen, doch nicht er. Das wäre ja wie bei dem Dichter Wladimir Iljitsch Geissler, der bei dem Vortrag seiner Gedichte regelmäßig in Tränen auszubrechen pflegt.

Nicht nach Tränen war mir da in meinem Rettungsboot zumute, wohl aber nach einem Tränklein, das mich nach seinem Verzehr im guten, alten Mütterchen Russland hätte aufwachen lassen.

Simon Kantor steht an der Reling und wartet auf das Ablegen der Saxonia. Doch noch ist die Gangway nicht eingefiert, noch sind die Leinen, die die Saxonia am Kai halten, nicht losgemacht, noch spielt die Kapelle.

Simon Kantor trägt einen neuen Hut. Vor zwei Tagen am Nachmittag in den Auswandererbaracken mitten im Gespräch war Ruths Blick plötzlich abwesend und starr geworden. Doch dann verengten sich ihre Augen, wie er es noch nie an ihr gesehen hatte. Wo hattest du eigentlich so schnell Ausreisepapiere und Pässe her?

Ich hatte sie drei Wochen vorher besorgt, sagte er. Drei Wochen lang hattest du die Pässe und hast mir nichts gesagt? Du hast dagesessen und alles geplant und mich mit keinem Wort gefragt?

Bis zur letzten Minute wusste ich doch selber nicht, ob wir fahren würden oder nicht.

Du hast so lange gewartet, bis es kein Überlegen mehr gab, bis wir nur noch laufen konnten. Bis du mich nicht mehr zu fragen brauchtest.

Ich habe nichts geplant, sagte er. Ich wollte abwarten.

Du hast gewusst, dass ich ohne meine Mutter nicht fahren würde. Du hast mich getäuscht. Du hast mich behandelt wie ein dummes Kind. Du hast mich dazu gebracht, meine Mutter im Stich zu lassen.

Du warst doch zu keinem klaren Gedanken mehr fähig, schrie er. Wie hätte ich denn mit dir reden sollen?

Sie sprang auf und stürzte in den Frauenschlafsaal, und da hatte er sich an den Aufsehern vorbeigeschlichen und war in die Stadt gegangen.

Simon Kantor hatte seiner Frau nichts von den Pässen gesagt. Aber schon von seiner Begegnung mit Tatlin hatte er ihr nichts gesagt. Er war in der Kreisstadt gewesen, um auf der Post eine Warensendung abzuholen. Ich stand inmitten einer Menschenmenge. Doch nicht das, was ich von Amerika erzählte, interessierte ihn, sondern dieser Mensch, dieser elegante, ruchlose Kerl. Da war einer, der Angst nicht zu kennen schien. Der Mut hatte, und plötzlich wandte sich Simon Kantor um, drängte sich durch die Menge, ging zur Polizei und beantragte Ausreisepapiere und Pässe.

Er steckte sie zwischen zwei Bücher in seiner Werkstatt. Das heißt: Er versteckte sie, und das war bereits der zweite Verrat, den er an Ruth beging. Ich werde diese Papiere nicht brauchen, sagte er sich. Ich werde sie vergessen, und eines Tages werde ich durch Zufall auf sie stoßen, und ich werde über mich lächeln.

Doch sehr schnell merkte er, dass es gar nicht so leicht war, diese Papiere zu vergessen. Obwohl unsichtbar zwischen den Büchern, ging eine diffuse Beunruhigung von ihnen aus, angstvoll und doch auch lockend. Denn Simon Kantor war der Sohn des Rabbi Schmuel Kantor, und er würde es sein bis ans Ende seines Lebens, der Sohn des unerschütterlichen Verteidigers der Rechtgläubigkeit, so unerschütterlich, dass er dafür berühmt war weit und breit – und gefürchtet. Sein jüngster Sohn Simon schien das Muster eines Sohnes. Er beherrschte aber nur die Kunst des Schweigens. Über seine Uhren gebeugt hatte er Zeit, auf die Stimmen in seinem Kopf zu lauschen. Und die sagten: Wenn es nach dem Willen des Rabbi Schmuel Kantor geht, dann werden wir die nächsten fünfhundert Jahre so leben wie jetzt, dann werden wir – wie sehr sich die Welt um uns herum auch verändert – immer so leben wie jetzt. Dann wird die Kluft zwischen uns und den andern immer größer. Dann werden sie uns schließlich in unseren Ghettos besichtigen kommen wie seltene Tiere im Zoo.

Worauf wollte das hinaus? Dass er sich gegen seinen Vater stellte? Gegen die ganze Gemeinde? Also wieder einer, der es besser wusste, besser als der Rabbi, besser als das Heer von Argumentierern, Kasuisten, Haarspaltern, Paragraphenreitern, Wortverdrehern? Als all die Messiasse?

Das war doch alles ganz aussichtslos. Manchmal zog er die Pässe und Papiere zwischen den Büchern hervor und betrachtete sie. Wartete er auf einen Anlass, um von ihnen Gebrauch zu machen?

Ruth will das Ablegen des Schiffs nicht sehen. Sie ist unten im Zwischendeck. Beamte der HAPAG hatten Nummern für die Betten ausgegeben. Familien kamen zuerst an die Reihe. Wie viele, rief der Beamte. Für sechs, rief Simon Kantor. So bekamen sie zwei nebeneinanderstehende dreistöckige Betten. Für Simon, Ruth und Daniel und auch für Groth, Benz und Nussbaum. Bis auf Karoline Ebel und Alma, die zweiter Klasse gebucht hatten, waren sie alle wieder zusammen.

Sich vorzustellen, wie das Schiff ablegt, macht Ruth Angst. Die Endgültigkeit des Vorgangs würde ihr darin bewusst, seine Unumkehrbarkeit, dass sie auf einer Fahrt ohne Wiederkehr sind. Vor allem aber der Schmerz, ihre Mutter zurückgelassen zu haben. Ihr Verrat an ihr, zu dem Simon sie gezwungen hatte, wie sie bisher geglaubt hatte. Es war ihr in der Zwischenzeit aber ein verwirrender Gedanke gekommen, der nicht wenig zu ihrer Angst davor, das Ablegen des Schiffs zu beobachten, beitrug. War sie tatsächlich von Simons Entschluss zu fahren so überrascht worden? Sollte sie so gar nichts von der Veränderung bemerkt haben, die mit ihm, aber auch um sie herum vorging? Nichts von der wachsenden Gereiztheit, von der sich immer stärker aufbauenden Aggressivität, von dem wachsenden Hass?

Und nichts von der Angst der Juden? Nichts von dem Getuschel über Amerika, sollte sie nichts von Gerüchten gehört haben, die von den Briefen ausgingen, die von drüben kamen? Und sollte sie nicht gespürt haben, dass Simon etwas plante? Und hätte sie sich nicht sagen können, dass er etwas planen musste? Dass er gar nicht anders konnte?

Und wenn sie nicht darüber sprachen, hatte sie es nicht durch ihr ständiges Weinen verhindert, dadurch, dass ihr schon die Tränen kamen, wenn sich das Gespräch auch nur entfernt auf das Thema zu bewegte? Dann wären ihre Tränen ein Mittel gewesen, die Frage zu beschweigen, die nicht nur lautete, gehen wir? Sondern die längst lautete, wen nehmen wir mit? Die lautete, nehmen wir Mutter mit?

Sie sitzt im Zwischendeck auf der unteren Pritsche ihres dreistöckigen Betts. Sie hat alles Notwendige ausgepackt und auf den Betten verteilt. Sie bewacht das Gepäck. Sie starrt vor sich hin, aber sie sieht nichts. Es ist ihr in der Zwischenzeit nämlich ein weiterer Gedanke gekommen, und der ist der eigentliche Grund für ihre Angst, das Ablegen des Schiffs zu beobachten: Dass dabei, wie sehr sie es auch zurückdrängt, wie sehr sie es auch verleugnet, ein Gefühl in ihr aufsteigen würde, vor dem sie sich fürchtet: Das Gefühl einer ungeheuren Erleichterung, dieser Frau, ihrer Mutter, entkommen zu sein.

Was weiß Simon Kantor von Amerika? Außer ein paar Schlagworten nichts. Und doch weiß er alles über Amerika. Niemand, auch er selbst nicht, hat in Worte gefasst, was er weiß, osmotisch ist es in ihn eingedrungen, und lange, bevor er aufbrach, saß es ihm in den Knochen. Es schärfte seinen Blick, es schärfte sein Gefühl für das, was um ihn herum vorging. Äußerlich hatte sich in der Stadt nichts verändert, und doch war von einem Tag auf den andern alles anders. Niemand konnte sagen, wann und wo der Pogrom ausbrechen würde. Es konnte hier sein oder anderswo. Es konnte überall sein. Und was jetzt freundliche Nachbarn waren, sie würden, wenn nicht sich daran beteiligen, so ihm doch zusehen. Simon Kantor betrachtete sie. Er konnte sich nicht vorstellen, dass sie es tun würden. Aber sie würden es, es war bisher immer so gewesen. Dann war ihre Freundlichkeit nur Tarnung? Was Vertrauen und Zuneigung war, wurde zersetzt von innen heraus.

Vielleicht aber, dachte er, war das Unglück zu vermeiden, wenn man sich vollkommen mustergültig verhielt, immer gefügiger, und man böte ihnen keinen Anlass. Das Schlimme war, dass sie keinen Anlass brauchten. Dass der Anlass die Tatsache war, dass sie Juden waren, und das konnten sie nicht ändern.

Und was wäre, wenn der Pogrom ausbräche, man bliebe aber verschont? Man räumte das verwüstete Haus auf, verband sich die Wunden, beerdigte die Toten und lebte weiter mit seinen Mördern, grüßte sie, reparierte ihnen die Uhren und lächelte? Aber selbst wenn alles ruhig bliebe und nichts geschähe, so war doch etwas geschehen: Es hätte geschehen können.

Er betrachtete sein Haus und die Dinge darin mit anderen Augen. Er betrachtete sie mit den Augen eines Fluchtbereiten. Simon Kantor war verwirrt. Denn der Gedanke an Flucht löste zu seiner Bestürzung keineswegs den Schrecken aus, den er hätte auslösen müssen. Er konnte ihn ganz kaltblütig denken. Er dachte ihn immer öfter, denn darunter verbarg sich etwas Lockendes. Und endlich wagte er, es sich einzugestehen. Grell ging ihm auf, wie er das Leben in dieser Stadt satt hatte, wie es ihn zu ersticken begann, wie es ihn abtötete nach und nach. Aus eigener Kraft würde er sich nicht befreien können. Wartete er? Und wenn ja worauf? Weiter zu denken, wagte er nicht.

Er hütete sich, mit jemandem darüber zu sprechen. Jeder hütete sich, mit jemandem darüber zu sprechen, denn bei jedem stellte sich das gleiche Problem. Sie waren alle auf die eine oder andere Art miteinander verwandt, hingen unterirdisch zusammen wie Gestrüpp. Wer reißt sich von wem los, wer verrät wen?

Er hatte einen Freund. Sie hatten keine Geheimnisse voreinander, doch von den Pogromen sprachen sie nicht, und das war, als würden sie nur zum Schein miteinander sprechen, als würden sie schweigen. Und da wussten sie beide, was der andere dachte. Wenn es so weit war, würde jeder allein fliehen. Sie sahen sich immer seltener, dann gar nicht mehr. Sie schämten sich voreinander.

Er hatte nicht vorgehabt, sich einen neuen Hut zu kaufen. Aufgewühlt und bitter nach dem Streit mit Ruth war er in der Stadt umhergestreift. Vor dem Schaufenster eines Geschäfts war er stehen geblieben, und da hatte er diesen Hut gesehen: schwarz wie sein alter, doch nicht so hoch, auch weicher und mit einer breiten Krempe. Es hatte ihn großen Mut gekostet, das Geschäft zu betreten. Die Verkäufer waren furchterregend in ihrer kalten Kompetenz. Er wusste, was sie von ihm dachten, und es dauerte lange, bis sich einer erbarmte und auf ihn zutrat. Er nahm seinen Hut ab, seinen Judenhut. Er sah diese Schnösel auf sich zu kommen, und da drückte er das Kreuz durch und richtete sich auf.

Der Verkäufer war amüsiert. Einen Hut? Aber natürlich. Er fragte Simon Kantor nicht, was für einen Hut er haben wolle. Er zeigte ihm, was für Hüte er hatte, eine hinterhältige Art, ihn zu verspotten. Gleichwohl probierte er all diese Hüte auf: einen Bowler, einen Homburg, einen Zylinder, einen Schottenhut, einen Strohhut. Simon Kantor war fasziniert. Er wusste nicht, dass sich sein Gesicht durch einen Hut so verändern konnte. Er wusste nicht, wie viele Gesichter er hatte.

Nachdenklich beobachtete der Verkäufer, wie Simon Kantor all diese Hüte anprobierte, und da sagte er ein Wort, das für Simon Kantor neu war. Sie sind ein ziemlich seltener Fall, sagte er. Sie haben ein ausgesprochenes Hutgesicht.

Er wurde eifrig. Er trug Hüte herbei, die immer weicher, immer breitkrempiger wurden. Bis Simon Kantor auf den Hut im Schaufenster wies, auf den, der ihn so fasziniert hatte, dass er es wagte, dieses Geschäft zu betreten. Simon Kantor setzte ihn auf.

Ja, das ist es doch, rief der Verkäufer. Warum haben Sie das denn nicht gleich gesagt?

Ich behalte ihn gleich auf, sagte Simon Kantor.

Er steht an der Reling der Saxonia. Er trägt seinen neuen Hut, und er fühlt sich wie beschützt, als trage er einen Helm. Er zieht die Krempe tiefer. So würde er schwerer zu erkennen sein.

Mit einer Bewegung, die er schon oft bei Männern gesehen hat, stößt sich Simon Kantor mit dem Zeigefinger den Hut in den Nacken. Das sieht, glaubt er, verwegen aus, und ein wenig ist ihm auch so zumute. Als er mit dem neuen Hut aus dem Laden getreten war, hatte ihn, was er bisher nur einmal erfahren hatte, der Blick einer Frau getroffen. Es war ein sehr kurzer Blick, eigentlich streifte er ihn nur, doch für diesen Bruchteil einer Sekunde hatte sie ihn angesehen. Es blieb nicht der einzige Blick, der ihn traf. Zum erstenmal hatte er einen solchen Blick in Eydtkuhnen gespürt. Mit einem Ersatz für die zerbrochene Feder ihrer Pendüle hatte er bei Frau Böhlich, der Gattin des Landrats, geklingelt. Das war kurz nachdem er sich den Bart abgenommen hatte. Sie sah ihn an, und beinahe hätte er ihr dasselbe gesagt, was sie ihm eine Woche vorher gesagt hatte: Was starren Sie denn so?

Simon Kantor war mit seinem neuen Hut auf die Straße getreten wie nach einem Sieg. Immer wieder betrachtete er sich in den Spiegeln der Schaufenster.

Bratkartoffeln und Juwelen

Karoline Ebel bekommt wieder Appetit. Juwelier Bein bestellt Grüße. Albert Werths Kopf wird vermessen.

Ein Schiff legt nicht ab, wie ein Zug abfährt, auf ein Pfeifsignal hin und pünktlich. Zwar ist eine Zeit für das Ablegen angegeben, die Passagiere stehen auch an der Reling, ihre Angehörigen und Freunde auf dem Kai, die Kapelle spielt, aber die Fallreeps sind immer noch nicht eingezogen, nichts geschieht, die Kapelle bricht mitten im Stück ab. Die Stille ist irritierend, jetzt empfindet man die Mächtigkeit des Schiffskörpers. Eine Weile versuchen die Passagiere, mit denen unten auf dem Kai noch etwas wie eine Unterhaltung zu führen, doch muss man dafür, wenn nicht gerade schreien, so doch die Stimme erheben, und der Vorrat an Formeln wie Schreib bald oder Pass auf dich auf ist bald erschöpft. Stille tritt ein. Man kann sich nicht ständig ansehen, man kann nicht unbegrenzt gerührt oder traurig sein. Man will jetzt, dass es ein Ende hat und dass man sich umwenden und nach Hause gehen kann.

Robert Benz beobachtet das Einsteigen der Passagiere, und er ist glücklich. Wie sehr kann er noch nicht abschätzen, denn das Gefühl in ihm weitet sich stetig aus, so dass ihm ist, als werde er immer dicker vor Glück. Gleich wird er Karoline die Gangway herauf kommen sehen.

Als er sie kennen lernte, war gerade sein letzter Wechsel geplatzt. Er saß in einem Café in Hamburg, und ihr Begleiter fragte ihn, ob sie sich an seinen Tisch zu ihm setzen dürften. Das Paar war guter Dinge, besonders die Frau. Sie amüsierte sich hervorragend und eigentlich ein wenig zu laut mit diesem jungen Schnösel, den sie da bei sich hatte, denn es war mehr als offensichtlich, wer hier wen ausführte, nämlich sie ihn, der ihr Neffe oder ihr Cousin sein könnte, und es war unüberhörbar, wem das mehr gefiel. Über seine Scherze konnte sie sich gar nicht beruhigen. Ihn dagegen, obwohl er sie selber zum Besten gab, schienen sie eher zu langweilen, er hatte sie wohl schon ziemlich oft gemacht. Was ihn amüsierte, war eher das Vergnügen seiner Begleiterin und dass ihm Robert Benz dabei zuhörte. Immer wieder warf er ihm, während er seine abgeschmackten Witzchen zum Besten gab, kleine, ironische Blicke über ihren Kopf hinweg zu.

Robert Benz versuchte wegzuschauen. Melancholie befiel ihn und Mitleid mit der Frau. Sie ist wie blind, dachte er. Sie sieht nicht, was jeder sehen kann und was sie selbst sehen würde, nur nicht jetzt, wo es um sie selber geht. Er holte sich eine Zeitung und schlug sie geräuschvoll auf. Der Schnösel wurde immer lauter. Schließlich faltete Robert Benz die Zeitung zusammen und verließ grußlos den Tisch.

Drei Tage später sah er sie in der Stadt. Sie betrachtete ein Schaufenster. Ein Blick genügte ihm, um zu wissen, was geschehen war. Er sprach sie an. Er lud sie zu einem Kaffee ein, und sie sagte ja. Als sie saßen, und der Kellner kam, sagte sie aufgeräumt und wie neu belebt, ich hab Hunger. Ich muss etwas essen.

Robert Benz aber hatte nur noch Geld für gerade mal zwei Tassen Kaffee in der Tasche. Er war zwar ein erfahrener Zechpreller, doch zu zweit geht das selten gut, vor allem nicht, wenn die zweite Person ein Anfänger ist. Er müsste sie zurücklassen, sie würde in peinliche Diskussionen verwickelt, und am Ende hätte sie seine Zeche mitzubezahlen. Und so beschloss er, ihr die Wahrheit zuzumuten.

Sie lachte hell auf. Wissen Sie, was ich jetzt brauche? rief sie. Bratkartoffeln. Bratkartoffeln mit einem Schnitzel, und ich lade Sie ein dazu. So kam es, dass Robert Benz seit Tagen wieder zu einem ordentlichen Abendessen kam.

Als er sie ansprach, hatte er darauf angespielt, dass sie in einem Café schon einmal an demselben Tisch gesessen hatten. Sie hatte sich bereitwillig erinnert, und ebenso bereitwillig ließ sie sich zu einem Kaffee einladen. Nur dass er nicht irgendein galanter Herr war, der ein Abenteuer suchte oder vielleicht auch nur eine amüsante Unterhaltung. Er war vielmehr der Mann, der so indigniert seine Zeitung zusammengefaltet hatte und empört hinaus gegangen war. Er war der Mann, der gehört hatte, wie sie über die Witzeleien ihres Begleiters lachte, dem ein Blick genügte, um alles zu wissen.

Warum aber hat sie sich dann von eben diesem Mann einladen lassen, fragte sich Robert Benz, während er von seinem Beruf zu erzählen begann und von seinem Leben als Edelsteinhändler. Ist sie aufgewacht, als ich die Zeitung zusammenschlug und aufstand? Hat sie sich in meinem Blick schlagartig selbst gesehen?

Er hatte von Diamanten zu sprechen begonnen. Von der unerklärlichen Faszination, die von ihnen ausgeht, dem ganz irrationalen Wert, der ihnen beigemessen wird. Aber wenn sie sich in meinem Blick wiedererkannt hat, fragte er sich, müsste ihre Reaktion doch Scham sein. Also noch ein Grund, sich nicht von ihm einladen zu lassen, der er sie doch daran erinnerte, der Zeuge war.

In Rotterdam sei er einmal in einen Raum mitgenommen worden, der kleinen Händlern wie ihm normalerweise verschlossen war. Dort seien die wirklich großen Stücke ausgestellt gewesen, Stücke, die nie in die Auslagen auch der teuersten Geschäfte kämen. Ihm seien die Augen übergegangen.

Während er sprach, hatte er das Gefühl, als laufe er auf sehr dünnem Eis. Dass er, wenn er aufhörte, einbrechen würde, dass eine lange, peinigende Stille entstehen würde, die sie geradezu zwingen würde, von dem Abend und diesem Café und ihrem Begleiter, von ihrem Unglück zu sprechen.

Er erzählte von den schwindelerregenden Summen, die für diese Steine gezahlt würden, ganze Vermögen würden für sie ausgegeben, Tausende hätten jahrelang dafür schuften müssen, nur dass diese Mineralien das ganze Jahr über in Tresoren ruhten, um vielleicht an einem oder zwei Abenden getragen zu werden.

Er sprach immer schneller, empörte sich über diesen allen Blicken verborgenen Reichtum, über seine Obszönität und dass für jemanden, der einmal hinter die Kulissen geblickt hatte, die Gesetze nur noch ein Hohn seien. Er sprach und sprach und wusste, dass er gleich einbrechen würde, allmählich wurde er langsamer, er stockte, und endlich schwieg er.

Sie blickten beide vor sich nieder auf den Tisch. Ihr Geliebter hatte sie verlassen, ihr Gesicht war verwüstet.

Sie winkte dem Keller. Sie zahlte und stand auf. Er half ihr eilig in den Mantel, doch ohne sich nach ihm umzuwenden, ging sie zur Tür und auf die Straße hinaus. Er folgte ihr. Er hatte Mühe, sich neben ihr zu halten. Immer noch schwieg sie. Ein feiner Nebel umgab die Straßenlaternen mit milchigen Höfen. Es nieselte.

Er wagte nicht zu fragen, wohin sie ging und ob sie einverstanden sei, dass er sie begleitete, es wäre normal und naheliegend gewesen. Doch es war ihm unmöglich diese doch so einfachen Fragen zu stellen. Etwas verschloss ihm den Mund, etwas füllte seine Brust aus bis oben in seinen Hals, etwas Dunkles, das auch mit ihm zu tun hatte, eine Trauer, die alt war und tief hinabreichte und die ihn hilflos machte.

Zumal er spürte, dass auch ihr etwas den Mund verschloss, etwas das viel dunkler und furchtbarer war als das, was er spürte. Gleichzeitig wollte er sprechen, er wollte unbedingt sprechen, nur durch sprechen konnten sie sich retten.

Sie wusste offenbar, wohin sie wollte, so zielstrebig ging sie, gleichzeitig aber ging sie, als würde sie vor etwas fliehen. Bis dahin hatte sie sich seiner Begleitung nicht erwehrt. Wenn sie sie ertrug oder hinnahm oder duldete, war sie nicht nur mit ihr einverstanden, das miteinander Gehen und das miteinander Schweigen wurden, je länger sie schwiegen und je länger sie gingen, etwas, das sie verband. Und da merkte Robert Benz, dass Sprechen inzwischen überflüssig geworden war. Sie gingen nebeneinander her, als wäre alles gesagt.

Sie bog um eine Straßenecke, und dann standen sie vor der erleuchteten Tür einer Pension. Abrupt wandte sie sich um. Sie sah ihn an. Es war ein finsterer Blick, mit dem sie ihn musterte und ein trauriger.

Sie drehte sich um und ging durch die Tür. Immer noch folgte er ihr. Sie ließ sich den Schlüssel zu ihrem Zimmer geben und begann, die Treppe hinaufzusteigen. In der Mitte blieb sie stehen und drehte sich um. Er stand am Fuß der Treppe. Sie sah ihn an, und als sie sich umdrehte und weiterging, folgte er ihr. Vor ihrer Zimmertür holte er sie ein. Sie stieß die Tür auf. Mit einer Kopfbewegung forderte sie ihn auf einzutreten.

Später, sehr viel später, als sie im Bett nebeneinander liegen und in die Dunkelheit starren, sagt Karoline Ebel: Weißt du, wie du aussiehst? Wie einer, der auf der Flucht ist und weiß, dass er bald geschnappt wird, und der keine Kraft mehr hat weiterzulaufen. Robert Benz muss lachen. Lautlos lacht er in die Dunkelheit hinein. Uns beide werden sie bald schnappen, sagt er.

Am nächsten Morgen am Frühstückstisch hat Robert Benz eine Idee. Als sie beim zweiten Kaffee und bei den Zigaretten angelangt sind, nestelt er aus dem Futter seines Rocks etwas heraus. Er hält es Karoline entgegen. Es ist ein Ring, ein Damenring. Der ist viel wert, sagt er, nur nicht für mich. Ich könnte mich damit nirgendwo blicken lassen. Aber du kannst es. Und dann entwickelt er ihr seinen Plan.

Sie wird zu Juwelier Bein gehen. Sie ist auf der Durchreise nach New York und in einer momentanen Verlegenheit. Sie wird die Hände, nachdem sie vorher die Handschuhe ausgezogen hat, auf die Theke legen und Juwelier Bein in die Augen sehen. Natürlich wird Bein befremdet tun und sich gar nicht erklären können, was sie von ihm will.

Du wirst tief aufseufzen, sagt Benz, und mehr hauchen als sagen, jetzt wüsstest du nicht mehr weiter. Dann gehst du. Wir treffen uns dann wieder hier.

Ich kenne den alten Gauner, sagt Benz. Der Ring ist viel zu schön, als dass er ihm nicht das Maul wässern würde. Und da streift er ihr den Ring über den linken Mittelfinger. Sie sind beide verlegen, und sie errötet.

Er sieht ihr nach, wie sie die Straße entlang geht, seinen Ring an ihrem Finger, und er denkt, sie könnte jetzt einfach so weitergehen, und ich würde sie und meinen Ring nie wiedersehen. Was ist mit dir los, Benz? Der Ring war das Letzte, das er hatte. Er denkt das und sitzt gleichzeitig vergnügt vor seinem Kaffee.

Der Ring, den Karoline Ebel verkaufen soll, ist echt. Allerdings ist ein anderer, der genauso aussieht, falsch. Und den trägt jetzt eine Fabrikantengattin in Solingen-Ohligs.

Mit vierzehn war Robert Benz in Idar-Oberstein in die Lehre gekommen. Fünf Jahre lang lag er auf dem Brett über der rotierenden, vom Wasser angetriebenen Sandsteinscheibe, in den eisigen Wasserdünsten, die von unten aufstiegen und einem die Schwindsucht einhauchten, fixiert auf die rasend rotierende Scheibe, von der man nur hoffen konnte, dass sie richtig ausgewuchtet war und nicht auseinander schießen würde wie eine explodierende Granate. Schließlich hatte sein Vater ein Einsehen und trickste einen anderen Händler aus und verheiratete ihn mit dessen Tochter.

Robert Benz sieht Karoline das Café wieder betreten, in dem er sitzt, und er ist geradezu schlagartig, geradezu überfallartig glücklich.

Jetzt kommt der zweite Akt, sagt er.

Ich hab seine Augen gesehen, als ich die Hand mit dem Ring auf die Theke legte, sagt Karoline Ebel. Er hat angebissen.

Aber natürlich, sagt Benz, ich kenne ihn doch. Du gehst jetzt wieder zu ihm. Du sagst, du bist in einer ganz furchtbaren Klemme. Ob er es sich doch noch überlegen könne. Er denkt jetzt, er hat dich unten, und er wird dir einen ganz unverschämten Preis bieten. Du wirst aber nicht annehmen. Du wirst weinen. Du wirst sagen, du müsstest über das alles nachdenken. Der Ring sei deine letzte Hoffnung gewesen. Für ein Drittel seines Wertes könne er ihn haben. Danach trinken wir in Ruhe einen Sherry.

Robert Benz ist der Vater von zwei Kindern. Es könnten aber genauso gut die Kinder von einem anderen Mann sein. Wenn er nach Hause kommt, merkt er, dass er stört. Sie fragen ihn, wie lange er bleiben wird, und er spürt, dass sie die Tage zählen, bis er wieder verschwunden sein wird und das

Leben weitergeht. Er vermutet, dass es bei seiner Frau nicht anders ist.

Ich glaube, ich bin eine schauspielerische Begabung, sagt Karoline Ebel, als sie zurückkommt. Ich habe schließlich selbst geglaubt, dass der Ring meine letzte Hoffnung ist. Entweder er gibt mir etwas dafür, oder ich werde in ein algerisches Bordell verkauft.

Wir sind jetzt im dritten Akt, sagt Robert Benz. Du gehst hin, er denkt schon, er hat den Ring, aber jetzt erhöhst du den Preis um fünfhundert. Er ist verblüfft, damit hat er nicht gerechnet, er zögert, du drehst dich abrupt um und gehst entschlossen zur Tür. Panik erfasst ihn. Ein enormes Geschäft droht ihm durch die Lappen zu gehen. Er wird dich zurückrufen.

Das fängt ja an, richtig Spaß zu machen, sagt Karoline Ebel, als sie geht.

Es waren immer Hotels in der Nähe von Bahnhöfen gewesen, in denen er übernachtete. Er brauchte die Pfiffe der Lokomotiven in der Nacht, das endlose Rollen der Güterzüge und am Morgen die ersten Lautsprecherdurchsagen für die Frühzüge, das schrille Quietschen, wenn sie bremsten, das Tropfen des Wasserhahns in den endlos leeren Pausen. In den besseren und stilleren Häusern konnte er nicht einschlafen. Er mochte die Schmuddeligkeit dieser kleinen Hotels, ihre bescheidene Vernutztheit und die rührenden Versuche, Verbesserungen anzubringen in Form von überstrichenen Rissen oder überklebten Tapeten.

Karoline Ebel kommt zurück. Sie nennt den Preis, den Bein zahlen will. Nimm an, sagt Robert Benz. Das ist das äußerste, was er geben kann.

Manchmal schrieb er Postkarten nach Hause, doch war ihm, als schriebe er aus einem fremden Land, oder besser, als schriebe er in ein fremdes Land.

Hier, sagt Karoline Ebel, als sie zum letzten Mal zurückkommt, greift in ihre Handtasche und überreicht ihm ein Bündel Banknoten: Zähl nach. Die Hälfte ist für dich, sagt Robert Benz. Das hat Zeit, sagt Karoline Ebel. Erst einmal muss ich etwas essen. Übrigens: Dieser Herr Bein sagte, als ich gehen wollte, grüßen Sie übrigens Herrn Benz von mir. Heißt du etwa so?

Er ist doch ein Schlitzohr, der alte Bein, sagt Robert Benz. Ja, so heiße ich. Robert Benz.

Er führte sie in Schümanns Austernkeller, ein stadtbekanntes Lokal in Hamburg. Sie tafelten, doch ausgelassen wie Schulkinder nach einem gelungenen Streich, und dort, nach dem Dessert, machte Robert Benz Karoline einen Vorschlag.

Komm mit mir nach Amerika.

Sie sah ihn lange an.

Ja, sagte sie. Nimm mich mit.

Sie schwiegen. Champagner, schrie Robert Benz plötzlich.

Die nächsten beiden Tage verbrachten sie damit, Abschied zu feiern, wie sie es nannten. Am Abend des zweiten Tages aber saßen sie in einem Tanzcafé nun doch einigermaßen erschöpft von all den Elefanten, Operettendiven, Schwertschluckern und sibirischen Tigern. Ruhig blickten sie auf die Menge der Tanzenden. Doch plötzlich setzte Karoline sich aufrecht. Sie war blass geworden. Sie sprang auf. Ich will hier weg, sagte sie. Sofort. Schnell. Er warf Münzen auf den Tisch und lief mit den Mänteln hinter ihr her. Auf der Straße holte er sie ein und brachte sie zum Stehen.

Hast du ihn gesehen? flüsterte sie. Mit dieser großen Blonden? Sie war in Panik. Offenbar meinte sie den jungen Mann, in dessen Begleitung sie sich an Benz' Tisch gesetzt hatte. Sie wollte in kein anderes Lokal mehr. Sie wollte in ihre Pension. Sie zitterte.

Ein unglücklicher Zufall, dachte Robert Benz. Am nächsten Morgen aber, als sie den Neuen Wall entlang gingen, riss sie sich los und stürzte davon.

Hast du den Apfelsinenverkäufer gesehen? sagte sie. Er war es schon wieder. Robert Benz redete auf sie ein. Sie müsse sich versehen haben, er sprach von Wahrscheinlichkeit, sie sei überreizt, sie brauche Ruhe. Sie wechselte schließlich das Thema, er hatte sie offenbar überzeugt. Am Abend aber sagte sie, sie brauche jetzt Ruhe, und sie möchte allein sein. Sie werde in ein anderes Hotel ziehen. Tagsüber könnten sie sich ja sehen wie bisher. Bis zur Abfahrt des Schiffs seien es ja nur noch vier Tage.

Robert Benz steht an der Reling. Gleich wird er sie die Gangway hinauf kommen sehen.

Albert Werth pfeift vor sich hin. Das klingt nach guter Laune, aber eine eigenartige Schwermut hat ihn ergriffen, ein weher Schmerz, wie er ihn nur aus seiner Kindheit kennt, wenn das Ende der Ferien herangerückt und die Tage des Glücks zu zählen waren und in herzzerreißender Unerbittlichkeit der Abschied von Tante Lisbeth bevorstand, die Austreibung aus dem Paradies namens Scharbeutz und seine Wiedereinkerkerung in die Stadt Hamburg.

Aber in vier Wochen bin ich doch wieder zurück, sagt sich Albert Werth. Einmal hin, einmal her, was ist denn dabei? Es nutzt aber nichts, sein Herz wird immer schwerer, und er blickt aus einem der beiden Bullaugen seiner Kabine auf die Stadt Hamburg, als würde er sie nie wiedersehen. Sogar die Ställe und Remisen in der Milchstraße, wo er mit Albrecht Kreutzer und Erwin Schult so oft gespielt hatte, sieht er vor sich oder das Eis der Alster an einem Winternachmittag, als sie Schlittschuh liefen, oder die Krugkoppelbrücke, auf die sie an einem Sonntagmorgen in einer Maibrise zusegeln.

Eigenartigerweise gilt seine Abschiedswehmut nicht Personen, seinen Eltern etwa oder sonst jemandem, sondern ihr, dieser Stadt. Ihr hatte er sich mit einem geradezu heroischen Akt der Selbstaufopferung verbunden. Als die Nachrichten von der Choleraepidemie eintrafen, war er sofort gefahren. Er wollte helfen. Er wollte Menschen helfen, aber auch dieser Stadt. Für ihn war sie Heimat. Für sie riskierte er sein Leben. Und da fragt sich Albert Werth, warum hast du das eigentlich getan?

Er will einen Packen Bücher aus seinem Koffer heben, doch er erstarrt in der Bewegung. Er muß sich setzen. Ja, warum hab ich das getan?

Er erinnert sich an den Stolz, mit dem er seinen Entschluss seinem Doktorvater verkündet hatte, einem Pathologen, seinem verehrten Professor Sommer. Er war sehr stolz auf sich gewesen, und er hatte seinen Entschluss Sommer präsentiert wie ein Geschenk. Falsch, denkt Albert Werth. Geschenke wollen keine Gegengeschenke. Du hast doch etwas gewollt.

Er erinnert sich jetzt, dass es einen kurzen, sehr kurzen Moment der Enttäuschung gab, als er Sommer seinen Entschluss verkündete und sich von ihm verabschiedete. Er hatte gehofft, merkt er jetzt, dass Sommer wenigstens in diesem Augenblick aufhören würde zu lächeln. Er war Sommers bester Schüler gewesen, aber Professor Sommer hatte die Angewohnheit, auch bei den erstaunlichsten Leistungen des Studenten Werth zu lächeln, kein anerkennendes, kein erfreutes, kein zufriedenes Lächeln, sondern ein feines, unmerkliches, nur dem Studenten Werth bemerkbares Lächeln.

Und plötzlich sitzt Albert Werth wieder in diesem Raum in der Pathologie der Universität Heidelberg. Er springt auf. Er stürzt hinaus aufs Deck. Er atmet durch, tief durch. Er braucht Luft. Sein Herz muss sich beruhigen.

Die Eisenplanken unter seinen Füßen vibrieren, nicht heftig, nur ganz leicht, doch stetig. Eine enorme Kraft ist in dem riesigen Schiffskörper erwacht, so als bebte das ganze Schiff vor Energie, ja vor Ungeduld endlich abzulegen, Fahrt aufzunehmen. Er fühlt dieses Vibrieren mit Erleichterung. Für einen Augenblick hatte er die Vorstellung, das Schiff würde nie ablegen, bliebe festgezurrt am Kai und dieser Augenblick würde nie vergehen.

Der Raum in der Pathologie in Heidelberg, in den man ihn geführt hatte, war weiß gekachelt, grell ausgeleuchtet von einer Deckenlampe. Ob er für eine Messung zur Verfügung stehe, hatte Sommer gesagt, und Albert Werth hatte sich beeilt zuzustimmen. In der Mitte des völlig leeren Raums hatte ein Stuhl gestanden, aus Holz, mit Armlehnen und einer hohen Rückenlehne. Eine Schwester in weißem Kittel hatte ihn hereingeführt und gebeten, auf diesem Stuhl Platz zu nehmen. Kurz darauf betrat Sommer den Raum, schnell und geschäftsmäßig und ebenfalls in einem weißen Kittel. Immer noch wusste Albert Werth nicht, um welche Art von Messung es sich handeln würde. Sommer trat hinter den Stuhl, löste eine Schraube, wonach er an der am Stuhl befestigten Stange ein Gerät in Werths Kopfhöhe schieben konnte – es war aus gelbem Messing, wie Werth feststellte, als er sich einmal kurz umwandte –, das aber nur die eine Hälfte des ganzen Geräts darstellte, denn die zweite, an einem Scharnier hängende, klappt Sommer jetzt über Werths Kopf. Kühl legt sich das Metall an seine Schläfen. Sommer zieht überall Schrauben an, und Albert Werth begreift, dass Sommer eine Schädelmessung an ihm vornimmt. Sein Kopf ist jetzt fest in dem Gerät eingeklemmt. Er kann ihn nicht bewegen. Er muss geradeaus blicken.

Zunächst ist er verblüfft. Er muss sich über die Situation klar werden. Das ist nicht einfach. Seine Gedanken rasen. Obwohl er ein solches Gerät im Vorbeigehen schon einmal gesehen hat, nutzt ihm das wenig. Er ist es, dessen Schädel jetzt vermessen wird. Er ist Gegenstand der Forschung. Er ist anders als die andern. Man muss sich Gewissheit über ihn verschaffen. Man wird vielleicht Ähnlichkeiten mit anderen Menschen feststellen, aber auch Abweichungen, charakteristische Abweichungen.

Mit einer Art Schublehre misst Professor Sommer den Abstand der Augen, den Abstand der Jochbeine, den Abstand zwischen Stirn und Kinn. Er fuchtelt mit dieser Schublehre aus Messing vor Werths Gesicht herum, wobei er gleichmütig Zahlen an die Schwester durchgibt, die sie in eine Kladde einträgt, wie Albert Werth, beiseite schielend, feststellt. Er stellt sich vor, wie er so festgeschraubt und schielend aussieht, komisch sicher, denkt er, und plötzlich denkt er, wahrscheinlich wird er am Schluss auch noch meine Nase vermessen.

Das war kein so abwegiger Gedanke, denn Albert Werth hatte als Kind immer wieder seine Nase betrachtet. Misstrauisch hatte er sie betrachtet und argwöhnisch, von vorne und vor allem von der Seite, wozu er allerdings die Flügel des Toilettentischs seiner Mutter benutzen musste, argwöhnisch und misstrauisch deshalb, weil er, wie ihm die Erwachsenen versicherten, noch in der Wachstumsphase war, woraus er folgerte, dass also auch seine Nase wachsen würde, und zwar zu jener Form und Größe, die er von gewissen Postkarten her schon kannte.

Panik befällt Albert Werth unter seinem Messgerät. Er will den Kopf wenden und kann nicht. Er will aufstehen und kann nicht. Monoton diktiert Professor Sommer Zahlen. Er atmet tief ein, um sich zu beruhigen. Es geschieht dir doch nichts, sagt er sich. Du brauchst nur eine Weile stillzuhalten.

Jeden Sommer waren seine Eltern mit ihm verreist, meist an die Ostsee, und wer verreist, will natürlich Freunde und Verwandte grüßen. Die dazu nötigen Postkarten auszusuchen ist eine wichtige Beschäftigung in den Ferien. Mit Sorgfalt wollten sie ausgewählt werden, und man musste lange die Ständer vor den Kiosken drehen, bevor man die passenden gefunden hatte. Darunter waren nun welche, die seine Eltern übergingen, als hätten sie sie nicht gesehen, wodurch sie der kleine Albert aber erst recht bemerkte. Es war nun eine dieser Postkarten, die seine Eltern so geflissentlich übersahen, die Albert Werth den größten Schmerz seines bisherigen Lebens zufügte.

Die Ferien waren zu Ende, kurz vor der ersten Stunde betritt er den Klassenraum. Eine Gruppe drängte sich um Albrecht, seinen besten Freund. Albrecht las von einer Postkarte ab, was ein Klassenkamerad ihm aus den Ferien geschrieben hatte. Borkum, du der Nordsee schönste Zier, las er vor, bleib du von Juden rein. Lasst Rosenthal und Levinsohn auf Norderney allein. Brüllendes Gelächter. Er ging zu seinem Platz. Betretene Stille. Er schlug ein Buch auf. Er hatte im Vorbeigehen die Postkarte gesehen, bevor Albrecht sie wie ertappt einsteckte. Es war nur für den Bruchteil einer Sekunde, dass er sie sah, aber es genügte. Er kannte die Karte. Sie stellte einen jüdischen Hausierer mit geöffnetem Bauchladen dar, zerlumpt, mit breitem Maul unflätig grinsend und mit ausgestreckten, gierig geöffneten Fingern, die Krallen glichen. Sie war an allen Kiosken zu kaufen. Das musst du nicht so ernst nehmen, pflegte sein Vater dazu zu sagen. Das soll komisch sein.

Der Raum, in dem Albert Werths Schädel vermessen wird,

ist weiß gekachelt. Die Kacheln sind glasiert. Sie spiegeln das grelle Licht der Deckenleuchte, und plötzlich glaubt er, in einem Schlachthaus zu sein statt in einem Raum der Heidelberger Pathologie. Es fehlen nur die Schienen an der Decke und die Flaschenzüge und die Ketten mit den Haken, denkt er.

Ein Provinzdichter

Hausverbot für die Edelfeder. Eine Lektion von der Tochter des Chefs. Material für das Notizbuch.

Wie betritt man einen Salon? Schleicht man sich unbemerkt hinein, oder bleibt man in der Tür stehen und präsentiert sich lachend und winkend, als hätte alle Welt auf gerade diesen Gast gewartet? Es kommt darauf an, was man von sich hält oder was die Leute von einem halten sollen. Im Umkreis von Meilen war ich der einzige, der eine Universität besucht hatte, und – völlig einzigartig – ich war schon einmal in Amerika gewesen. Ich war also ein Gast, den man erst überreden musste zu kommen, der, wenn er die Einladung annahm, nicht versäumte, durchblicken zu lassen, dass er dafür andere gleichzeitig ablehnen musste. Ich war also begehrt, ja geradezu umworben.

Was aber tat ich dann auf diesem Schiff, das auf dem Weg nach Amerika war? Vielleicht müsste die Frage viel früher ansetzen. Warum hatte ich damit begonnen, Rekruten über die Grenze zu schleusen? Das Auswanderergeschäft warf genug ab, sie machten sich ja scharenweise nach Amerika auf, und mein Konto bei der Bank in Eydtkuhnen schwoll aufs Erfreulichste an. Warum hatte ich an Rybakows Treibjagd teilgenommen und schließlich, warum hatte ich ihm diese Ansichtskarte geschickt? Was wollte ich in Amerika? Mir ging es doch gut.

Neben der Tatsache, dass ich studiert hatte und in Amerika war, zeichnete mich eine weitere Außergewöhnlichkeit aus. Sie wurde allerdings fast ausschließlich von den Damen geschätzt. Ich schrieb diese kleinen Skizzen, Betrachtungen und Kommentare in der Zeitung, sogar Gereimtes: Ich war ein Dichter. Entsprechend herrisch-verdüstert trat ich auf und sprach aristokratisch leise. Doch hieß das nicht, dass ich nicht zur Verblüffung meiner erschrockenen Zuhörer plötzlich in bebende Begeisterung ausbrechen konnte oder in glühende Hasstiraden. Allerdings nur kurz. Ich war dafür bekannt, unberechenbar und auch ein wenig gefährlich zu sein. Wie Dichter eben sind. Man musste sich also darauf einstellen.

Sehr schnell nach meinem Erscheinen war ich in jedem Salon Mittelpunkt eines Kranzes von meist weiblichen Zuhörern. Mit ihnen zog ich mich dann in eine weniger gut beleuchtete Ecke zurück. Nun, lieber Igor Iwanowitsch, halten Sie wieder Ihre Märchenstunde ab? sagte dann maliziös lächelnd der hinzugetretene Hausherr. Nur gut, dass ich das Milieu seit meiner Kindheit kannte, all diese Gutsbesitzer und kleinen Landadligen, ihre Langeweile und Brutalität, ihre Ungebildetheit und ihre Aggressivität, all diese eifersüchtigen Ehemänner, die bei meinem Anblick in Anbetung versinkenden Backfisch-Töchter und ihre erhitzten Mütter, und vor allem, ich kannte die Rolle, die der Wodka spielt, zu welchem Zeitpunkt und wie lange.

Ich lächelte also nur bei der natürlich rhetorisch gemeinten Frage des Hausherrn, ob ich mal wieder meine Märchenstunde abhalte. Tatsächlich hatte er nichts anderes gesagt, als dass ich lüge. Er hatte mir aber ein Stichwort geliefert. Ich konnte über den Unterschied zwischen Märchen und Erzählung dozieren. Nicht zuletzt für solche Gelegenheiten trug ich ein Notizbuch bei mir. Es war inzwischen ebenso legendär wie mein Spazierstock oder wie es meine Messer waren. Manchmal konnte ich es mitten in der Unterhaltung zücken und mit meinem Crayon, der aus Silber war, etwas hineinschreiben, wobei ich offen ließ, ob ich die gerade gemachte Bemerkung meines Gegenübers aufschrieb oder den Gedanken, auf den er oder sie mich gebracht hatte. In jedem Fall gab ich meinem Publikum das Gefühl, ernst genommen zu werden. Manchmal blätterte ich auch darin und begann eine Geschichte zu erzählen, die ich mir offenbar darin notiert hatte.

Ich sammele nämlich Geschichten, betonte ich, während ich mein in grünes Maroquinleder gebundenes Notizbuch wegsteckte, doch nicht nur solche, die mir von Menschen erzählt wurden, sondern auch solche, die mir Dinge erzählten, ja auch Tiere oder Tote. Denn wer hinhöre und still sein könne, werde dieses ständige Gewisper vernehmen, das aus der Tiefe der gelebten Jahre komme und selbst Leben sei und das aufzuschreiben für mich bedeute, am Lebendigen teilzunehmen, ja dadurch erst zu leben.

Natürlich verlangte man von mir auch handfestere und grobere Geschichten, schlicht Neuigkeiten, denn bei mir konnte man sich erkundigen, ich kam ja weit herum. Ich war in Amerika gewesen, ich hatte Unglaubliches erlebt, ich war in Fernen vorgedrungen, von denen sich meine Zuhörer noch nicht einmal eine Vorstellung machen konnten, und immer noch wanderte ich ruhelos von Stadt zu Stadt, heimatlos, ein Getriebener, doch sehr müde. Eigentlich könnte ich mir meine Gedichte sparen, sagte einmal eine Dame. Mein Leben selbst sei das Gedicht.

In meinem Selbstportrait als Salonlöwe fehlt indessen ein entscheidend wichtiger Zug. Meine Affäre mit Sonja war ruchbar geworden, und wie sie ausging. Und das machte mich bei den Damen nun gänzlich unwiderstehlich: Ich war der Mann mit der Wunde.

Lassen Sie mich innehalten, meine Damen und Herren. Ich habe mich verplaudert. Ich bin weiter gegangen, als ich wollte. Das hatte ich oft erlebt, dass Leute eine Geschichte erzählten und gleichzeitig eine andere, die sie gar nicht erzählen wollten oder die sie selbst bisher nicht kannten. Mein Notizbuch ist voll von solchen unfreiwillig erzählten Geschichten. Nun gut, es hat mich weiter hinausgetragen, als ich wollte, hier also die Geschichte von Sonja und mir, oder besser, mein Bericht.

An einem späten Vormittag wollte ich in die Redaktion mit zwei neuen Skizzen. Die Pförtnerin hielt mich auf. Es tut mir leid, sagte sie. Ich darf Sie nicht mehr ins Haus lassen. Warum kann ich Ihnen nicht sagen. Ich weiß nur, dass Sie dieses Haus nie mehr betreten dürfen.

Ich wusste sofort warum. Schmetternd wie ein Blitz fuhr mir die Wahrheit in die Beine. Ich ging in den Park, wo wir uns am Nachmittag treffen wollten. Unser kleiner Briefkasten war leer. Ich hatte es nicht anders erwartet.

Wir Tatlins waren keine angesehenen Leute gewesen. Als Kind merkte ich das schnell. Es genügte mir zu beobachten, wie sich die Knechte ansahen, wenn der Vater etwas anordnete. Sie gaben keine Widerworte, sie sahen sich nur an, und manchmal grinsten sie sich zu. Oder wie Gespräche abgebrochen oder das Thema gewechselt wurde, wenn er in Hörweite kam. Oder die demonstrative Heiterkeit, die ausbrach, wenn er in einen Kreis anderer Gutsbesitzer trat. Lachten sie über ihn? Er passte nicht zu ihnen. Er war zu klug, zu einfallsreich, nicht habgierig genug. Manchmal sprühte er vor Witz. Aber manchmal wirkte er auch ein wenig lächerlich. Und manchmal auch verzweifelt. Von der Landwirtschaft verstand er nichts.

Seine Frau war gefürchtet und verachtet. Der Mann läuft ihr weg, sagten hämisch die, denen ebenfalls die Männer wegliefen, und da das, was die Erwachsenen von anderen Erwachsenen halten, sich osmotisch ihren Kindern mitteilt, wusste ich schnell, was man von uns dachte. Die Wut, mit der mich Rudel von Kindern verfolgten, sagte mir, wie über meine Eltern und mich geredet wurde. Das Dorf wurde ein Ort, den ich lieber umging.

Natürlich war auch die Spielleidenschaft meines Vaters etwas, das gegen ihn sprach, doch war sie unter den verzweifelt um ihre Existenz kämpfenden Gutsbesitzern so verbreitet, dass sie nicht den Ausschlag gab. Es war eher sein Tod, der über ihn das letzte Urteil sprach. Er war unehrenhaft.

Ich sei meinem Vater aus dem Gesicht geschnitten, sagte man. Ganz der Vater. In jeder Hinsicht. Ich liebte ihn, aber ich war nicht stolz darauf, ihm zu gleichen.

Trotzdem. Ich kann mich nicht beklagen. Man hat mir Angebote gemacht. Kommen Sie zu uns, hatte Pater Basilius gesagt, mein Griechischlehrer, ein Jesuit, sehr elegant. Das bisschen Keuschheit. Was ist das schon gegen die Teilhabe an der Macht. Und Sonjas Vater, ein schwerer, jähzorniger Mann, unzufrieden mit seinem Leben in der Provinz, wollte mich in die Redaktion holen. Doch, man hat mir Türen geöffnet. Ich bin allerdings durch keine gegangen. Man schätzte meine Gaben durchaus, in der Familie wollte man mich jedoch nicht sehen. In dieser Hinsicht war ich indiskutabel. Und zwar nicht nur bei Sonjas Vater, sondern auch in den Salons der Gutsbesitzer, denen ich den Poeten und Clown machte.

Sonja war zweiundzwanzig und wahrscheinlich die belesenste Frau Krakaus. Die Redaktion hatte die *Vossische Zeitung* abonniert, *Le Monde, The Times* und den *Corriere della Sera*. Die Exemplare durften nicht weggeworfen werden. Das Dienstmädchen holte sie jeden Abend für sie ab. Für Bücher hatte sie bei ihrem Vater ein offenes Konto. Sie durfte sich bestellen, was sie wollte. Ihr Lesehunger war kaum zu stillen.

Sie war schön, sie hatte Verehrer so viel sie wollte, doch wenn Klugheit, Bildung und Temperament Kriterien waren, dann war das Angebot derer, die auch nur entfernt für sie in Frage kamen, deprimierend dürftig. Dazu kam, dass sie mit ihrem Vater den Hass auf die Provinz teilte. Manchmal meinte sie zu ersticken.

Der Gedanke an Flucht war denn auch von Anfang an da. Er war das, was uns von Anfang an verband. Wir lebten in einer imaginären amerikanischen Zukunft. Dort würden wir alles nachholen, was wir jetzt versäumten. Die Gegenwart war gänzlich unwichtig. Eigentlich kannten wir einander gar nicht.

Ich wusste sofort, was geschehen war, als mir die Pförtnerin den Zutritt zur Redaktion verwehrte. Irgendjemand hatte uns beobachtet und ihrem Vater hinterbracht, was er gesehen hatte. Wahrscheinlich hatte er sie irgendwohin aufs Land verbannt. Was mich betraf, so vertraute er wohl darauf, dass ich verstanden hatte und mich trollen würde.

Natürlich blieb ich. Alles kam jetzt auf sie an. Sie war klug, sie war kühn, irgendwann würde sie mir ein Zeichen geben, und wir würden fliehen. Ich verbrachte Tage im Park in Betrachtung eines Putto, dieses kleinen, fetten, steinernen Amor, der triumphierend sein Werkzeug schwenkte.

Eines Tages sah ich sie dann. Am Arm meines besten Freundes. Ich packte. Aber vorher wollte ich noch mit dem Freund sprechen. Sie kannten sich schon längere Zeit. Schnell waren sie einander näher gekommen. Das war schon in der Zeit, als ich mich noch mit ihr im Park traf und wir nach Amerika fliehen wollten. Danach nahm ich den Posten als Werber für die HAPAG an. Er hatte den Vorteil, dass ich unterwegs sein konnte.

Entfernung von der Truppe

Von der Schwierigkeit, einen Brief zu öffnen und einen Dachstuhl zu bauen. Eine freundliche Wirtin.

Klaus Groth liegt in der Sonne. Kleine, dicke Wolkenkissen stehen im Himmel. Manchmal läuft eine Brise über ihn hin, geisterhafte, mutwillige Händchen, die ihm Gänsehaut machen. Dann rauscht das Uferschilf auf. Klaus Groth liegt an einem See.

Er ist nackt. Wenn er den Zug zurück nach Berlin noch bekommen will, müsste er sich jetzt anziehen. Die Sonne liegt auf ihm wie ein heißes, schweres Kissen. Wenn er die Augen schließt, blickt er in eine dunkle, wallende Glut.

Er weiß nicht, wie das Dorf heißt, das an diesem See liegt. Als der Zug wieder einmal hielt, war er ohne nachzudenken ausgestiegen. Die Wellen, die über das Wasser laufen, machen am Ufer und im Schilf ein kleines, verschwiegenes Geräusch. Vom Dorf herüber krähen Hähne. Ein Hund bellt.

So plötzlich, wie er aus dem Zug gestiegen war, so plötzlich war er vorher, als er vor dem Schlesischen Bahnhof gestanden hatte, zu einem Fahrkartenschalter gegangen und hatte eine Karte nach Wismar und zurück gelöst. Er hatte keine Ahnung, was er in Wismar wollte. Aber er wollte ja auch gar nicht nach Wismar.

Er öffnet die Augen und blinzelt in die Sonne. Mühsam stemmt er den Oberkörper hoch, kommt taumelnd auf die Füße.

Das Gras ist weich und kühl unter seinen Sohlen. Es ist erregend, nackt dazustehen und vielleicht gesehen zu werden. Das Wasser kommt ihm eisig vor, er zögert, doch dann wirft er sich mit einem Sprung hinein. Die Kälte nimmt ihm den Atem, und er beginnt schreiend um sich zu schlagen.

Dann aber taucht er weg und schwimmt mit langen Stößen unter Wasser in den See hinaus. Kühl in der grünen Dämmerung streicht das Wasser seinen Körper entlang. Weit draußen erst durchbricht er die Oberfläche. Das Blau des Himmels ist weißlich vor Hitze.

Von dem Gefreiten Groth ist bis jetzt keine Dienstverfehlung bekannt. Keiner seiner Vorgesetzten würde ihm auch eine zutrauen. Hauptfeldwebel Baumann ausgenommen. Stille Wasser sind bekanntlich tief, war eine seiner Weisheiten. Er konnte aber nicht sagen, was ihm an diesem Groth nicht passte.

Er watet ans Ufer, setzt sich und zieht die Knie ans Kinn. Am Morgen war er, nachdem er den Brief bekommen hatte, zur Schreibstube gegangen und hatte sich einen Tag Urlaub genommen. Er hatte seinen Zivilanzug angezogen und war in die Stadt gefahren. Wenn er den Zug nach Berlin noch bekommen will, müsste er sich jetzt beeilen.

Er fröstelt. Langsam zieht sich das Wasser auf seiner Haut zu Tropfen zusammen, die Tropfen verdunsten, die Haut ist trocken, doch immer noch kühl. Sie riecht nach Wasser. Jenseits des Sees ein flacher Höhenzug, dunkel mit Kiefern bestanden. Die Fläche des Sees ein grün-silbernes Geglitzer. Mit pfeifenden Flügelschlägen fällt ein Schwarm Enten ein, landet rauschend im Wasser, schaukelt sehr zufrieden um sich blickend auf den kleinen Wellen, ordnet das Schwanzgefieder, ist plötzlich wie vom Wasser verschluckt, ist ebenso plötzlich aber wieder vorhanden, wenn auch an anderer Stelle.

Die Wendung Stille Wasser sind tief, auf den Gefreiten Groth bezogen, wird von Groths anderen Vorgesetzten als unzutreffend und falsch empfunden. Für sie ist Groth nicht still, er spricht nur wenig. Er ist ein Schweiger. An ihm kann man studieren, dass Schweigen eine aktive Tätigkeit sein kann. Und er hört mit Sorgfalt zu. Viele wollen ihm etwas sagen. Den Zug kann er jetzt nicht mehr erreichen.

Erst als er in seinem Zivilanzug aus dem Kasernenhoftor trat, wurde ihm klar, dass er nicht wusste, wohin er wollte und was er mit diesem Tag anfangen würde. Er ging erst einmal zur Straßenbahnhaltestelle und fuhr in die Stadt. Später fand er sich vor dem Schlesischen Bahnhof wieder, wo er dann eine Karte nach Wismar löste. Der Brief, den er am Morgen bekommen hatte, stammte von seiner Schwester. Jetzt steckt er in der Innentasche seiner Anzugjacke.

Er springt auf und zieht sich an. Eine dumpfe Unruhe ist in ihm. Er muss sich bewegen. Er geht zum Weg hinauf, der an dem See vorbeiführt, und wandert weiter. Von Ferne der Pfiff einer Lokomotive. Das ist der Zug, den er hätte bekommen müssen, wollte er noch vor dem Zapfenstreich in der Kaserne sein.

Er wandert zügig. Die Bewegung ist gut gegen die Unruhe in ihm. Und gegen den Zorn. Doch weiß er nicht, worauf er zornig ist, und so wandert er, entschlossen, als hätte er ein Ziel, jemanden, den er zur Rechenschaft ziehen könnte. Er spürt den Brief in seiner Jackentasche. Er drückt gegen seine Rippen. Vielleicht gibt es ja noch einen späteren Zug. Doch dann müsste er in die entgegengesetzte Richtung gehen. Er wandert aber von der Bahnstation weg.

Der Staub der Landstraße ist weiß in der Nachmittagssonne. Er hat den Brief nicht gelesen. Auch während der Zugfahrt hat er ihn nicht gelesen. Er hat ihn nur gespürt, hart an seiner Brust wie einen fremden Gegenstand. Als der Weg eine Biegung macht, sieht er vor sich ein Dorf, ein Weiler eigentlich nur, zwei Häuserreihen längs der Landstraße. An einem der Höfe wird das Dach erneuert. Das alte ist bereits abgetragen. Fuhrwerke mit dem Bauholz für das neue halten davor. Eine kleine Schar Kinder sieht zu. Er bleibt stehen. Nach einer Weile geht er in das gegenüberliegende Gasthaus und setzt sich mit seinem Bier an das offene Fenster.

Langsam legt sich die Unruhe in ihm. Es tut gut, den Männern da unten zuzusehen. Ein Druck weicht von ihm. Hauptfeldwebel Baumann wird es ein Vergnügen sein, sich des Gefreiten Groth anzunehmen. Er wird ihn über den Exerzierplatz scheuchen, durch den Schlamm von Pfützen robben lassen, er wird ihm Liegestütze befehlen und ihn Runden um den Platz drehen lassen, so lange, bis der Gefreite Groth, wenn Hauptfeldwebel Baumann endlich Wegtreten brüllt, kaum noch die Kraft hat, sich in die Kaserne und dort auf die Toilette zu schleppen, um sich zu übergeben. Groth weiß das, denkt es, kann es sich vorstellen, doch so als ginge ihn das alles nichts an. Er sieht den Zimmerleuten zu.

Die Wirtin, eine massive, ältere Frau, beobachtet ihn mit Misstrauen. Sie kann den jungen Kerl dort am Fenster in seinem guten Sonntagsanzug nicht einordnen. Er ist unterwegs, doch wohin. Offenbar zu niemandem im Dorf, sonst würde er nicht hier herumsitzen. Irgendetwas stimmt nicht mit ihm. Ihr Gefühl hat sie noch selten getrogen.

Ein Haus, dem das Dach weggenommen wurde, steht merkwürdig da, wie beraubt, wie gerupft, und es ist wehrlos, wenn ein Regen kommt. Die Zimmerleute arbeiten mit größtmöglicher Schnelligkeit und Konzentration, denn ein Gewitter kann jederzeit heraufziehen, und die Arbeit mit dem schweren Bauholz ist gefährlich. Groth sieht ihnen mit Bewunderung und nicht ohne Neid zu. Er durfte ja nie etwas lernen.

Der Brief steckt in der Innentasche seiner Anzugjacke. Er hat sie über die Lehne eines Stuhls gehängt. Die größte Hitze ist gebrochen, das Licht ist weicher geworden, nachmittäglich. Die Sonne wandert, und der Schatten der Gastwirtschaft legt sich über die Baustelle. Jenseits der Häuser Ackerland, Weiden, heckenumsäumt, hier und da an Waldstücke grenzend, eine grünsilberne Weite. Aus den Fenstern, die er gewohnt ist, kann man nur andere Fenster sehen. Vom Himmel nur einen schmalen Streif. Bei den Zimmerleuten fasziniert ihn jeder Handgriff, jede Messung, jeder Zuschnitt.

Er braucht sich nicht vorzunehmen, sich das alles zu merken, er weiß jetzt schon, dass sich jede Einzelheit in sein Gedächtnis einbrennen wird für immer.

Sie arbeiten zusammen, denkt er, jeder weiß, was er zu tun hat, jeder arbeitet dem andern in die Hand. Er kennt nur amorphe Massen, die in Barkassen stehend zu je fünfzig Mann zu den zu entladenden Schiffen gebracht werden. Sie brauchen keine besonderen Fähigkeiten oder Eigenschaften zu haben außer der, stark und ausdauernd zu sein, schleppen zu können. Wenn sie ihre Arbeit beendet haben, haben sie eine Leere erzeugt, das Schiff entladen. Die da unten, denkt er, tun etwas, das man sehen kann, das bleibt und von Dauer ist. Sie arbeiten bis in die einfallende Dämmerung hinein. Er geht zum Tresen. Ob er ein Zimmer haben könnte für die Nacht.

Die Wirtin starrt ihn an. Ich wusste es doch, denkt sie.

Mit dem stimmt etwas nicht. Aber als sie aufblickt und ihm ins Gesicht sieht, bringt sie es doch nicht über sich, nein zu sagen. Es sieht aus, als hätte man ihn geohrfeigt, denkt sie, so überrascht und so verletzt. Sie zündet eine Petroleumlampe an und geht mit ihm hinauf.

Groth setzt sich ans Fenster und starrt in die Dunkelheit hinaus. Jetzt ist wieder diese Unruhe da. Er muss sich zwingen, sitzen zu bleiben. Am liebsten wäre er hinunter gegangen und weitergewandert. Immer wieder steht er auf und geht im Zimmer umher.

Unten in der Gaststube ist es laut geworden. Er könnte hinuntergehen und sich zu den Leuten setzen. Er verwirft den Gedanken. Er würde sich betrinken, und davor hat er Angst. Er ist Alkohol gewohnt, er kann damit umgehen, doch jetzt nicht, spürt er. Ich könnte etwas machen, denkt er. Er weiß nicht, was das sein könnte. Auf jeden Fall würde es etwas Schreckliches, nicht wieder Gutzumachendes sein.

Als es unten etwas ruhiger geworden ist, kommen Schritte die Treppe herauf. Jemand klopft.

Ich dachte schon, du bist gar nicht mehr da, sagt die Wirtin. Hast du denn keinen Hunger?

Sie kommt näher.

Was ist mit dir? Hast du was ausgefressen?

Ich hab nichts ausgefressen, keine Sorge, sagt er. Ich konnte nur die Kaserne nicht mehr ertragen. Morgen fahre ich zurück.

Dass du mir keinen Unsinn anstellst, sagt sie im Hinausgehen.

Hinter dem Haus muss der Mond aufgegangen sein. Die Dunkelheit hellt sich silbriggrau auf. Jetzt sind die Fledermäuse besser zu erkennen, ihr gedankenschnelles Vorbeitaumeln. Unten ist es still geworden. Er steht auf und geht hinunter. Der Schankraum ist leer. Die Wirtin ist dabei, die Stühle auf die Tische zu stellen.

Sie bringt ihm zwei Bouletten und ein Stück Brot und ein Bier. Sie setzt sich neben ihn auf die Bank, während er isst und trinkt.

Ist dir das Mädchen weggelaufen? fragt sie. Er schüttelt den Kopf. Hast du jemanden umgebracht? Er schüttelt den Kopf. Der Mann ist gefährlich, denkt sie. Der kennt sich selber nicht mehr.

Ich hol uns einen Schnaps, sagt sie. Manchmal hilft das ja gegen den Kummer. Sie bringt eine Flasche und zwei Gläser und die Petroleumlampe. Sie gießt ein, und sie trinken. Er muss reden, denkt sie. Entweder er betrinkt sich, oder er redet. Am besten beides. Sonst passiert etwas.

Jemand poltert die Treppe herab. Mit einer schnellen Bewegung löscht sie das Licht und zieht ihn herunter auf die Bank hinter den Tisch. Die Tür wird aufgestoßen, ein Mann, einen brennenden Kerzenstummel auf einer Untertasse in der Hand, kommt herein und geht hinter die Theke. Aus dem Regal greift er sich eine Flasche, setzt sie an und trinkt. Sie liegen starr und eng aneinander auf der Bank. Schließlich setzt der Mann, der Wirt wohl, die Flasche ab, stellt sie zurück ins Regal, rülpst und poltert hinaus und die Treppe hinauf.

Immer noch liegen sie auf der Bank, Wange an Wange, Schenkel an Schenkel. Sie könnten jetzt aufstehen, doch die Frau liegt unbeweglich in seinem Arm. Wärme geht von ihr aus. Er spürt ihre Brüste. Schließlich küsst sie ihn mit einer schnellen Bewegung auf die Wange, und setzt sich aufrecht. Sie macht Licht. Er steht auf.

Zieh die Stiefel aus, wenn du hinaufgehst, sagt sie. Das tut er, und so schleicht er sich wie ein Dieb, die Knobelbecher in der Hand, auf Socken hinauf in sein Zimmer.

Nebenan schnarcht der Mann. Groth zögert, die Lampe zu löschen. Er lauscht. Endlich hört er eine Treppenstufe knarren. Er reißt die Tür auf. Sie stehen sich gegenüber. Er geht auf sie zu und will sie umarmen. Sie weicht zurück.

Mein Gott, Junge, ich könnte deine Mutter sein. Doch plötzlich: Aber ich weiß was. Halt still.

Sie knöpft ihm die Hose auf, fährt ihm zwischen die Beine. Ihre Hand schließt sich um seine Hoden, gleitet hinauf zur Spitze, drückt sie. Alle Muskeln verhärten sich in ihm, krampfen, und um so unerbittlicher, je heißer der Strahl aus Feuer in ihm hoch-, und als ihre Hand zwei, drei harte Bewegungen macht, endlich herausschießt.

Er blickt an sich herab. Er sieht diese fremde Hand, dieses kurze, schnelle Spritzen, und eine Traurigkeit legt sich über ihn, wie er sie noch nie gekannt hat, und langsam, dann immer stärker beginnt er zu weinen.

So ist das gut, sagt sie. So ist das sehr gut. Und jetzt schläfst du.

Sie drückt ihn aufs Bett nieder, zieht ihm Hemd und Hose aus und deckt ihn zu. Eine Weile sitzt sie noch bei ihm. Nach und nach werden seine Schultern ruhig. Fast gleichzeitig ist er eingeschlafen.

Hämmern und Sägen wecken ihn. Er blickt hinunter auf die Baustelle, aber das interessiert ihn nicht mehr. Er geht in den Schankraum. Die Wirtin bringt ihm Kaffee und ein Stück Brot.

Iss, und dann zahlst du und gehst, sagt sie. Hier kannst du nicht bleiben.

Der Posten am Kasernenhoftor wirft einen Blick auf seinen Urlaubsschein, sagt Mitkommen und führt ihn in die Arrestzelle. Zwei Stunden später erscheint Hauptfeldwebel Baumann. Was haben Sie sich eigentlich dabei gedacht, brüllt er. Klaus Groth blickt starr an seinem linken Ohr vorbei und zuckt die Schultern. Wollen Sie nicht antworten? brüllt Baumann. Nichts, sagt der Gefreite Groth. Ich habe mir nichts dabei gedacht. Baumann starrt ihn sprachlos an. Hat er es mit einem Irren zu tun? Vielleicht ist der Mann ein Fall für Doktor Spitzer, den Regimentsarzt. Ratlos macht er auf dem Absatz kehrt und stiefelt zur Schreibstube.

Später erscheint Leutnant Neuhaus. Also was ist, Groth, sagt er, zieht sich den Schemel herbei und setzt sich. Groth greift in seine Jackentasche und gibt ihm den Brief.

Aber er ist ungeöffnet, sagt Neuhaus.

Ich weiß was drin steht, sagt Klaus Groth.

Soll ich? sagt Neuhaus und blickt ihn fragend an.

Groth nickt. Neuhaus reißt den Umschlag auf und liest das Blatt. Er steht auf.

Das tut mir leid, Groth. Mein Beileid.

Ich weiß jetzt, wie man einen Dachstuhl baut, sagt Klaus Groth.

Die Muttergottes im Schweinestall

Ein Esser zuviel. Graupensuppe und Kirschen. Mund auf, Augen zu. Ein Feuer in der Wüste.

Sie war aus der Droschke gesprungen, die Gangway der Saxonia hinauf zum Steward gelaufen, von dort mit dem Schlüssel in ihre Kabine, hatte sich ausgezogen und ins Bett gelegt. Eine Weile starrte sie gegen die Decke, dann warf sie sich herum und zog das Laken über den Kopf. War sie so müde? Oder wollte sie auf diese Weise sich nur ihrer Nonnentracht entledigen? Denn von diesem Zeitpunkt an hatte sie nicht mehr das Recht, sie zu tragen. Von diesem Zeitpunkt an war etwas in ihrem Leben unwiderruflich zu Ende gegangen.

Sie war nicht willkommen gewesen auf der Welt. Um das zu merken, brauchte sie nur in die Gesichter ihrer Eltern zu sehen, wenn sie abends mit erschöpftem Überdruss die Schar ihrer Kinder überblickten. Ein beliebter Ausweg, um das Elend ein wenig zu lindern, war, das älteste auf ein Priesterseminar oder ins Kloster zu geben. Ein Esser weniger würde schon etwas ausmachen. Vor dem Kloster graute ihr. Sie war zwölf, bald hatte sie das Alter, und so beschloss sie, in der Hoffnung, ihre Eltern von dem schrecklichen Vorhaben abzubringen, weniger zu essen.

Das war nicht schwer. Sie hatte sieben Geschwister, und sie brauchte nur bei dem Gerangel um den dicksten Kanten Brot, einen Nachschlag Suppe oder Haferbrei nicht mitzutun. Die beiden jüngsten Geschwister, zwei Mädchen, hatte praktisch sie großgezogen. Sie hatte sie gewindelt, gefüttert, auf der Hüfte umhergeschleppt, in dem kleinen Leiterwagen mit aufs Feld genommen, ihnen das Gehen beigebracht. Das Problem war nur, dass niemand merkte, dass sie weniger aß. Auch ihre Mutter nicht. Sie war schon wieder schwanger.

So verfiel sie auf die andere Möglichkeit: Mehr zu arbeiten. Das war leicht gesagt, denn sie arbeitete schon jetzt bis an die Grenze der Erschöpfung. Aber vielleicht kommt es darauf an, wie man arbeitet, sagte sie sich. Man muss die Arbeit sehen, sagte sie sich. Also nicht warten, bis die Mutter sagt, weich die Wäsche ein, morgen ist Waschtag, sondern von sich aus die Wäsche einweichen, möglichst auch schon den großen Kessel auf dem Herd mit Wasser füllen, damit man morgens nur noch anzuheizen braucht. Vor allem aber darf man nicht maulen, wenn einem etwas aufgetragen wird und nicht nur aus dem Grund, weil man sonst was hinter die Ohren bekommt, sondern weil einen die Arbeit freut. Auch singen darf man nicht oder Löcher in die Luft starren. Man muss den Jüngeren ein Beispiel sein.

Die drückten sich natürlich, wo sie konnten. Doch musste sie nicht nur ihre Arbeit für sie mittun, sondern obendrein auch noch ihren Spott ertragen. Für sie war sie zu einfältig, sich vor der Arbeit zu drücken oder sich den Alten zu widersetzen. Es gab wenig Solidarität unter ihnen. Wenn der Vater den Gürtel öffnete, aus den Schlaufen zog und sich den jeweiligen Übeltäter griff, sahen sie meist hämisch grinsend zu. Sie half sogar im Stall. Beim Melken sowieso, aber dann auch beim Misten, was immer ihr Vater erledigt hatte, weil es eine der schwersten und schmutzigsten Arbeiten war. Sie hatte ständig Hunger.

Eines Morgens aber gegen sechs nach dem Melken geschah etwas Unfassbares. Sie stand im Mist und versuchte keuchend, die Gabel an dem glitschigen Stiel aus dem Sumpf von Dung und Stroh zu heben und das Hervorgezerrte in die Schubkarre zu werfen, als sich in der gegenüberliegenden Ecke bei den Schweinen die Wand öffnete und etwas Weißes, Strahlendes hereinfloss. Sie wurde ohnmächtig. In der Scheune auf der Haferkiste erwachte sie auf dem Rücken liegend. Sie richtete sich auf. Sie habe die Mutter Gottes gesehen, sagte sie.

Ihr Vater betrachtete sie nachdenklich, dann wandte er sich ab und ging in den Stall zurück. Ihre Mutter aber war elektrisiert. Sie musste ihr von diesem Licht erzählen, immer wieder. Obwohl sie nur dieses weiß strahlende Licht dort, wo die Schweine waren, gesehen hatte, blieb sie dabei, sie hatte die Mutter Gottes gesehen. Was sie sonst nie getan hätte, ihre Mutter half ihr von der Haferkiste herunter, schnitt ihr auch ein Stück Brot ab und bestrich es dick mit Butter. Von dem Licht erzählst du vorerst niemandem, flüsterte sie.

Jetzt hatte sie mit ihrer Mutter ein Geheimnis. Und die Mutter Gottes war ihr, Alma Laufer erschienen und nicht jemand anderem. Sie war ausgezeichnet. Das Wort Vorerst erregte sie. Würde denn danach noch etwas kommen? Was immer es war, es konnte nur etwas über alle Maßen Herrliches sein. Sie begann darauf zu warten, dass die Erscheinung sich wiederholte. Manchmal betrachtete ihre Mutter sie aus den Augenwinkeln. Offenbar wartete auch sie.

Sie betete den Rosenkranz. Sie sang, wenn sie allein war: Meerstern, ich dich grüße, oh Maria mild. Inzwischen wusste sie schon, wie das weite, weiße Gewand aussah, in das die Mutter Gottes gehüllt gewesen war. Sie arbeitete härter, doch mit dem einzigen Resultat, dass ihr eines Tages schwarz vor Augen wurde im Stall und sie im Mist wieder aufwachte. Doch eines Morgens war es wieder so weit. Diesmal konnte sie bereits die gestickte Borte an dem Gewand der Gottesmutter erkennen.

Als sie das nächste Mal zur Beichte ging, merkte sie, dass ihre Mutter geredet hatte. Statt sie zu fragen, ob sie genascht oder Unzucht getrieben habe (allein oder mit anderen), fragte Pfarrer Blasius sie, ob es besondere Vorkommnisse gegeben habe. Sie wusste sofort, was er meinte. Stolz, doch bescheiden berichtete sie. Sie erwähnte auch die golden und grün bestickte Borte am Gewand der Gottesmutter.

Erstaunlich, erstaunlich, murmelte Blasius.

Ihre Mutter war auf ihn bisher nicht gut zu sprechen gewesen. Immer wieder hatte er sie an ihre Pflichten gemahnt, moniert, dass die Abstände zwischen den Schwangerschaften zu groß seien. Auf den Einwand, wer die vielen Mäuler denn stopfen sollte, hatte er nur geantwortet, das sei seine Sache nun wirklich nicht.

So war Alma denn sehr erstaunt, als Blasius eines Abends erschien und ihre Mutter sich mit ihm in die feuchtkalte gute Stube zurückzog. Beklommen ahnte sie, dass es dabei um sie ging, und sie hatte sich nicht getäuscht. Strahlend kam ihre Mutter eines Tages, einen Brief schwenkend, in die Futterküche gestürzt: Sie nehmen dich, rief sie. Sie nehmen dich.

Ein wenig Wäsche in einem Bündel, das war alles, was sie mitnahm. Ihre Mutter legte ihr ein Foto dazwischen, auf dem sie alle zehn zu sehen waren. Schon am Abend vorher hatte sie zu weinen begonnen. Sie schien nicht mehr aufhören zu können. Das Geschluchze setzte sich bis in die Nacht fort. Sie braucht doch nur zu sagen, ich gebe mein Kind nicht her, dachte Alma. Aber sie sagt es nicht. Warum weint sie dann? Eine solche Bitterkeit in ihrer Brust hatte sie noch nicht erlebt. Manchmal glaubte sie zu ersticken.

Sie starrte in die Dunkelheit wie gegen eine schwarze Wand. Sie wollte nicht ins Kloster. Aber vielleicht war ihr die Jungfrau Maria erschienen, um ihren Widerstand zu brechen und ihr zu helfen, ihre sündigen Gedanken zu besiegen.

Ihre Mutter und ihre beiden ältesten Schwestern fuhren mit zur Bahnstation. Als sie sich von ihrem Vater verabschiedete, war sie für einen Augenblick sicher, dass er sie retten würde, denn er weinte, und das hatte sie noch nie erlebt, aber er wandte sich ab. Danach war ihr Wunsch, endlich auch weinen zu können, erloschen. Schweigend saß sie neben ihrer Mutter auf dem Wagen, hinter dem ihr Elternhaus immer weiter gegen den Horizont rückte und schließlich hinter einer Wegbiegung verschwand. Und schweigend ließ sie sich in den Zug setzen, stand auch nicht auf, um den dreien noch einmal zuzuwinken. Sie blieb auf ihrem Platz sitzen, und als der Zug anfuhr, wandte sie nicht den Kopf. Die Gesichter der drei glitten aus dem Fensterausschnitt und waren einfach verschwunden.

Gewaschen und in sauberen Kleidern saß sie am Abend an einem langen Tisch im Speisesaal der Novizinnen. Es durfte nicht gesprochen werden. Sie aßen Graupensuppe, in der sich kleine Stücke Räucherspeck verbargen. Aus den Augenwinkeln sah sie, dass die Teller ihrer Nachbarinnen noch halb voll waren, während sie ihren schon fast geleert hatte. Sie versuchte, langsamer zu essen, doch Schwester Eulalia gab einer der älteren Novizinnen, die mit gefüllten Schüsseln herumgingen, einen Wink, und sie bekam einen Nachschlag. Sie stürzte sich gierig darauf, jetzt ohne nach rechts oder links zu blicken. Erst als ihr Teller leer war, sah sie auf. Alle um sie herum waren fertig, aber Schwester Eulalia winkte erneut, und sie bekam ihren zweiten Nachschlag. Einen Augenblick lang saß sie vor dem vollen Teller. Sie wäre die einzige am Tisch, die noch essen würde. Sie hätte den Nachschlag zurückweisen müssen. Zwei Teller von dieser dicken, speckdurchsetzten Brühe sollten doch wohl genug sein. Doch ein solcher Duft ging von ihr aus, dass sie sich nicht mehr beherrschen konnte. Sie schämte sich.

Sie aß. Sie war jetzt die einzige im Saal, die noch aß. Sie aß und weinte. Zum ersten Mal, seit sie denken konnte, durfte sie sich satt essen. Sie wusste, dass alle zu ihr herüberstarrten, zu grinsen, zu kichern begannen. Es war ihr egal, sie aß. Sie aß und weinte, sie sahen ihr zu, und es war völlig still im Saal.

Am Kopfende der Tafel stand immer noch Schwester Eulalia. Sie überwachte den Vorgang. Doch nicht aus Zartsinn oder Mitgefühl unterdrückte sie jeden Ausbruch von Heiterkeit oder Häme. Die Neue sollte essen. Schwester Eulalia war zuständig für die Novizinnen, und gerade unter den Neuzugängen befand sich jedes Mal ein hoher Prozentsatz von Anwärterinnen auf den Status der Selig-, wenn nicht gar der Heiligsprechung. Die Gottesmutter war ihnen in Kellern erschienen, auf Treppenabsätzen, in Schweineställen. Von Pfeilen durchbohrte Sebastiane waren an Apfel- oder Zwetschgenbäume gefesselt, gelegentlich wandelten auch Jungfrauen umher mit ihrem eigenen Kopf unter dem Arm. Aus langer Erfahrung wusste Schwester Eulalia, dass ein regelmäßig verabreichter Nachschlag die Phänomene frommer Verzückung am ehesten zum Verschwinden bringen würde, bei dieser Neuen, dieser Alma, schien ihr sogar ein zweiter angebracht.

Benommen sank Alma gegen die Lehne ihres Stuhls, als sie auch den dritten Teller geleert hatte. Sie hätte jetzt auf der Stelle einschlafen können. Doch davor hatte Schwester Eulalia noch eine Reihe frommer Übungen gesetzt. Als es dann aber endlich so weit war, erwartete Alma eine zweite Überraschung, und zwar eine, an die sie noch nicht einmal im Traum gedacht hätte: Sie bekam ein eigenes Bett. Ein sehr schmales, sehr hartes, das zusammen mit vielen anderen in einem großen Schlafsaal stand, aber ein eigenes. Zu Hause hatten sie immer zu zweit, meist aber zu dritt in einem Bett geschlafen, hier aber hatte sie eins für sich ganz allein, ein Luxus unerhörtester Art, wenn sie ihn auch nicht lange genießen konnte, denn sie schlief beinahe sofort ein.

Nicht nur für Erscheinungen, Levitationen und Entrückungen und Verzückungen aller Art war Schwester Eulalia zuständig, sondern vor allem für die Geißel aller Noviziatsschlafsäle, das Heimweh. Es war ansteckend, und wenn sie nicht sofort und entschlossen einschritt, konnte es sein, dass eine einzige alle andern mitriss und binnen kürzester Zeit der ganze Saal in kollektives Schluchzen ausbrach, das obendrein die fatale Tendenz hatte, sich nach und nach bis zu Muskelstarre, Erbrechen, Bettnässen, Schreikrämpfen und unkontrollierbarem Bewegungsdrang, sprich schreiendem Hin- und Herrennen im Mittelgang, zu steigern.

Die schlimmsten Heulsusen waren daher zu isolieren und zu den Älteren zu verlegen, eventuell nach Hause zu schicken. Doch waren nicht sie das Problem, sondern die still und lautlos in die Kissen Weinenden. Sie konnten sich so viel Mühe geben, wie sie wollten, die um sie her Liegenden wussten sofort, was los war. Sie merkten es daran, dass sie nicht richtig atmete. Und auch das wirkte ansteckend. Schwester Eulalia hatte dafür inzwischen einen siebten Sinn entwickelt. Sie spürte geradezu körperlich, wenn der Saal nicht richtig atmete. Auf ihren Filzpantoffeln wandelte sie lautlos zwischen den Bettenreihen umher und versuchte die Quelle der kollektiven Apnoe auszumachen. Wehe aber der, bei der sie fündig geworden war. Sie konnte abstreiten so viel sie wollte, ihre vom Tränenfluss geschwollene rote Nase verriet sie, und Schwester Eulalia verwandelte sich augenblicklich in das Gegenteil von dem, war ihr Name besagte, aus der schön Redenden in das Hamburger Fischweib, das sie vor ihrem Eintritt in den Orden gewesen war.

Alma lag und lauschte. Atmen, seufzen, schnarchen, schluchzen, lallen, stöhnen, flüstern, kichern – in dem Halbdunkel, wenn die großen Deckenlampen ausgeschaltet waren und nur noch ein paar grüne, nackt von der Decke herabhängende Glühbirnen brannten, in diesem geisterhaften, fahlen Licht hatte der Saal ein eigenes, geheimes Leben, eines das das Leben jeder einzelnen Schläferin überstieg und von dem sie nur Teil war, an dem sie aber Teil hatte, wenn sie nur still lag und zu lauschen wusste in diesem fahlen Zwischenreich jenseits von Tag und Schlaf.

Auf die Heimwehkranken reagierte Alma mit Verlegenheit. Bei Gefühlsausbrüchen war ihr ohnehin unbehaglich, die Bekundung von Heimweh aber, der Anblick vor Schmerz blökender, rotzverschmierter Sehnsucht, löste bei ihr weniger Abneigung als Schuldgefühle aus. Als hätte auch sie sich so aufführen müssen, zumal man damit ja durchaus den Hinauswurf provozieren konnte. Den sie also nicht wollte? Wo hätte sie denn hin sollen? Zu Hause wollte man sie doch nicht mehr.

Als unendliche Wohltat empfand sie die Sauberkeit. Keine Wanzen oder Läuse oder Ratten und frische Wäsche. Und vor allem ihr Bett, ihr eigenes Bett. Und Bücher. Sie waren die eigentliche Entdeckung. Gebetbücher, der Ewigwährende Kalender, Heiligenviten und vor allem Lexika. Sie wog sie in der Hand. Sie wollte ihre Schwere spüren. Das Leben ganzer Generationen schien ihr darin abgelagert. Sie strich über die Seiten, erspürte ihre Textur, sie las mit den Fingerspitzen, umfing mit den Augen den Seitenumbruch, die Schrift. Sie war ja das eigentliche Wunder.

Sie hatte also kein Heimweh? Nein, eigentlich nicht. Doch war da kein Trotz. Sie empfand einfach nicht das Gefühl, das man so nennt. Eigentlich schade, dachte sie manchmal.

Sie arbeitete lieber, das half. Schwester Eulalia war erleichtert. Und höchst angetan, denn diese Alma sah nicht nur die Arbeit, sie packte sie auch unaufgefordert an, sie arbeitete für zwei. Auch angenehm, dass sie darauf verzichtete, nach Hause auf Urlaub zu fahren, zwar ungewöhnlich und irgendwie verdächtig, aber da gab es weiß Gott wichtigere Probleme. In dem weitläufigen Wirtschaftsbetrieb des Klosters hatte sie sich schnell zurechtgefunden, mit der Zeit sich auch Anerkennung und Respekt verschafft, sie war sogar aufgestiegen und in der Krankenstation angelernt worden, galt schließlich sogar als unentbehrlich, weshalb es erklärungsbedürftig ist, warum man auf sie verzichtete und sie nach Afrika gehen ließ. Es war verpönt darüber zu sprechen, aber es hatte zu tun mit dem, was man unter der Hand die Kirschenaffäre nannte.

Die Kirschenaffäre war etwas, über das niemand Genaues wusste, doch teilte die Kunde von ihr sich jeder Novizinnengeneration mit, auf osmotische Weise offenbar, sie atmeten sie in den hohen, gewölbten Sälen des Klosters einfach ein, denn offiziell hatte es keine Kirschenaffäre gegeben. So war sie ein Schwätzchen, ein Geflüster, ein Kichern, ein Kissentraum, ein Seufzer, eine Versonnenheit, ein Gerücht, das sich jedes Jahr erneuerte, wenn es in dem riesigen, alten Kirschbaum im Klostergarten zwischen dem tiefgrünen Laub rot zu leuchten begann und die Stare lärmten.

Hauptperson der Kirschenaffäre soll eine geradezu unirdisch schöne Schwester gewesen sein mit Augen wie Schwarzkirschen, Alma mit Namen. Doch mehr als diesen Namen wusste man nicht von ihr. Keine hatte sie gesehen. Und schon ihren Namen sprach man nur flüsternd aus. Sie sollte nach Afrika entrückt worden sein.

Die Kirschenaffäre begann damit, dass eines Morgens drei Kirschen auf dem Fensterbrett lagen. Alma hatte das Fenster geöffnet, die Sonne schien in den Asservatenraum der Krankenstation, und plötzlich lagen auf der Fensterbank drei Kirschen: dick, prall und von einem Rot, das ins Schwarze überging, herzförmig. Alma wog sie in der Hand und betastete sie. Sie waren kühl und glatt und straff, als müssten sie gleich platzen. Sie konnte sich nicht erklären, wie sie auf das Fensterbrett gekommen waren. Von dem Kirschbaum konnten sie nicht gefallen sein, der stand zu weit weg, verloren haben konnte sie auch niemand. Wer legt schon, wenn er mit einem Korb voller Kirschen vorbeikommt und ihm drei heruntergefallen sind, die drei nicht wieder in den Korb, sondern auf die Fensterbank? Obwohl es sie sehr gelüstete, wagte sie nicht, sie zu essen. Sie legte sie in das Regal hinter den Bunsenbrenner. Sie wollte an diese Kirschen nicht mehr denken, beschloss sie.

Dass sie aber, ohne dass sie es wusste, doch an sie gedacht hatte, merkte sie, als sie am nächsten Morgen in die Kammer ging und das Fenster öffnete. Es wird sich nicht wiederholen, sagte sie sich. Die nächsten drei Stunden vermied sie es, in die Kammer zu gehen. Mach dir nichts vor, sagte sie sich. Was soll das denn sein, das ich mir nicht vormachen soll, dachte sie und ging zornig in die Kammer. Auf der Fensterbank lagen drei Kirschen.

Sie war überwältigt. Das war kein Zufall mehr. Sorgfältig legte sie die Kirschen zu den andern. Jetzt hatte sie schon sechs Kirschen. Manchmal schenkten ihr Patienten Bonbons. Einen kleinen Vorrat davon hatte sie im Medikamentenschrank versteckt. Sie nahm drei davon (Hustenbonbons) und legte sie auf die Fensterbank. Sie wartete zwei Stunden, dann ging sie wieder in die Kammer. Die Bonbons (Hustenbonbons) waren verschwunden.

Sie musste sich setzen vor Glück. Sie nahm ihre sechs Kirschen und aß sie eine nach der andern auf. Die Kerne steckte sie in die Tasche ihrer Schürze als Beweis. Damit sie sich später nicht einreden konnte, sie habe geträumt.

Aber wer konnte es sein, der ihr Kirschen hinlegte? Bei der Frühmette, bei den Mahlzeiten sah sie sich heimlich um. Blicke trafen sie. Konnte es Schwester Cornelia sein mit den schönen grauen Augen? Hatte sie nicht herübergeblickt? Sie lächelte zurück. Oder war es Schwester Hilde? Kirschen gegen Bonbons.

Die Stare lärmten in dem Baum. Die beiden Gärtner stiegen hinauf und holten körbeweise Kirschen herunter. Es wurde Kirschmarmelade gekocht, Kirschkompott, Kirschen wurden in Gläsern eingeweckt. Doch plötzlich tauchten Kirschen auch außerhalb der Küche auf. Und nicht nur auf der Fensterbank der Asservatenkammer. Auf Kopfkissen, neben Tellern, in Schürzentaschen, auf Regalen, neben bestimmten Büchern, auf Nachttischen. Niemand wusste, wer sie hingelegt haben könnte, doch alle fühlten sich beschenkt.

In dieser Zeit hatte Alma einen Traum. Sie lag im Bett in einer unbekannten Kammer. Plötzlich ein Picken an der Fensterscheibe wie von einem Steinchen. Sie springt aus dem Bett und öffnet das Fenster. Gegenüber steht der große alte Kirschbaum, und in ihm sitzt Schwester Cornelia.

Mund auf, Augen zu, flüstert sie.

Gehorsam tut Alma wie ihr geheißen. Eine Kirsche fliegt ihr in den Mund. Sie ist glatt und prall, und als sie darauf beißt, spritzt ihr der kühle, süße Saft auf die Zunge.

Wieder flüstert Schwester Cornelia, und es klingt jetzt heiß und zischend: Mund auf, Augen zu. Wieder fliegt Alma eine Kirsche in den Mund, und wieder beißt sie zu. Eine Weile wird sie so gefüttert, doch dann sagt sie, ich kann nicht mehr, ich muss jetzt schlafen.

Kirschen tauchen an den unwahrscheinlichsten Stellen auf, Kirschen verteilen sich über das ganze Kloster, alle finden irgendwo Kirschen, die nur für die Finderin bestimmt sein können, doch keine weiß, von wem sie beschenkt wurde, alle fühlen sich beschenkt, ein Gekicher breitet sich aus, eine unerklärliche, für Schwester Eulalia und die Mutter Oberin unerklärbare Heiterkeit, Blicke werden getauscht, alle lächeln wie im Besitz von Geheimnissen, alle wissen etwas, nur Schwester Eulalia und die Mutter Oberin nicht.

Die ordnet verschärfte Exerzitien an, erhöht das Arbeitstempo, doch dieses Gekicher und diese Heiterkeit sind nicht zu unterdrücken. Schwester Eulalia ist aufs Höchste beunruhigt. Der Schlafsaal atmet nicht mehr richtig. Er atmet unruhig. Auf ihren Filzpantoffeln schleicht sie durch die Gänge. Sie können ihr nichts vormachen. Sie schlafen nicht. Manchmal hört sie, wie hinter ihrem Rücken eine herausprustet. Sie fährt herum und rennt zurück. Aber beweisen kann sie keiner etwas.

Sie ist ratlos. Die Mutter Oberin ist ratlos. Doch kam ihnen die Natur zu Hilfe und die Gärtner und die Stare. Irgendwann war der Kirschbaum leer. Das Kichern und das Gelächel hörten auf, und nach und nach atmete der Saal auch wieder richtig. Doch weder Schwester Eulalia noch die Mutter Oberin waren besänftigt, und in ihren Spitzelhirnen quoll der Verdacht auf, dass das alles irgendwo seinen Ausgang gehabt haben müsse und dass es nur ausgegangen sein konnte von Alma. Der Mutter Oberin war Alma nie vertrauenswürdig gewesen. Sie witterte in ihr etwas, von dem sie sicher war, dass sie es nicht mochte. Sie wusste nur nicht, was es war.

Sie hatte damals Broschüren auslegen lassen, die von dem heldenhaften Leben der Missionare in Afrika erzählten, und eines Abends forderte sie, dass sie sie in ihre Fürbitte einbeziehen sollten, und wie in einer Eingebung fragte sie, ob nicht eine Lust habe, es ihnen nachzutun und nach Afrika zu gehen. Betretene Gesichter überall, und da sagte sie: Und wie ist es mit unserer doch so unternehmungslustigen Schwester Alma?

Alma starrte sie verblüfft an. Sie hatte einige der Broschüren gelesen, aber nicht einen Augenblick lang hatte sie erwogen, es diesen Märtyrerinnen gleichzutun. Sie sah sich um. Alle starrten sie an. Die Mutter Oberin starrte sie an. Sie starrte sie mit einem maliziösen Lächeln an, und immer noch stand ihre Frage im Raum, als wollte ihr Klang nie vergehen, und da hob Alma die Hand und sagte: Ja, ich will. Praktisch war sie hinausgeworfen worden. Auch hier hatte man sie nicht gewollt.

Sechs Wochen später steht sie nachts in Namibia vor dem Lehmhaus von Pater Martin. Er soll einem Sterbenden in der Krankenbaracke die letzte Ölung spenden. Sie hat schon die Hand erhoben, um an die Tür zu klopfen, als sie durch das Fenster neben der Tür in den einzigen Raum blickt, aus dem die Hütte besteht.

Pater Martin sitzt am Tisch. Auf dem Tisch stehen eine Flasche, ein Glas und zwei brennende Kerzen. Er sitzt im Unterhemd am Tisch. Das Unterhemd hat zwei Schulterträger. Unter dem einen ist ein Winkel eingerissen. Das Glas vor ihm ist leer. In der Flasche steht noch der zweifingerbreite Rest einer Flüssigkeit, die klar ist wie Wasser. Er ist seit elf Jahren auf dieser Station.

Langsam streckt er die Hand nach der Flasche aus, zieht sie aber wieder zurück. Er wandert umher und predigt das Wort Gottes. Sonntags liest er die Messe. Er spielt Harmonium und singt auch dazu. Die meisten kommen deswegen.

Es ist späte Nacht. Kein Wind regt sich, es ist still.

Wieder streckt Pater Martin die Hand nach der Flasche aus. Diesmal ergreift er sie und hält sie schräg, um zu sehen, wieviel noch darin ist. Er setzt sie ab. Doch dann greift er entschlossen danach und gießt den Rest ihres Inhalts in das Glas. Jetzt betrachtet er nicht mehr die Flasche, sondern das Glas.

Die Kinder Gottes sollten ihre Blöße bedecken, war er angehalten worden zu predigen, mit dem Resultat, dass es unter den Schwarzen schick geworden war, sich mit Kleidungsstücken zu schmücken, die die Weißen abgelegt hatten, mit Zylindern, zerrissenen Südwestern, Damenhüten, Käppis. Besonders begehrt waren Uniformjacken, auch wenn sie viel zu groß waren, und an den kleinen, zierlichen Namas wie zu kurz geratene Mäntel wirkten.

Alma ist noch nicht lange in Karibib, aber für den Mann da drinnen empfindet sie Sympathie, fast schon Kameradschaft.

Pater Martins Hand nähert sich dem halb vollen Glas, und plötzlich ergreift er es und schüttet sich seinen Inhalt in den Mund, wobei er den Kopf mit einer kurzen, heftigen Bewegung in den Nacken wirft. Alma kann nicht hören, wie er das Glas abstellt, aber so heftig, wie er es tut, muss es fast einen Knall gegeben haben. Sie will sich schon umwenden und gehen, als Pater Martin aufsteht und die Flasche gegen die gegenüberliegende Wand schleudert. Das Klirren ist sogar draußen zu hören. Die heftige Bewegung hat ihn wieder auf den Stuhl zurückgeworfen. Eine Weile sitzt er da, als würde er nachdenken. Dann, als wäre ihm eingefallen, wonach er gesucht hatte, stemmt er sich mühsam am Tisch empor. Unsicher macht er einen Schritt ins Zimmer hinein, doch dann, als hätte ihn ein Stoß getroffen, schießt er quer durch den Raum, prallt gegen die Wand und fällt.

Alma wartet. Doch der Mann am Boden rührt sich nicht mehr. Er ist ihr Beichtvater.

Es war in dieser ersten Zeit in Afrika, als sie eines Abends in die Wüste hinaus wanderte. Die Sonne stand tief, die Arbeit des Tages war getan, am Horizont leuchtete die Bergkette kupfern im Abendlicht. Dass die Sonne sich in einen riesigen, trübroten Feuerball verwandelt hatte, der schon halb hinter den Bergen versunken war, sagte ihr nichts, und sie gab auch nichts darauf, dass ihr war, als hätte das Licht abgenommen. Wenig später war es nicht mehr zu leugnen, etwas Graues hatte sich der Luft beigemengt, und von der Sonne war nur mehr ein trüber, glutroter Tropfen zu sehen. Sie wandte sich um und wollte zurückgehen, doch noch während sie merkte, dass sie nicht mehr wusste, woher sie gekommen war, nahm das Licht ab, nahm immer schneller ab, und plötzlich war es dunkel.

Panik und Entsetzen durchstürmten sie wie die Böen, die

einem Gewitter vorausgehen und erbarmungslos in Büsche fahren. Sie setzte sich auf den Boden. Wie lange war sie gegangen, wie weit war sie also von der Station entfernt, in welcher Richtung überhaupt lag sie? Sie brach in ein kleines, wimmerndes Weinen aus. Sie zog die Knie an und legte ihren Kopf darauf. Sie fröstelte und ihr war kalt. So viel wusste sie schon, dass die Nächte hier eisig waren.

Sie musste sich bewegen. Sie durfte nicht sitzen bleiben. Sie raffte sich auf. Sie stolperte über Felsbrocken, ihre Füße versanken in Sandlöchern. Die Sterne waren noch nicht aufgezogen. Es war dunkel und still. Vollkommen still. Sie war allein auf der Welt. Sie hatte keine Richtung und kein Ziel. Sie ging einfach. Den Boden unter ihren Füßen spürte sie nicht mehr. Es war nichts mehr unter ihr und nichts über ihr. Sie schwebte in einer unendlichen, eisigen Schwärze. Auch ihren Körper spürte sie nicht mehr. Körperlos trieb sie in dieser eisigen Schwärze.

Sie hätte nicht sagen können, wie lange es dauerte, bis sie diesen winzigen, zwinkernden Funken vor sich in der Dunkelheit sah. Vielleicht hatte sie ihn schon eine ganze Weile gesehen, doch erst jetzt, zeitverzögert, nahm sie ihn wahr. Als wären auch ihre Gedanken von der Kälte starr geworden, sagte sie sich mühsam, dass dies ein Feuer sein müsse und dass, wo ein Feuer ist, auch Menschen sind. Wie an einer unsichtbaren Schnur gezogen begann sie darauf zuzugehen.

Inzwischen hatten sich ihre Augen ein wenig an die Dunkelheit gewöhnt, auch waren die Sternenwolken prunkend aufgezogen, und in ihrem diffusen, silbrigen Licht konnte sie den größten Felsbrocken und den von Dornen starrenden Büschen ausweichen. Doch in ihren todschwarzen Schatten lauerte Unsägliches. Wieder stieg ihr dieses kleine, wimmernde Weinen in die Kehle. Flüchtig dachte sie daran zu beten, doch nur flüchtig. Sie fühlte sich erniedrigt.

Nach langer, unmöglich zu schätzender Zeit begann der ferne Lichtfunke größer zu werden, wurde schließlich ein kleines Holzfeuer, um das herum schattenhaft und unbeweglich eine Rinderherde stand. Sie drängte sich zwischen den

Tierleibern hindurch, und plötzlich – wahrscheinlich hatte er sich jetzt erst erhoben – stand sie vor dem Hirten. Golden und braun hoben ihn die Flammen aus der Dunkelheit heraus. Er war groß. Ein bunter wollener Umhang reichte ihm bis zu den Waden. In seinem dunklen Gesicht regte sich nichts. Er machte eine Handbewegung zum Feuer hin. Dankbar ließ sie sich mit gekreuzten Beinen nieder und streckte die Hände der Wärme entgegen. Er setzte sich ebenfalls.

Sie kannte damals allenfalls zwei oder drei Nama-Wörter, und die sagte sie: Guten Abend. Guten Morgen. Danke. Sie lächelte dabei. Er gab nicht zu erkennen, ob er verstanden hatte. Aber sie war sicher, dass er wusste, was sie sagen wollte. Er reichte ihr ein flaschenförmiges Gefäß, das die Schale einer Frucht gewesen sein musste. Es gluckste darin, als sie es nahm. Sie setzte die Öffnung an die Lippen und trank. Es war kühles, süßes Wasser. Sie reichte ihm das Gefäß zurück und lächelte.

Ihr war wohlig warm, doch am Rücken fror sie. Als hätte er ihre Gedanken oder besser ihre Gefühle erraten, stand er auf und legte ihr eine Decke über die Schultern. Er hatte noch kein Wort gesprochen bisher. Das ist auch gar nicht mehr nötig, dachte sie.

Sie versuchte, in seinem Gesicht zu lesen. Das war nicht möglich bei ihm. Es war wie ein Stein und dunkel, doch von einer Dunkelheit, die sich auch nicht aufhellen würde im Licht.

Trockene Äste lagen im Kreis. Wo sich ihre Spitzen berührten, brannten sie. Er nahm einen Ast nach dem andern aus dem Feuer und legte ihn beiseite, wieder kreisförmig angeordnet. Er baute ein neues Feuer auf. Mit zwei flachen Steinen kratzte er die Glut zusammen und trug sie zu dem neuen Feuer hinüber. Er griff in einen Beutel und hob etwas Dickes, Weißes heraus: Ein Straussenei. Mit einem Stein schlug er ein Loch hinein, verrührte mit einem dünnen Ast seinen Inhalt. Wo das Feuer gewesen war, grub er eine Vertiefung. Er goss den Inhalt des Eis hinein und schob die heiße Erde darüber, ließ sich dann wieder auf seine Fersen nieder.

Die Rinder standen schlafend, silbriggraue und braune anmutige Tiere. Das Feuer warf Lichtgarben in die Dunkelheit. Darüber Wolken von Sternen. Und eine Stille, wie sie sie noch nie erfahren hatte. So weit.

Mit einem Stein begann der Hirt die Glut des alten Feuers beiseite zu scharren. Er grub tiefer, dann griff er in die Mulde und zog einen großen, gelben Fladen hervor, den Inhalt des Strausseneis – eine Omelette. Sie musste lachen vor Verblüffung. Er teilte sie und gab ihr eine Hälfte. Sie aßen.

Manchmal schnaufte eines der Rinder. Sie lauschte. Schräg vor ihr der Hirte, kaum unterscheidbar von einem Stein. Schließlich wickelte sie sich in ihre Decke und legte sich in eine Sandmulde zwischen zwei Felsbrocken. Schwarz gegen den Himmel der Umriss des Hirten. Hinter den dunklen Bergketten begann es an einer Stelle silbrig zu leuchten, der Mond stieg herauf. Es gab weder Zukunft noch Vergangenheit noch Wünsche.

Sie erwachte. Der Hirte hockte vor ihr auf den Fersen. Er hielt ihren linken Fuß in der Hand. Er stand auf und zeigte auf eine Stelle am Horizont. Jetzt sah sie es auch: Eine spitze, in den grünblauen Himmel ragende Struktur, eines der Häuser der Station. Sie reichte ihm die Decke. Er nahm sie, wandte sich ab und begann, seine Herde vor sich her treibend, in die Wüste hinaus zu wandern. Sie fröstelte. Sie machte sich auf den Weg zurück.

Der Mann im Boot

Eine Hand wie ein welkes Blatt. Der Heuwagen.
Eine Schale Erdbeeren.

Ich riss den Lederriemen von dem Metallknopf, ließ das Fenster herunter und setzte mich in den Fahrtwind. Schlingernd ratterte der Zug ein weites, flaches Tal entlang. Über dem Waggon zogen die schwarzen Rauchwolken der Lokomotive dahin. Manchmal, wenn der Wind drehte, trieben Fetzen davon ins Abteil. Sie schmeckten bitter und streuten Rußkörnchen in die Augen.

Der Duft von geschnittenem Gras wehte herein. Es lag in langen Bahnen. Frauen wendeten es mit Holzrechen zum Trocknen. Die Luft, die auf meinem Gesicht lag, war heiß und süß. Über modrig braunen Teichen hielten sich Inseln von Kühle. Kalt und klar aber ist die Luft über den Bächen, die der Zug auf kleinen Steinbrücken überquert. Ihr Rauschen ist manchmal sogar durch das Rattern des Zuges zu hören, ihr Schäumen über eirund geschliffene Felsblöcke. Manchmal blitzt eine springende Forelle auf.

Wenn ich sie noch lebend sehen wolle, müsse ich mich beeilen, hatte mir der Mann meiner Mutter telegraphiert. Etwas war aus seinem Versteck hervorgetreten, etwas Dunkles, etwas Endgültiges, etwas, von dem Angst ausging. Ich war hellwach wie einer auf seinem letzten Gang. Alles, was er sieht, sieht er zum letzten Mal.

Der Aushauch der Wälder ist dumpf und schwer vom Duft des Harzes, der aus den Stämmen tritt und in goldgelben Perlen die Furchen der silbrigen Borke herabrinnt. Scharf dazwischen immer wieder der Qualm der Lokomotive.

Keine Wolke am Himmel, und so wird es die nächsten Wochen bleiben. Der Staub der Wege leuchtet weiß zwischen den Hecken, die sie säumen. Der Holunder blüht. Licht und Schattengeflirr auf meinem Gesicht. Ich bin allein im Abteil. Kinder winken an Bahnübergängen, wo die Schienen einen Weg kreuzen, vor den Fuhrwerken die Pferde mit hängenden Köpfen. Die Frauen, die das Heu wenden, richten sich auf und sehen dem Zug nach. Kleine hölzerne Bahnstationen ziehen vorbei. Von ferne krähen Hähne. Über Baumgruppen manchmal ein Kirchturm. Feldwege, denen ich nie mehr würde folgen können, winden sich hügelan, zwei Radfurchen, dazwischen Gras. Eine Verheißung geht von ihnen aus, als führten sie nach Haus.

Der Zug sollte nie ankommen, wünschte ich, er sollte weiter fahren, immer weiter von diesem Dunklen, Drohenden weg, bis es klein hinter dem Horizont verschwinden würde. Ich stieg aus dem Zug wie ein Verurteilter.

Ich ging zu ihrem Haus, ich stieg die Treppe zu ihrem Schlafzimmer hinauf. Die Türklinke in der Hand wusste ich, jetzt betrete ich die dunkle Zone. Hier wird es geschehen.

Die Vorhänge waren halb zugezogen. Der hohe, düstere Raum lag im Dämmerlicht. Auf der linken Seite eines hohen Betts, das war sie wohl, diese geringe Erhöhung unter der Decke. Ich zog einen Stuhl heran. Sie schien zu schlafen. Unter der gespannten, pergamentfarbenen Haut zeichnete sich schon der Schädelknochen ab. Wenn ich nicht wüsste, wer sie war, ich würde sie nicht erkennen.

Es war still in dem hohen, dämmrigen Zimmer. Die Geräusche des Dorfes schwammen herein wie aus einer anderen Welt. Räderknarren, Kinderrufe, das Krähen eines Hahns, Laute des Lebens. Ich saß wie auf einer Schwelle. Das Dämmerlicht machte mich schläfrig. Als der Wunsch auftauchte, mich neben sie zu legen, stand ich auf und ging hinaus. Sorgfältig schloss ich die Tür.

Immer noch halb wie im Schlaf ging ich hinunter und in den Garten hinaus. Dunkel wie altes Blut leuchteten in dem schwarz-grünen Laub Johannisbeeren. Mir war, als wachte ich auf. Die Kelche der Gladiolen rot und gelb, Rittersporn, blau wie angelaufener Stahl, Rosen. Am Boden zwischen bescheidenem Laub Erdbeeren. In der Küche holte ich eine Schale und füllte sie. Lange saß ich davor. Als sammelte ich Kräfte oder Mut. Obwohl die Treppe zu ihrem Zimmer empor führte, war mir, als stiege ich abwärts. Immer noch schlief sie. Vorsichtig stellte ich die Schale auf ihren Nachttisch und setzte mich. Die Erdbeeren leuchteten.

Ich wurde unruhig. Die Erdbeeren leuchteten, in diesem Zimmer leuchteten sie wie von innen heraus. Ich glaubte sogar, ihren Duft zu riechen. Ihr Rot strahlte, ein naives, treuherziges Rot, schön wie ein Trompetenstoß, und plötzlich überkam mich der kindische, der unpassende, der sakrilegische Wunsch, eine davon zu essen.

Als hätte sie meinen Wunsch erraten, wischte sie, immer noch mit geschlossenen Augen, mit einer plötzlichen, herrischen Bewegung des Arms die Schale vom Nachttisch. Sie polterte zu Boden, polterte unerträglich lange, bis sie endlich zur Ruhe kam. Ich saß unbeweglich, ich saß wie bestraft.

Als ich hinunter ging, merkte ich, dass mir leichter war.

Ich war ernüchtert, und ich war ihr dankbar. Ich erkannte sie wieder in der Bewegung, mit der sie die Schale vom Nachttisch gewischt hatte. Sie hatte endlich etwas gesagt. Etwas, das ich kannte, das mir vertraut war. So züchtigt man nur einen Sohn. Und ich sah, dass ich, indem ich ihr die Erdbeeren brachte, etwas Unpassendes getan hatte. Die Erdbeeren erinnerten sie daran, dass sie sterben musste.

Ein Schock war es, plötzlich vor dem Schreibtisch meines Vaters zu stehen. Ich kannte jeden Quadratzentimeter davon. Die schwarze Brandspur, die eine halb gerauchte und vergessene Zigarette hinterlassen hatte, die hellen, kreisrunden Ränder von überfließenden Wodkagläsern, die Tintenflecke, die kleine Kerbe, die ich mit meinem Taschenmesser selbstvergessen in die Kante geschnitten hatte, entsetzt und ungläubig, als ich sah, was ich angerichtet hatte. Manchmal, wenn ich allein war und mich sicher glaubte, hatte ich mich auf seinen Stuhl hinter dem Schreibtisch gesetzt, und ich hatte ein durchdringendes Gefühl von Macht gespürt. Die Schreibtischplatte erschien mir dann riesig und wie das Gelände eines Schlachtfeldes, auf dem ich Truppen aufmarschieren ließ und dirigierte. Aber war ich wirklich so selbstvergessen gewesen, als ich mit meinem Messer seinen Schreibtisch beschädigte und diese Kerbe hineinschnitt? Hatte ich nicht einen Hintergedanken dabei, den ich mir nur nicht einzugestehen wagte?

Dieser Schreibtisch erschien mir ganz unwirklich gegenüber dem Erinnerungsbild von ihm in meinem Kopf. Es war bei weitem wirklicher als dieses Möbel, das wie ein Relikt dastand und nackt, von etwas entblößt, das das Erinnerungsbild von ihm umgab wie eine Aura.

Alle zwei, drei Stunden ging ich zu ihr hinauf. Die Zugehfrau, die sie pflegte, ließ mich dann allein mit ihr. Obwohl die Fenster offen standen, erfüllte ein süßlich stickiger Geruch den Raum. So riecht der Tod. Zum erstenmal roch ich ihn. Er stand in der dunklen Tiefe des Zimmers und stank.

Ich beschloss, die Zugehfrau zu fragen, ob sie immer mit geschlossenen Augen dalag. Vielleicht schloss sie sie ja nur, wenn ich hereinkam. Ich betrachtete ihre Hand auf der Decke und die Altersflecken darauf, und als wäre sie schon tot oder ein fremder Gegenstand, beugte ich mich darüber und berührte sie mit den Fingerspitzen, und da wendete sie die Hand und meine Hand lag in ihrer.

Ich war so überrascht, dass ich mich nicht rührte.

Ihre Hand war wie feines, zartes Papier.

Seit ich sieben war, hatte sie mich nie mehr berührt.

Und so saß ich mit meiner Mutter Hand in Hand. Aber eine Mutter ist für einen Sohn keine Frau. Und die Hand, die ich hielt, war die Hand, die mich geschlagen hatte.

Hinter der Friedhofsmauer stieß ich auf das Grab meines Vaters. Eine niedrige Steinplatte mit seinem Namen und seinen Lebensdaten, oben abgerundet, davor ein schmales Rechteck, von Steinen eingefasst, bedeckt mit Efeu. Ungläubig stand ich davor. Es war so klein. Es wirkte wie ein Kindergrab. Die Riesengestalt meines Vaters konnte unmöglich hineinpassen. War er wirklich nicht größer gewesen? Oder schrumpfen die Toten? Schon aufgebahrt oder im Sarg wirken sie ja kleiner. Ganz hilflos liegen sie dann da. Können nur noch daliegen und schweigen.

Eine Katze kam hinter dem Grabstein hervor, ließ sich sorgfältig auf einem der Einfassungssteine nieder und begann, mit dem Kopf nickend, sich die ausgestreckte rechte Vorderpfote zu putzen. Sie war weiß mit rostroten Flecken, und sie erschien mir unendlich schön. Sie tat nichts anderes, als sich die Vorderpfote zu putzen, sie vollführte diese eine Bewegung immer wieder mit ihrem Kopf und ihrer kleinen rosa Zunge. Schließlich ließ sie die Pfote sinken und setzte sich zurecht. Als wäre ein Fenster aufgestoßen worden, hörte ich jetzt das Lärmen der Amseln in den Büschen, das Tschilpen der Spatzen, fernes Kindergeschrei. Ich spürte die Sonne auf meinen Händen.

Leonid, der Mann meiner Mutter, ging, wenn er vom Dienst kam, zuerst hinauf zu ihr. Ich entdeckte, dass ich eifersüchtig war auf die Selbstverständlichkeit, mit der dieser Mann das Schlafzimmer meiner Mutter betrat, und ich entdeckte, dass ich ihr nie ein Recht auf Glück zugestanden hatte. Auf ein Glück mit einem anderen Mann außer mir, denn ich entdeckte, wenn ich diesen Mann betrachtete, wie er, wenn er von ihr kam, sich schwer am Küchentisch niederließ, die Flasche entkorkte und ausgoss, dass meine Mutter sehr geliebt worden war.

Obwohl er so schwer war, ging er fast lautlos. Er bewegte sich behutsam, und seine großen, plumpen Hände umfassten das Glas vorsichtig und mit nur so viel Druck, wie nötig war. Er sprach sehr wenig, doch waren die Pausen, die entstanden, nicht peinlich. Bevor er etwas sagte, musste er es wohl lange vorher bedacht haben.

Ihre Mutter war eine sehr ängstliche Frau, sagte er. Sie war heftig aus Furcht.

Später, nach einer langen, nur von der Küchenuhr ausgemessenen Pause: Sie war sehr stolz auf Sie. Sie hat Sie sehr geliebt.

Ich lächelte in mein Glas. Ein Sohn kennt seine Mutter besser als ihr Mann. Als ich fünfzehn war, hatte ich in den Ferien einmal mit einem Mädchen aus dem Dorf anzubändeln versucht. Meine Mutter ging wie eine Furie auf mich los. Ich duckte mich, und heimlich grinste ich, aber mit dem Mädchen traf ich mich nicht mehr. Danach erhöhte meine Mutter mein ohnehin schon großzügiges Taschengeld um das Dreifache. Ich ging unverzüglich damit in ein Bordell. Ich sah keine Veranlassung, mich für die Erhöhung zu bedanken. In ihrem Ausmaß hatte sie etwas Obszönes, fast schon den Charakter einer Aufforderung, als wollte sie Vaterstelle an mir vertreten, denn offenbar war auch sie davon überzeugt, dass mein Vater, wenn die Zeit gekommen war, mich, wie alle Väter es mit ihren Söhnen taten, mit zu den Huren genommen hätte.

Ich war beliebt in den Bordellen. Allerdings galt ich als ein wenig absonderlich. Ich wollte die Frauen nackt. Das kostete natürlich extra. Ich wollte es nicht, weil ich wissen wollte, wie Frauen beschaffen sind, sondern wie diese eine beschaffen war. Wie die Konturen ihrer Hüften verliefen, die Kurven ihrer Brüste.

Was siehst du denn da, fragten sie mich manchmal verlegen. Willst du mich malen?

Als eine andere Absonderlichkeit galt mein Wunsch, selber nackt zu sein. Nicht wenige lehnten mit einer Entrüstung ab, als hätte ich sie auf den Mund küssen wollen. Die meine Bedingung annahmen, taten es in kichernder Verlegenheit, als hätte ich etwas besonders Obszönes von ihnen verlangt. Manche brachen in Tränen aus, andere, die erst eingewilligt hatten, stießen mich plötzlich wütend zurück.

Die Sonnenaufgänge waren ein einziges Triumphieren. Unangefochten zog der Gott seine Bahn. An einem der breiten, trägen Bäche, dort, wo er unter Erlen eine Biegung beschrieb, hatte ich meinen Badeplatz, ein tiefer, mooriger Kolk, in dem mein Leib ein Fisch war, weiß und fremd wie ein Nix. Es war eine Wollust, das Wasser an der Haut zu spüren, sich in den Schatten unter die Zweige der Erlen treiben zu lassen oder nackt sich draußen dem heißen Ostwind preiszugeben.

Wenn ich jetzt kam, lag ihre Hand schon geöffnet auf der Bettdecke. Es war die Hand, die mich so oft geschlagen hatte. Aber was zählte das: Sie hatte mich berührt. Sie hatte mich weggeschickt nach Krakau: Aber sie schickte mir Geld. Sie hatte mich nicht vergessen. Das war weder ihr noch mir möglich. Sie hatte mich bei meinem Namen gerufen. Ich gehörte ihr.

Vor dem Fenster stand eine sehr alte, mächtige Kastanie. Ihr Inneres war weitläufig von Ästen gestuft und gegliedert, ein kugelförmiges Gehäuse, bewohnt von Spatzen, Amseln, Tauben und Eichkatern, Zuflucht von Finken und Drosseln, ein Unterstand, wenn der Gewitterregen herabprasselte, Fluchtburg vor dem Falken und der Sonnenglut, unerreichbar für Menschen und Hunde, erfüllt von Vogelgeschrei und flaschengrüner Dämmerung.

Wenn das Fenster offen stand, war das Baumhaus wie eine Fortführung des Zimmers oder das Zimmer ein Anbau der zweihundert Jahre alten Laubhütte. Vor der Sonne hätte ich die Vorhänge zuziehen müssen, so aber konnten die Fenster offen stehen. So war es leichter, ihre Hand zu halten und in die grüne Dämmerung hinauszusehen.

Kurz nachdem ich Sonja kennen gelernt hatte und ich wieder einmal in einem Bordell war, verweigerte zu meiner Verblüffung mein Körper die Reaktion.

Die Frau versuchte, was ihr möglich war, und als alles nichts half, sah sie mir in die Augen und sagte: Du bist verliebt.

Ich starrte sie ungläubig an.

Was für ein Unglück, sagte sie.

Sonja und ich waren damals auf dem Höhepunkt unserer Schwärmerei. Zusammen würden wir dort in Amerika unbesiegbar sein. Erst in der Freiheit würden wir erfahren, wer wir wirklich waren, welche Riesenkräfte in uns steckten, welche Schönheit und welche Anmut.

Ich war also verliebt, erfuhr ich. Das war mir nichts Neues, wohl aber, dass der Preis dafür Impotenz sein sollte. Und während ich mich anzog, merkte ich, dass ich mir Sonja eigentlich noch nie nackt vorgestellt hatte. In meiner Phantasie trug sie immer Kleider.

Das zugegeben ziemlich dralle Bauernmädchen, das es in diese Spelunke verschlagen hatte (ich habe eine Schwäche für die Rundlicheren), sah gerührt zu, wie ich mich wieder in meine Kleider kämpfte.

Darf ich mir etwas wünschen? sagte sie. Ich war darauf gefasst, dass sie wollte, dass ich eine Flasche Sekt bestellte. Aber ich hatte mich getäuscht.

Kannst du mir nicht ein bisschen den Arsch streicheln? sagte sie und wurde rot. Ich zog mich wieder aus.

Die Heuernte war in vollem Gange. Abends überall im Dorf das helle Klingen, wenn die Sensen gedengelt wurden. Männer sitzen am Boden, zwischen ihren ausgestreckten Beinen der eiserne Dengelstock, den sie zwischen die Katzenköpfe der Hofpflasterung getrieben haben. Seine schmale Oberkante dient als Amboss, auf dem sie mit einem Hammer die Schneide des Sensenblatts dünn und scharf wie ein Rasiermesser hämmern. Schon im Morgengrauen gehen sie hinaus, wenn das Gras noch weich vom Tau ist. Gegen Mittag liegt die Mahd in langen, silbrig-grünen Bahnen. Am Nachmittag kommen die Frauen mit hölzernen Rechen und wenden sie. Das geschieht noch einmal am nächsten Mittag. Gegen Abend kann das Heu dann aufgeladen werden. Über dem Dorf liegt ein süßer Duft. Wo die hoch beladenen Wagen sie gestreift haben, hängen an den Ästen der Kastanie Heubüschel.

Hoch ist die Ernte auf dem Wagen getürmt. Eine längs gelegte und vorn und hinten festgezurrte Stange drückt sie nieder und hält sie fest. Obenauf sitzen Kinder, bis zu den Hüften im Heu. Sie rufen und schreien und winken. Neben dem Wagen geht, die Zügel in der Hand, der Bauer, Frauen folgen dem Wagen, die Rechen über den Schultern. Sie fahren die Ernte ein, Vorrat für die Winternächte, Leben für die Zeit im Schnee, und so, wie der Wagen dahinfährt, in großer Begleitung, bejubelt und begrüßt, so fuhr für mich der Sommer dahin, groß und duftend, üppig und verschwenderisch.

Die Haut über ihrem Gesicht spannte jetzt wie weißes Pergament. Groß und spitz trat die Nase hervor; die Wangen begannen einzufallen, an den Schläfen hatten sich Mulden gebildet. Sie atmete mit offenem Mund, der Unterkiefer war herabgesunken. Mit weit offenen Augen starrte sie. Sie sah etwas, das näher kam.

Ich ging zum Fenster. Es war Abend geworden. Die Luft duftete vom Heu, sie war kühl geworden von dem Tau, der sich in winzigen Tröpfchen Blättern und Rispen anlagerte. Und plötzlich konnte ich dieses Prunken nicht mehr ertragen, dieses Scheinen und diesen Trug, dieses falsche Locken und Triumphieren. Ich schloss das Fenster.

Ich beugte mich herab in ihren Blick. Sah sie mich noch? Wahrscheinlich nicht. Und da roch ich es. Ihr Atem roch wie Vergorenes, wie der Atem von jemand, der am Abend zuvor zuviel Wein getrunken hat. In ihrem Leib unter der Decke rumorte es. Begann der Zersetzungsprozess bereits jetzt?

Ich setzte mich und nahm wieder ihre Hand. Ich erschrak. Noch eben war sie warm gewesen und trocken. Jetzt war sie kalt. Der Kreislauf hatte aufgehört, die entfernteren Körperregionen zu versorgen. Er hatte sich auf die wichtigsten Organe konzentriert, auf den Körperkern. Auf ihrem Handrücken hatte ich einen blauschwarzen Fleck bemerkt. Er hatte sich vervielfältigt. Ihr Handrücken war übersät mit blauschwarzen Flecken. Die Fingernägel waren grau geworden.

Der Vorhang vor dem einen Fenster war nur halb zugezogen. Das fiel mir erst auf, als sich etwas Grell-Weißes über seinen Rand hervorzuschieben begann: der Mond. Quer im Zimmer lag eine kalkige Lichtbahn. Ihre Hand war nicht nur eiskalt jetzt, sie war auch bedeckt mit Schweiß, mit eiskaltem, zähem Schweiß. Fühlte sie noch die Wärme meiner Hand? Spürte sie noch, dass da, wenn auch schon weit weg, jemand war? Ich tupfte ihr den Schweiß von der Stirn. Der Streifen von kalkig-weißem Mondlicht wanderte. Jenseits seiner war nur Finsternis, die auch die Lampe auf ihrem Nachttisch nicht mildern konnte. Unten im Haus, irgendwo, schlug eine Uhr. Sie schlug lange. Es musste Mitternacht sein.

Ich fuhr aus meinem Dahindämmern hoch. Das rasselnde, blasebalgähnliche Geräusch hatte ausgesetzt. Sie atmete nicht mehr. Ich saß starr. Dann wäre es also geschehen? Ich wollte meine Hand schon aus ihrem kalten, feuchten Griff befreien, als mit einem japsenden Geräusch rasselnd wieder Luft in sie hinein fuhr. Der Blasebalg arbeitete wieder. Nach einer Weile dasselbe. Die Schnappatmung hatte eingesetzt. Der Griff ihrer Hand hatte sich gelockert. Sie lag jetzt schlaff und kalt und feucht in meiner.

Unten schlug die Uhr. Fühlte ich Schmerz oder Trauer oder Reue? Fühlte, dachte ich überhaupt etwas? Ich weiß es nicht mehr. Das Zimmer war jetzt erfüllt von Gestank. Sie lag mit offenen Augen. Sie keuchte, und dieses regelmäßige, rasselnde Keuchen lullte mich ein. Wenn es aussetzte, fuhr ich wieder hoch und wartete.

Der Streifen Mondlicht war aus dem Zimmer hinausgewandert. Das samtige Schwarz der Nacht war einem Grau gewichen, das sich immer mehr aufhellte. Die Uhr unten im Haus schlug dreimal. Ich dachte über das Wort Schnappatmung nach und schlief ein. Im Schlaf aber dachte ich weiter über das Wort Schnappatmung nach. Ich träumte, dass ich unablässig Schnappatmung sagte, so als könnte das Wort schließlich doch noch einen bisher hartnäckig verheimlichten Sinn hergeben.

Als ich wieder einmal hochfuhr, lag ein Streifen von goldbraunem Sonnenlicht im Zimmer. Es war still. Schläfrig wartete ich. Es war still. Ich wartete. Es blieb still.

Lange saß ich so. Ich war taub, im Kopf, in meinem ganzen Körper. Mühsam stand ich auf. Erst die Augen, dachte ich. Dieses blicklose Starren ist unerträglich. Ich drückte ihr die Lider herunter. Schon mutiger, band ich ihr mit einem Tuch den Unterkiefer hoch. Jetzt lag sie da, als hätte sie Zahnschmerzen. Ich zog die Vorhänge auf und öffnete die Fenster. Draußen stand ein lindgrüner Morgenhimmel.

Am Fuß der Treppe begegnete ich Leonid. Er kam von der Nachtschicht. Ich brauchte nichts zu sagen. Er wusste sofort, was geschehen war. Wir umarmten einander. Für einen kurzen Augenblick hielten wir uns aneinander fest.

Ich ging hinaus und ins Freie. Und langsam erwachte ich. Die Luft roch süß. Sie war von berauschender Reinheit. Meine Erschöpfung verflog. Ich war so wach, wie ich vorher noch nie wach gewesen war. Ich atmete mit offenem Mund. Ich trank die süße Luft.

Ich ging die Dorfstraße entlang und den Weg hinunter ins Tal zu dem kleinen Fluss und zu meinem Badeplatz. Das Gras war noch feucht vom Tau. Die Morgensonne begann, es zu trocknen. Ich stand vor der Biegung, die der Fluss beschrieb, dem braunen, moorigen Kolk, ich blickte über das Land, in die helle Bläue des Morgenhimmels, und ich hätte schreien mögen vor Glück. Es fuhr in mich wie ein Rausch. Doch statt zu schreien, riss ich mir die Kleider vom Leib. Nackt stand ich in dem kühlen Fächeln des ersten, frühen Windes, und da sprang ich kopfüber in das braune Wasser. Ich schrie, ich schlug um mich, ich tauchte, ich ließ das braune, duftende Wasser an meinem Körper entlang gleiten, es sollte mich waschen, es sollte mich ernüchtern, es sollte mich wecken, ich überließ mich ihm, ich war in seiner braunen Fruchtbarkeit geborgen, nichts konnte mir geschehen, ich hatte alles, was ich brauchte, nichts mangelte mir, ich war beschützt und ohne jeden Wunsch.

Irgendwann schwamm ich ans Ufer und kletterte erschöpft und zitternd vor Kälte auf die Wiese hinauf, in die sich der Fluss gegraben hatte. Ich trocknete mich notdürftig ab und stieg in meine Kleider, und während ich spürte, wie Wärme in meinen Körper zurückkehrte, während ich die süße Luft atmete, und die Arme ausbreitete und die Sonne begrüßte, den Gott, da fasste ich einen Entschluss.

Da, meine Damen und Herren, fasste ich den Entschluss, nach Amerika zu gehen.

Letzte Blicke

Die Schiffsmotoren laufen schon lange, und man hat sich an das stetige Brummen so gewöhnt, dass man es schon nicht mehr zu hören glaubt. Plötzlich aber brüllen sie auf. Das Schiff beginnt zu vibrieren. Geschrei bricht los. Daniel beginnt sofort zu weinen.

Draußen spielt die Kapelle wie aufgedreht, vor lauter Erleichterung viel zu schnell. Hüte und Taschentücher werden geschwenkt. Am Heck der Saxonia ist das braune Hafenwasser in wilde, wallende Bewegung geraten. An dem vordersten Schornstein schießt ein weißer Dampfstrahl in die Luft. Gleichzeitig ertönt ein mächtiges, tiefes Brummen. Unmerklich beginnt sich der gewaltige, schwarze Schiffskörper von der Kaimauer zu lösen.

Albert Werth blickt auf den langsam sich vergrößernden Abstand zwischen Bordwand und Kaimauer, und ihm ist, als treibe auch in ihm etwas sachte auseinander. Er blickt auf und über den Hafen hin und zur Stadt hinüber, und er ist wieder in der Pathologie in Heidelberg, in dem weiß gekachelten, grell ausgeleuchteten Raum auf dem Stuhl, und sein Schädel wird vermessen. Obwohl nur sein Kopf festgeklemmt ist, glaubt er, er könne auch den übrigen Körper nicht bewegen, ja noch nicht einmal sprechen und er wäre gefesselt, äußerlich wie innerlich. Er ist in Panik, er atmet nicht mehr richtig, er möchte schreien, denn jetzt vermisst ihm sein verehrter Professor Sommer die Nase. Plötzlich aber sitzt er unter dem Messinggerät wie unter einer Krone, triumphierend und glücklich, denn Professor Sommer hat einen Satz gesagt, den er nie vergessen wird.

Nase, hat Professor Sommer der Schwester diktiert, Nase: Uncharakteristisch gerade.

Nein, Albert Werth wird diesen Satz nicht vergessen, er wird das Glücksgefühl nicht vergessen, das er in ihm ausgelöst hat, ein Glück, das ihn förmlich überschwemmte und das ihn jetzt überschwemmt mit Scham. Denn das war ja noch nicht alles gewesen. Mit diesem Glück hatte er gleichzeitig eine durchdringende Dankbarkeit für diesen Mann empfunden, der ihn da vermaß wie ein Stück Vieh und der diesen Satz gesagt hatte.

Albert Werth wendet sich ab und geht in seine Kabine.

Robert Benz erinnert sich an den Augenblick, als Karoline Ebel den Ring verkauft hatte und ihm das Geld, das sie dafür bekommen hatte, gab und er ihr die Hälfte davon geben wollte. Was hatte sie gesagt?

Ich brauche dein Geld nicht?

Oder: Ich brauche dein Geld nicht mehr?

Oder: Ich brauche kein Geld mehr?

Er fragt sich, warum ihn das so beunruhigt. Er hat sie nicht unter den einsteigenden Passagieren entdecken können.

Klaus Groth hat die Unterarme auf die Reling gestützt und blickt zur Stadt hinüber. Er blickt finster. Die Stadt Hamburg verliert keinen Bürger an ihm. Wer Bürger dieser Stadt sein wollte, musste zahlen. Folglich waren die meisten Einwohner keine Bürger, sie waren zu arm, also auch nicht in der Bürgerschaft vertreten.

Ein junger unverheirateter Mann wie er wohnte zur Untermiete. Er schlief in einem Bett, das zweimal, manchmal dreimal vermietet war, je nachdem, ob der Untermieter Frühschicht, Mittagsschicht oder Spätschicht hatte. Es gab zwei

Kategorien der Verköstigung: Kost oder Vollkost. Kost hieß Schlafplatz und Verpflegung, Vollkost, dass man schlafen, essen und außerdem noch die Hausfrau benutzen durfte.

Alma Laufer wacht auf. Ein süßes Gefühl durchdringt sie. Es hat seinen Ausgang in ihrem rechten Fuß. Er wird umschlossen von einer schmalen, weichen Hand. Das macht ihr ein Gefühl, das ihren ganzen Körper durchrieselt. Sie schlägt die Augen auf, während draußen ein dumpfes, heiseres Brummen ertönt, und sie sieht ihre Eltern und ihre acht Geschwister. Auf ihrem Kopfkissen liegt eine Fotografie, jene Fotografie, die ihre Mutter ihr zwischen die Wäsche gesteckt hatte, als sie ins Kloster musste. Sie ist wohl über ihrer Betrachtung eingeschlafen. Sie blickt in diese Gesichter, und da dreht sie sich um und streckt sich aus in ihrem warmen Bett und sucht nach dem Gefühl, das ihr diese schmale, braune Hand an ihrem rechten Fuß verursacht.

Simon Kantor hat seinen neuen Hut in die Stirn gezogen, er hat ihn kess zurückgestoßen, aber wo ist sein alter Hut? Sein Judenhut.

Er hat ihn in dem Geschäft liegen lassen. Er hat ihn vergessen. Jedenfalls hätte er das gesagt, wenn der Verkäufer hinter ihm her gerannt gekommen wäre, atemlos und mit dem Ruf: Ihr Hut. Sie haben ihren alten Hut vergessen.

Er hat ihn aber keineswegs vergessen. Er hat ihn liegen lassen. Absichtlich. Seinen Judenhut.

Simon Kantor zieht sich die Krempe ins Gesicht. In das Verrätergesicht, denkt er.

Und er denkt: Wenn ich drüben bin, wird mein Name Singer sein. Simon Singer.

Der Abstand zwischen Bordwand und Kai wird immer größer. Auf der Persenning, die das Rettungsboot abdeckt, erscheint seitlich eine Hand. Sie tastet nach einer Schnalle, die die Persenning festhält, nestelt an ihr und öffnet sie. Sie wandert weiter zur nächsten, und dann wird die Persenning zurückgeschlagen. Dem Boot entsteigt eine lange, hagere Gestalt.

Sie tritt an die Reling. Unten auf dem Kai stehen nur noch drei Männer. Ein Polizist und zwei völlig identisch in Bowlerhüte und schwarze Mäntel gekleidete Männer.

Hallo, schreie ich.

Die drei blicken zu mir auf. Die beiden mit den Bowlerhüten starren, dann beginnen sie auf Russisch Schreie auszustoßen und die Fäuste zu mir hinauf zu schütteln. Ich lache, ich lache, dass ich mir die Seiten halten muss.

Grüßt mir den Herrn Rybakow, schreie ich. Lachend werfe ich ihnen Kusshändchen zu.

Natürlich ist mir die Existenz von Transatlantikkabeln bekannt und die Möglichkeit, mich bei der Ankunft in New York von den Beamten der Einwanderungsbehörde abfangen zu lassen. Sie ist allerdings nur gegeben, wenn ich unter meinem richtigen Namen reisen würde oder unter einem, der Rybakow bekannt war, was ich natürlich nicht tue. Zusätzlich zu meinem richtigen Pass habe ich mir vorsorglich auch einen falschen ausstellen lassen.

DRITTER TEIL

Zwischen den Kontinenten

Sorgen eines Schiffsarztes

Alma verliert ihre Kappe. Die Steißgeburt. Ein Geständnis.

Die HAPAG-Dampfer laufen zwischen sechzehn und sechsundzwanzig Knoten. Seegang, Wind oder Strömungen sind praktisch zu vernachlässigende Größen. Die Gewalt und die Schnelligkeit, mit der der schwarze, stählerne Schiffskörper durch die Brecher getrieben wird, wäre wahrnehmbar jedoch nur für einen idealen, auf die Wasserlinie blickenden Beobachter. Sie würden sich verringern, wenn er den Blick auf die mittlere Bordwand richtete. Für den, der vom Promenadendeck aus auf den Horizont schaut, steht das Schiff still, unbeweglich in dem blausilbernen Tumult der offenen See, dem von den Brechern gleißend zurückgespiegelten Sonnenlicht im zerrenden Wind unter weithin gelagerten Wolkenbänken.

Alma Laufer steht mit offenem Mund gegen den Wind gelehnt, als renne sie auf den Horizont zu. Wasserstaub jagt in weißen Fahnen über das Deck, die Luft schmeckt salzig. Sie reißt sich den Hut vom Kopf und gibt ihr Haar dem Wind preis. Sie wird es wachsen lassen, es wird ihr kostbarster Besitz sein. Der Wind jault und pfeift in den Aufbauten. Ihre Augen schmerzen vom Licht. Sie kann nicht mehr. Sie muss unter Deck.

Mindestens die Hälfte der Zwischendeckpassagiere ist seekrank. Ekelschreie, Wutschreie, Verzweiflungsschreie. Unerträglicher Gestank nach Erbrochenem erfüllt die niedrigen Räume. In der rauen See können die Bullaugen nicht geöffnet werden. Sie liegen nur wenig über der Wasserlinie. Die Matrosen, die hier unten Dienst tun müssen, können sich in dem Tumult nur schreiend verständigen. Doch wussten sie, was auf sie zukommen würde, als der Wind auffrischte. Eimer mit Wasser und Putztücher und Schrubber, um das Erbrochene aufzuwischen, standen schon bereit. In den schleimigen Lachen Speisebrocken. Der Fußboden ist glitschig. Vor den Toiletten Ansammlungen von Würgenden, Schreienden, Weinenden. Viele haben sich selbst beschmutzt. Der Ekel gilt nicht nur dem überall Erbrochenen, er sitzt tief in jedem selbst, man will das Ekelhafte herauswürgen, selbst wenn da längst nichts mehr ist, was hervorzuwürgen wäre außer Magenflüssigkeit. Der Ekel bleibt, verursacht immer neue Paroxysmen. Sie kosten Kraft. Viele wimmern nur noch, liegen schlaff mit verzerrten Gesichtern auf ihren Pritschen, fahren ab und zu hoch und würgen.

Albert Werth verschlägt es den Atem, als ihm ein Matrose die Tür öffnet und er den ersten Saal des Zwischendecks betritt. Vor Ekel beginnt er selbst zu würgen. Sein weißer Kittel und die Ledertasche kennzeichnen ihn weithin, und sofort ist er umringt. Man redet, man schreit auf ihn ein. Man beginnt Kleidungsstücke aufzuknöpfen. Man zeigt ihm Geschwüre, offene Beine, schwarze Zahnstümpfe. Der Matrose macht ihm Platz und führt ihn zu der Frau, derentwegen man ihn gerufen hat. Die Frau liegt auf dem Boden auf dem Rücken und schreit. Ihre Bluse ist mit Erbrochenem beschmutzt, sie hat die Beine angezogen, der Rock ist hochgerutscht, ihre dicken, weißen Schenkel sind beschmiert mit Kot und Blut. Der Geburtskanal hat sich bereits geöffnet, doch von dem Kopf des Kindes ist noch nichts zu sehen. Werth kniet nieder und beginnt den Bauch der Gebärenden abzutasten. Von Geburtshilfe versteht er nahezu nichts. Frauen drängen sich um ihn und die Gebärende. Sie schreien auf ihn ein. Wahrscheinlich eine Steißgeburt. In zwei Stunden werde er wiederkommen, ruft er. Er flieht.

Alma Laufer zieht mit Mühe die schwere Stahltür auf, die zum Kajütdeck führt, und taucht aus dem Wind in die Wärme. Immer noch vom Licht wie geblendet steht sie vor mir.

Wir wissen beide nicht, was wir sagen sollen.

Über ihrer Nasenwurzel erscheint eine kleine Falte.

Sie haben ja immer noch Fieber, sagt sie.

Ich zuckte die Schultern.

Sie starrt mich an. Dann – ich mache ihr Platz – geht sie zornig an mir vorbei den Gang entlang. Sie ist sicher, dass ich ihr nachblicke.

Wieder in ihrer Kabine hat sie das Bedürfnis, mit Karoline Ebel zu sprechen. Ein Gefühl überschwemmt sie, das sie nicht kennt. Sie fühlt sich hilflos. Irgendetwas ist geschehen, doch sie weiß nicht was. Sie hat etwas getan, das sie nicht hätte tun dürfen. Sie hat diesem Mann in die Augen gesehen. Sie möchte weinen vor Hilfsbedürftigkeit. Und als sie sich an seine Hände erinnert, tut sie es. Schlanke und doch kräftige Hände. Trostlos starrt sie vor sich hin. Dieser Mann verfolgt sie, denkt sie. Sie wird nie wieder ein Wort mit ihm sprechen. Und ihn auch nie wieder ansehen. Sie ist unglücklich. So unglücklich wie noch nie in ihrem Leben.

Albert Werth betritt den Salon von Mister Riedenhower. Die Krankenschwester führt ihn ins Schlafzimmer. Mister Riedenhower liegt zusammengekrümmt mit dem Gesicht zur Wand.

Ich haben eine pain im Bauch, wimmert er.

Drehen Sie ihn um, sagt Albert Werth, damit ich ihn untersuchen kann.

Ich will nicht, krächzt Mister Riedenhower. Ich will haben eine pill. Die Krankenschwester verdreht die Augen. Sie begleitet Mister Riedenhower schon seit Jahren auf seinen Reisen.

Albert Werth muß vorsichtig sein. Die Gesundheit von Mister Riedenhower ist ihm vom Kapitän sehr eindringlich ans

Herz gelegt worden. Mister Riedenhower ist ein steinreicher und sehr einflussreicher Mann.

Werth setzt sich vorsichtig auf die Bettkante. Seien Sie vernünftig, Herr Riedenhower, sagt er. Es tut doch nicht weh und dauert auch nicht lange. Werth ist nicht richtig bei der Sache. In Gedanken ist er bei der Frau unten im Zwischendeck. War das wirklich eine Steißlage, was er gefühlt hat, als er sie abtastete? Normalerweise wäre das ungefährlich. Doch könnte die Nabelschnur eingeklemmt werden und Sauerstoffmangel eintreten. Auch spielt eine Rolle, wie groß der Kopf des Kindes ist.

Was ist nun, Doctor, krächzt Mister Riedenhower. Entschuldigen Sie, sagt Werth, greift unter die Bettdecke und fasst Riedenhower an den Bauch.

Sie tickeln mich, kreischt Riedenhower. Sein Bauch ist hart und aufgetrieben. Er ist achtzig, ein Männchen bestehend nur noch aus Haut und Knochen und diesem Ballon von Bauch. Werth hat ihn essen sehen. Schon zum Frühstück ein Steak und Mittags erst und Abends und am Nachmittag natürlich Schwarzwälder Kirschtorte: Es ist zum Fürchten, was dieses Männlein in sich hineinschaufeln kann. Wo lässt er das alles, denkt Werth. Ich verordne Ihnen zwei Fastentage, sagt Werth. Nur Wasser und Kräutertee, sonst nichts.

Sie wollen mich killen, schreit Riedenhower gegen die Wand. Und der Schwester gebe ich Tropfen, die Sie alle zwei Stunden in Wasser nehmen, sagt Werth und geht hinaus. Die Frau unten im Zwischendeck liegt schon seit sechs Stunden in den Wehen. Irgendwann wird er wieder hinunter müssen, und bis dahin muss ihm etwas eingefallen sein.

Alma Laufer versuchte nachzudenken. Sie wußte aber nicht worüber. Trotzdem hatte sie das Gefühl, sie müsste dringend etwas klären. Sie stand auf und ging auf den Flur hinaus.

Sie klopfte an meiner Kabinentür.

Bitte, sagte ich. Treten Sie ein.

Sie ignoriert meine Aufforderung.

Sie haben Fieber, sagte sie.

Es ist nur die Schulter, sagte ich.

Was ist mit Ihrer Schulter?

Nichts, sagte ich. Das ist nichts.

Zeigen Sie.

Verlegen, doch gehorsam knöpfte ich mein Hemd auf und schob es zurück. Eine blaurote, geschwollene Stelle.

Und was will da heraus?

Ich musste grinsen.

Eine Gewehrkugel, sagte ich.

Sie schnaubte durch die Nase, wandte sich ab und marschierte wieder den Gang entlang zurück zu ihrer Kabine.

Arnulf ist neun und hat sich in den Finger geschnitten, in den Zeigefinger. Anklagend streckt er ihn Albert Werth entgegen. Seine Mutter, die Frau Professor Pinzner, lächelt wohlgefällig auf ihren Sprössling nieder.

Wie er das denn fertig bekommen habe, will Albert Werth wissen. Das geht Sie überhaupt nichts an, weiß Arnulf zu erwidern und streckt Werth die Zunge heraus. Er hat mit dem Obstmesser gespielt, sagt Frau Pinzner.

Werth desinfiziert den Kratzer, Arnulf kreischt und spuckt nach Werth. Seine Mutter lächelt. Schließlich sitzt der Verband. Werth hat ihn dreimal größer gemacht als nötig. Stolz trägt Arnulf seine verbundene Hand vor sich her und hinaus. In der Tür wendet sich seine Mutter noch einmal um und lächelt Werth zu, und plötzlich hat er eine Idee. Wegen der Steißgeburt im Zwischendeck wird er Alma Laufer fragen. Vielleicht weiß die Rat.

Jetzt, wo die Reise wirklich begonnen hatte, war mir doch ein wenig bänglich geworden, um das mindeste zu sagen. Gewiss, ich wusste, wohin sie ging, und doch wusste ich es wiederum nicht. Aber hatte ich nicht ständig von Amerika erzählt, und galt geradezu als Amerika-Kenner, zumal ich sogar schon dort gewesen war?

Auf einem Gutshof in der Nähe von Krakau war ich eines Abends wieder einmal gebeten worden, von Amerika zu erzählen. Ich tat es bereitwillig und nach und nach sogar mit Vergnügen, ja ich kam geradezu in Fahrt, was mir übrigens öfter widerfährt. Die Erzählung reißt den Erzähler förmlich mit sich fort, es ist, als müsse er sich beeilen, um mit ihr Schritt zu halten, die Erzählung erzählt sich sozusagen selbst.

Schon vor einer ganzen Weile war mir eine Dame mittleren Alters aufgefallen. Sie war kräftig, und ihr Gesicht war tief gebräunt, was ungewöhnlich war, weil die Damen in unseren Breiten von der Sonne gebräunte Haut für bäurisch halten und infolgedessen das Licht eher scheuen. Mit leicht geneigtem Kopf hörte sie mir zu, wobei sie lächelte. Sie lächelte durchaus freundlich, dafür aber mit beunruhigender Hartnäckigkeit.

Ich erzählte von einer Messerstecherei im Hafen von Philadelphia, wobei ich, wie ich mich erinnere, mehrmals das Wort Bowiemesser verwendete. Plötzlich fragte sie: Wo hat sich noch einmal diese Messerstecherei ereignet?

Am Hafen von Philadelphia, und da fiel mir siedend heiß ein, dass Philadelphia gar keinen Hafen hat.

An Mole drei, sagte ich tapfer, vor der Kneipe *Zum Walfisch.*

Jetzt lächelte sie belustigt.

Sie hatte mich in der Hand. Ein Wort von ihr, und man hätte mich mit Schimpf und Schande vom Hof gejagt. Und als Werber für die HAPAG hätte ich mich nicht mehr blicken lassen dürfen.

Aber sie sagte nichts. Sie lächelte nur. Ich ließ die Messerstecherei kurz ausfallen und bald auch die Polizei kommen, wobei zwar die Pointe, die ich anfangs angekündigt hatte und auf die ich zu erzählte, unter den Tisch fiel, aber das merkte außer ihr niemand. Kurz darauf verabschiedete ich mich. Ich hatte ja noch einen weiten Weg.

Ein paar Tage lang wartete ich. Wenn sie gesagt hätte, was sie wusste, es hätte sich in Windeseile bis in die entfernteste Spelunke verbreitet. Aber nichts. Sie hatte geschwiegen. Ich muss ihr sehr gefallen oder ihr sehr leid getan haben.

Nun ist es heraus, meine Damen und Herren. Ich, der ich so kenntnisreich und so feurig von Amerika erzählen konnte, bin noch nie in Amerika gewesen. Ich fuhr einem fremden Land, einem unbekannten Kontinent entgegen. Entsprechend bänglich war mir zumute.

Robert Benz hatte einen Brief geschrieben. Er war von der Seekrankheit verschont geblieben, und als er seinen Brief zu Ende geschrieben hatte, hatte er ihn zusammen mit einem Markstück einem der Matrosen gegeben mit der Bitte, ihn der Adressatin zu bringen: Frau Karoline Ebel.

Die Steißgeburt ist für Alma Laufer kein Problem gewesen.

Ich weiß nicht, was ich ohne Sie gemacht hätte, sagt Albert Werth. Ich war völlig durcheinander.

Das legt sich mit der Zeit, sagt Alma.

Hübsche braune Augen hat er, denkt sie.

Da ist jemand in Kabine siebenundzwanzig, den Sie sich anschauen sollten, sagt sie. Und wenn es geht schnell.

Nach dem Mittagessen, sagt Albert Werth. Er hat sie zum Dank auf einen Aperitif eingeladen.

Das Leben eines Schiffsarztes habe ich mir eigentlich anders vorgestellt, sagt er.

Er lächelt, er ist liebenswürdig, er versucht, sich nichts anmerken zu lassen, aber unten, als sie das Kind holte, war er über sie erschrocken. Es waren nicht die Schreie der Gebärenden gewesen, das Blut, der Körper des Kindes, der schon sichtbar war, es war Alma Laufer gewesen, eine andere Frau als die, die ihm jetzt gegenübersitzt. Pressen, hatte sie geschrien. Pressen. Und jetzt. Jawohl, und feste. Ja, so ist es gut, und noch einmal.

Ihr Hut oder ihre Kappe, jedenfalls dieses weiche Etwas, das sie trug, war ihr immer wieder in die Augen gerutscht, sie hatte es immer wieder zurückgeschoben, doch schließlich riss sie es herunter und warf es von sich.

In wilden wirren Strähnen stand ihr das Haar um den Kopf, eine Megäre, die Arme bis zu den Ellenbogen blutverschmiert, erbarmungslos Befehle auf die Gebärende herabschreiend. Wirklich erschrocken aber hatte er sich, als sie sich aufrichtete und das Kind hochhielt. Sie hielt es an den Füßen, blutverschmiert und schleimig glänzend, noch halb von der Nabelschnur umwickelt, hing es blau im Gesicht kopfunter. Sie hielt es hoch wie ein geschlachtetes Tier, und während sie ihm mit der freien Hand den Hintern klopfte und ihm sein erster, quäkender Schrei entfuhr, drehte sie sich im Kreis. Triumphierend und mit offenem Mund lachend zeigte sie ihre Beute.

Draußen schneit es. Der fallende Schnee steht wie eine Wand vor den Fenstern, eine Wand von schräg treibenden Flocken, ein gleichmäßiges, schläfrig machendes Niedersinken, in dem es kein Oben und Unten mehr gibt und in dem sie heiter und wie schwerelos sitzen.

Eine Verirrung

Endlich frische Luft. Eine alte Frau in Afrika. Wale.

Die Zwischendeckpassagiere sitzen in Hüten und Mänteln und Mützen. Sie warten darauf, dass die Matrosen ihnen die Türen öffnen. Zum erstenmal dürfen sie an Deck. Zwar nur für zwei Stunden, doch immerhin. Die frische Luft wird eine Erlösung sein, zumal in ihrer Abwesenheit endlich die Bullaugen geöffnet werden.

Alma steht an der Reling und blickt ins Wasser hinab. Doch plötzlich schreckt sie zurück. Ein riesiger grauer Schatten ist neben dem Schiff erschienen. Sie glaubt zu halluzinieren. Das hat etwas gespensterhaft Unwirkliches da unten. Als hätte sich aus ihr selbst etwas im Wasser materialisiert. Ein zweiter Schatten erscheint, ein dritter. Sie kann diese Schatten mit nichts verbinden, das sie kennt und das wirklich wäre. Sie müssen aus ihr selbst kommen wie Gedanken. Graue überwältigend große Körper, torpedoförmig dahin schießend. Nur erahnbar und ungefähr wie in Träumen, von furchterregender Mächtigkeit und Fremdheit. Aufgetaucht aus der unendlichen Tiefe und Dunkelheit des Ozeans. Sie ist überzeugt, sie würden verschwinden, wenn sie sich in den Arm kneifen würde. Sie fürchtet sich, doch gleichzeitig bereitet ihr der Anblick dieser grauen, dahin schießenden Körper eine durchdringende, zitternd diffuse Lust.

Noch einmal schreckt sie zurück. Eine riesige zweigeteilte Flosse hat sich aus dem Wasser erhoben, steht für Sekunden haushoch, wie ihr scheinen will, senkrecht empor, klatscht dann aber aufs Wasser, dass gewaltige Fontänen hoch schießen. Und jetzt erheben sie sich überall. Gleichzeitig steigen Wasserfontänen empor: Eine Herde Wale.

So unvermittelt, wie sie erschienen, sind sie auch wieder verschwunden. Sie wartet, dann wendet sie sich ab. Sie friert.

Eigentlich kennt sie den Weg hinab zur Kajütklasse. Irgendwann jedoch wird sie aufmerksam. So lange hatte sie doch damals nicht gebraucht, um hinunter zu gelangen. Sie muss die Tür übersehen haben, die zu dem Gang führt, an dem die Kabinen liegen. Sie wendet sich um und geht wieder hinauf.

In Karibib in Afrika lag auf ihrer Krankenstation einmal ein etwa vierzehnjähriges Mädchen mit Grippe und hohem Fieber. Ihre Großmutter wachte bei ihr. Spät abends auf ihrem letzten Kontrollgang kam sie an den beiden vorüber, und da der Tag hart gewesen und sie sehr müde war, setzte sie sich auf das Bett des Mädchens. Einen Augenblick lang betrachtete sie die Schlafende, und da sagte die Frau, die ihre Großmutter sein musste: Arme weiße Frau, du bist sehr unglücklich.

Sie blickte verblüfft auf. In dem zerknitterten, fleischlosen Gesicht der Alten leuchteten die Augen schwarz und riesengroß. Eigentlich wollte sie lachen, doch ohne dass sie es verhindern konnte, begannen sich ihre Augen mit Tränen zu füllen, und da hob die Alte die Hand. Sie war braun und schmal und dünn wie Papier, und sie näherte sich langsam ihrem Gesicht.

Sie öffnet eine Tür, von der sie sicher ist, dass sie zu den Kabinen führt. Die Treppe dahinter führt aber wieder nur abwärts. Sie steigt sie hinunter, denn an ihrem Ende tief unten sieht sie eine Tür, von der aus es endlich nach oben gehen muss. Sie blickt aber in einen langen menschenleeren Gang. An den weiß gestrichenen Wänden und an der Decke verlaufen Bündel von Rohrleitungen, immer wieder unterbrochen von Schalt- oder Kontrollkästen.

Sie sah diese Hand, und sie dachte, komm näher, bleib nicht stehen in der Luft, berühre mich, und die Hand kam näher und berührte sie. Sie berührte ihre Wange mit zwei Fingerspitzen, und etwas durchströmte sie. Sie schloss die Augen, und sie liefen über. Die Hand glitt über ihre Wange, und sie schmiegte sie mit einer seitlichen Bewegung des Kopfs hinein, und ganz langsam schob die Hand ihre Haube zurück und entblößte ihr geschorenes Haar. Sie senkte den Kopf.

Der Gang liegt in einem grellweißen, schmerzenden Licht. Es ist laut. Ein dumpfes monotones Dröhnen steht in ihm wie verbrauchte Luft. Sie will zurück, da hört sie Gesang. Sie lauscht. Eigentlich ist es ein mehrstimmiges Tönen, das sie hinter einer der Türen hört. Vorsichtig öffnet sie sie. Männer sitzen in einer engen Kammer um Körbe von Kartoffeln, die sie schälen und in einen Bottich mit Wasser werfen. Gleichzeitig singen sie. Sie blicken auf und erheben sich, um ihr Platz zu machen. Freundlich und immer weiter singend winken sie sie an den Körben mit Kartoffeln vorbei zu der anderen Tür, die aus der Kammer hinausführt. Einer öffnet sie sogar für sie und schließt sie auch wieder hinter ihr. Sie will zurück, um zu fragen, wie sie nach oben kommt, aber hinter der Tür, die sie für die richtige hält, sind Konserven gestapelt, hinter einer anderen Handtücher und Wäsche. Auch ist der Gesang verstummt.

Die Hand lag auf ihrem Nacken wie ein Hauch. Es war still in dem Raum, die Kranken schliefen. So saß sie lange.

Sie öffnet jetzt jede Tür, die sich öffnen lässt, irgendwo wird doch jemand zu finden sein, der mir hier wieder heraushilft, denkt sie. Als sie eine aufzieht, schlägt ihr Geschrei entgegen. Ein Schwein liegt auf der Seite, das Messer im Hals. Auf ihm kniet der Schlachter. Sein Gehilfe fängt das Blut in einer Schüssel auf. Am Ende wird der Löffel, mit dem er rührt, von einem weißen Klumpen umgeben sein. Das

Schwein schreit. Sie sieht fasziniert zu. Ende November wurde damals immer geschlachtet. Ein grauer Himmel und einzelne fein fallende Schneeflocken gehörten dazu und der Moment, wenn die Axt auf die Stirn des Tiers niederfuhr und es zusammenbrach. Das sah sie mit Genugtuung, und wenn es ausgeweidet und auseinandergeklappt weiß zum Auskühlen an der Leiter hing.

Eine Gruppe Matrosen kommt ihr entgegen. Na, endlich, denkt sie. Doch sie schnattern in einer unbekannten Sprache und scheinen sie nicht zu verstehen, ja, sie machen noch nicht einmal den Versuch dazu, geschweige, dass sie stehen geblieben wären. Schnatternd und lachend drängen sie an ihr vorbei, und sie muss ihnen sogar Platz machen und sich gegen die Wand pressen. Sie blickt ihnen verblüfft und empört nach. Einer wendet grinsend den Kopf über die Schulter, wird langsamer, verliert den Anschluss an die Gruppe, bleibt stehen. Dir möchte ich nicht im Dunkeln begegnen, denkt sie, wendet sich um und geht schnell den Gang entlang und durch eine Schwingtür. Sie beruhigt sich wieder.

Irgendwann war die Alte aufgestanden, hatte sie an der Hand genommen, hochgezogen und zu dem Bett neben dem ihrer Enkelin geführt, das frei war, und sie sich hinlegen lassen.

Der Kerl scheint ihr folgen zu wollen. Hastig zieht sie eine Tür auf. Brüllender Motorenlärm schlägt ihr entgegen. Sie steht im Eingang des Maschinenraums. Ölnebel erfüllt die Luft der riesigen Hallen, trüb in dem Dunst das Licht der nackten Glühbirnen. Ungeheure Kolben fahren auf und nieder, Stahlgestänge arbeitet hin und her, zwischen den Kesseln und Kohlebergen bis zu den Hüften nackte Männer, die Heizer, so schwarz, dass sie im Dämmerlicht kaum von der Kohle zu unterscheiden sind. Sie schaufeln sie in die Feuerschlünde unter den Kesseln. Das Dröhnen ist unerträglich. Sie tritt auf den Gang zurück. Über der Schwingtür der Kopf dieses Kerls. Er winkt ihr einladend zu.

Sie läuft den Gang entlang und kommt an eine Treppe, die nach oben führt. Endlich, denkt sie. Auf einem Absatz dreht sie sich um. Der Kerl steigt ihr nach, ein leibarmer, mickriger

Mensch, doch mit clownsartig vor Gier aufgerissenen Augen. Sie muss lachen, sie wendet sich um und läuft weiter nach oben. Vor ihr eine Tür, aber sie ist verschlossen. Sie rüttelt daran. Der Kerl kommt immer näher. Doch jetzt läßt sich die Tür öffnen. Sie ist nicht verschlossen gewesen. Wieso habe ich sie nicht öffnen können, obwohl sie doch nicht verschlossen war, denkt sie, während sie auf das Promenadendeck hinaustritt. Tief atmet sie die kalte, salzige Luft ein.

Sie will zur Reling gehen, doch sie bleibt stehen. Rechts von ihr Frauen, Kinder, auch einige Männer, bewegungslos und zusammengedrängt, als wären sie bedroht. Sie starren etwas an, das offenbar nicht geheuer ist. Die Kinder stehen dicht an ihre Mütter gedrängt. Irgendetwas stimmt hier nicht, denkt sie, und da blickt sie nach links. Hinter einem Tau, das die eine Hälfte des Promenadendecks absperrt, stehen die Zwischendeckpassagiere. Sie stehen dicht an dicht. Hunderte. Eine dunkle Masse von Körpern. Sie schweigen. Sie starren die Passagiere der ersten Klasse an. Die Passagiere der ersten Klasse starren die Passagiere des Zwischendecks an. Schweigend starren sie einander an.

Ein kleines Mädchen will hinüber laufen, doch ihre Mutter reißt es zurück. Ein Junge lässt seinen Ball fallen. Leuchtend rot rollt er langsam auf die Leute des Zwischendecks zu. Er will hinterher, doch seine Mutter hält ihn fest. Der Ball rollt immer langsamer. Manchmal sieht es so aus, als bleibe er endlich liegen, doch immer wieder rollt er weiter. Am Absperrseil, am Fuß eines kleinen Jungen kommt er endlich zur Ruhe. Er leuchtet. Der Junge rührt keinen Fuß. Als wäre der Ball ein Tier, vor dem er sich fürchtet und das seinen Fuß beschnuppert.

Die Damen sind in hellen, weiten, oft rüschenbesetzten Kleidern. Die Kinder tragen Lackschuhe, haben Puppenwagen oder Roller mitgebracht. Die Herren rauchen Zigarren. Es ist viel Platz auf ihrer Seite. Sie stehen aber dicht zusammen.

Es ist still. Mütter geben ihren Kindern nur mit gesenkter Stimme Anweisungen, immer des Inhalts, still zu sein. Jedes Kind könnte das Absperrseil beseitigen. Doch die auf der linken Seite scheinen sich dessen nicht bewusst zu sein. Anders bei denen auf der rechten. Sie wissen, wie dünn dieses Seil ist. Die Art und Weise, wie sie dastehen und starren, verrät es. Plötzlich läuft der kleine Arnulf nach vorn und legt trotz seines dick verbundenen Zeigefingers mit seinem Holzgewehr auf die da hinter dem Seil an. Peng, ruft er und läuft sofort zurück und versteckt sich hinter seiner Mutter. Man lacht auf, befreit und wie erwachend, der Bann ist gebrochen, jeder will Arnulf übers Haar streichen. Man wendet sich ab und schlendert zum Bug, Platz hat man ja, so viel man will.

Alma geht in die Sprechstunde von Doktor Werth. Ihr ist etwas eingefallen. Sie ist müde, fast apathisch. Soll doch mit mir geschehen, was will, denkt sie.

Ich komme wegen diesem Mann in Kabine siebenundzwanzig, sagt sie. Sie sollten ihn sich wirklich einmal ansehen.

Werth entschuldigt sich, dass er vergessen hatte. Aber heute Nachmittag, sagt er. Wir treffen uns im Speisesaal, wenn ich hier fertig bin.

Was will da heraus?

Flammen und Messer. Drei Träume.

Was will da heraus, hatte die Nonne gefragt.

Eine Gewehrkugel, hatte ich gesagt. Das hatte ihr nicht gefallen. Zwischen ihren Augenbrauen war wieder diese kleine, scharfe Falte erschienen. Sie war gegangen, und ich hatte die Tür hinter ihr geschlossen und mich aufs Bett gelegt. Ich lag auf dem Bett, und ich war sicher, dass sie wiederkommen würde.

Ich hatte keine Anhaltspunkte dafür, aber ich war ganz sicher. Ich war überschwänglich, ich war geradezu jubelnd sicher, dass sie wiederkommen würde, und in dieser Sicherheit lag ich glücklich, wie ich seit meiner Kindheit nicht mehr gelegen hatte, und da muß ich wohl eingeschlafen sein, denn ich träumte.

Unter den Dachpfannen schießen kleine, graue Wölkchen hervor. Über die ganze Länge des Gutshauses schießen unter den Dachpfannen diese puffartigen Wölkchen hervor. Kein Fenster ist erleuchtet. Das Haus liegt dunkel, doch die weiß gekalkte Fassade leuchtet grell in einem Licht, von dem ich nicht weiß, woher es kommt. Die Fenster wirken wie Löcher in ihr, so dass die Fassade aussieht, als sei das Haus nur ein Behältnis für diese Schwärze, die sich in den Fenstern zeigt. Immer weiter puffen die kleinen, grauen Wölkchen unter den Dachpfannen hervor.

In einer der Fensterscheiben plötzlich ein fahler Blitz, als wäre es geöffnet worden. Es hat sich für einen Augenblick aber nur das Mondlicht darin gespiegelt, bevor eine Wolke es wieder löschte. Eine würgende Angst geht von dem Haus aus. Wacht doch auf, schreie ich, obwohl ich mich selbst nicht hören kann. Wacht auf, spürt ihr denn nicht, was gleich geschehen wird? Ich empfinde diese Angst nicht für mich, sondern für die in dem Haus, obwohl ich nicht sagen könnte, wer sie sind.

Als hätte mich jemand gehört und wäre davon erwacht, erscheint in einem der Fenster ein kleines, sehr kleines Licht, so als würde tief im Hintergrund des Zimmers (es ist das Arbeitszimmer meines Vaters) jemand mit einer brennenden Kerze umherwandern. Offenbar sind auch die andern jetzt erwacht, denn überall im Erdgeschoss wandern sie mit Kerzen umher, zwar verstohlen und sich im Hintergrund haltend, aber doch emsig und durchaus munter. Die Fenster wirken jetzt auch nicht mehr so tot. Sie sind nicht mehr schwarz, sondern eher braun mit einem Stich ins Rötliche. Zwar sind vor allem die Lichtfunken der mit ihren Kerzen Umherirrenden zu sehen, aber da sind auch Schatten, so als wanderten Riesen in weiten, schwarzen, ausschwingenden Umhängen in den Zimmern umher. Bisher war es windstill gewesen. Kein Blatt hatte sich gerührt. Jetzt aber fährt ein Windstoß in die Baumkronen. Er reinigt auch das Dach von den Rauchwölkchen. Ein zweiter Windstoß folgt, und dann kommt es brausend von Süden her über den Wald hinweg angefahren.

Das Fenster neben dem Eingang, das erste der drei Fenster des Esszimmers, scheint ein wenig heller als die andern, mehrere wandern dort mit Kerzen umher, emsiges Treiben herrscht, und jetzt platzen die Scheiben. Sie explodieren, und wie bunte Fahnen wehen die Vorhänge heraus, die sich im Hinauswehen aber schon in Flammenzungen verwandeln. Das Esszimmer ist hell erleuchtet. Zum letzten Mal ist es zu betrachten, dann steht es in Flammen.

Überall platzen jetzt Fensterscheiben, wehen Vorhänge, flattern Flammenfahnen. Statt Rauchwölkchen züngelt jetzt Feuer unter den Dachpfannen hervor. Der Sturm fährt durch die Fenster. Die Wolken haben sich an der Unterseite brandig gerötet. Aus allen Fenstern lecken jetzt Flammen an der weißen Hauswand empor (Rauch wird schwarze Spuren über den Fensterhöhlen hinterlassen), und jetzt stürzt krachend der Dachstuhl ein. Funkengarben schießen in den schwarzen Nachthimmel. Noch einmal poltert es. Die große Treppe ist eingestürzt. Decken brechen herunter und jedes Mal Funkengarben wie Feuerwerk. Von dem Haus sind nur noch die Außenmauern übrig. Innerhalb ihrer der Brand, der jetzt in einer einzigen Lohe stark und brausend in den Himmel schießt.

Ich spüre immer noch Angst. Ich warte. Doch auf wen könnte ich warten. Wer sollte die Flammen unversehrt überstanden haben. Ich starre auf den Portikus, der die Eingangstür einfasst und der einen kleinen Balkon trägt, auf den ein Fenster geht, das Fenster des Schlafzimmers meiner Eltern. Ich starre auf dieses Fenster, und tatsächlich, es öffnet sich, und heraus tritt mein Vater mit dem Loch in der Schläfe. Er lacht, und lachend verkohlt er.

Ich wende mich um, und ich bin auf dem Promenadendeck der Saxonia und gehe auf die Nonne zu. Sie steht an der Reling, und als hätte sie mich von weitem schon gehört, wendet sie sich um und wartet, dass ich näher komme.

Ich bleibe vor ihr stehen, und endlich sieht sie mich an. Sie hat graublaue Augen. Sie beginnt sofort zu sprechen. Doch ich kann sie nicht verstehen. Sie spricht in einer Sprache, die ich nicht kenne. Ich antworte ihr, doch ebenfalls in einer fremden Sprache. Ich höre uns beiden zu, und ich verstehe nichts. Doch merke ich, dass wir sehr dringlich sprechen. Immer wieder deutet sie auf mich und manchmal auf die See hinaus und auf den Horizont.

Während sie spricht, sehe ich ihr auf den Mund, auf diesen sprechenden Mund, in dem manchmal weiß die Zähne blitzen, auf diese Lippen, die voll und rot sind wie Kirschen und die mir etwas sagen, das mir noch niemand gesagt hat, nur dass ich es nicht verstehe, das aber das Süßeste ist, das mir je gesagt wurde.

Als wäre jetzt alles gesagt, wenden wir uns um und gehen auf den Niedergang zu, der unter Deck führt, und während wir darauf zu gehen, legen unsere Hände sich ineinander. Ihre Hand ist groß und fest und warm, und ihre Wärme strömt meinen Arm hinauf in meine Brust und dann öffnen wir eine Tür und sind in einem schmalen, hohen Raum, in dem unsere Schritte hallen. Durch die Seitenfenster fällt Sonnenlicht in scharf umgrenzten Bahnen. Sie geht sofort zu der schweren, hölzernen Tür an seinem schmalen Ende und wendet sich um. Sie steht mit dem Rücken an der Tür und breitet die Arme aus. Sie wartet.

Sie lächelt mir zu. Und da greife ich in die Seitentasche meiner Jacke und ziehe eines meiner Messer heraus. Ich fasse es an der Spitze und hebe den Arm. Ich habe keine Angst und bin völlig sicher. Ich werfe, und mit einem scharfen Klacken fährt das Messer dicht über ihrem Kopf in das Holz der Tür. Immer noch lächelt sie. Ich ziehe das zweite Messer. Es blitzt auf, als es durch die Lichtbahn wirbelt, die durch eines der Fenster fällt. Es bleibt in dem Holz neben ihrer Schulter stecken. Wie ihr steigt auch mir jetzt das Lachen in die Kehle. Ich werfe das dritte Messer. Es schlägt neben ihrer linken Schulter ein. Sie bleibt unbeweglich mit ausgebreiteten Armen stehen. Ein Augenblick des Friedens.

Alma sitzt auf ihrem Bett. Sie starrt vor sich hin. Es ist ihr ein Gedanke gekommen. Sie wird umkehren. Sie wird darum betteln, wieder aufgenommen zu werden. Sie wird die Schande auf sich nehmen, die Verachtung, die Strafen, die lebenslange Zurücksetzung, den Hohn. Sie wird für immer die Geringste sein, ein graues, vernutztes Ding. Vielleicht wird man, wenn sie endlich sehr alt und gebrechlich sein wird, ein Einsehen haben, auch schon deshalb, weil man das, was sie getan hat, gar nicht mehr in Verbindung bringen kann mit dieser Greisin, und man wird ihr zum Sterben endlich eine eigene Zelle geben, und in ihrem weißen Schweigen wird sie sitzen wie eine, die endlich angekommen ist, und die Stille in der kleinen, weißen Kammer wird tiefer und tiefer werden. Sie werden schreien müssen, um sich mit ihr zu verständigen, und schließlich wird sie auf nichts mehr antworten, teils weil sie ertaubt ist, teils weil sie jenseits der Worte ist, hingegeben der Kontemplation des weißen Nichts.

Ruth und Simon verlieren die Sprache

Zwei Männer kämpfen. Robert Benz wird seinen Brief nicht los. Albert Werth hat etwas verloren.

Daniel hockt auf dem dritten obersten Bett neben seiner Mutter. Die Seekrankheit hat ihn verschont, ebenso Nussbaum. Bei seinem Vater hat es am zweiten Tag aufgehört, bei seiner Mutter hält es an. Immer wieder das leere Würgen und eine ständige, sterbenselende Mattigkeit. Sie liegt nur noch zusammengekrümmt auf der Seite. Anfangs hatte er das auf die Seekrankheit zurückgeführt und zu verstehen geglaubt. Nach und nach aber muss er sich eingestehen, dass sie anders daliegt als sonst, auf eine Weise, wie er das nicht an ihr kennt, abgewandt von ihm und allein. Er hat sie berührt, sie gerufen, sie vorsichtig gerüttelt, sie rührte sich nicht, sie antwortete nicht. Sie war für ihn nicht mehr da. Unter ihm liegt sein Vater auf seiner Pritsche. Er liegt auf dem Rücken und starrt vor sich hin. Doch auch er liegt da wie sie. Unansprechbar und allein.

Daniels Platz auf dem obersten Bett ist eine gute Aussichtsplattform. Er hat die Schreie einer Frau gehört, er hat sich die Ohren zugehalten, aber er hat hingesehen. Er hat die gespreizten Schenkel der Frau gesehen und ihren blutverschmierten Leib, in dem ein Loch klaffte. Zu seinem Entsetzen wurde langsam etwas daraus hervor gedrückt, oder etwas quoll heraus, etwas Unaussprechliches. Blaurotes. Er hatte geschrien, doch in dem Lärm hörte ihn niemand.

Ab und zu bringt Simon Kantor seiner Frau Wasser. Sie nimmt wortlos den Becher, trinkt, lässt sich wieder zurückfallen, dreht sich um und liegt wieder so da, wie sie die ganze Zeit daliegt, in sich eingerollt, gänzlich nur Rücken und Hinterkopf, das Gesicht gegen den Strohsack gedrückt. Simon Kantor weiß, dass er zu ihr sprechen müsste, aber er kann nicht. Er legt sich wieder auf seine Pritsche und starrt vor sich hin. Er weiß nicht, warum er nicht zu ihr sprechen kann, er weiß nicht, warum sie nicht mit ihm spricht. Es ist das erste Mal, dass sie nicht miteinander sprechen können. Er ist hilflos. Er weiß nicht, was er tun soll außer ihr Wasser zu bringen.

Daniel sieht, wie zwei Männer unter ihm in Streit geraten. Wie sie auf einander einschreien. Wie sich ihre Gesichter verzerren. Wie ihr Speichel spritzt. Wie sie grimassieren, um ihre Verachtung des andern auszudrücken. Der eine packt den andern am Kragen und stößt ihn von sich weg. Der holt aus und schlägt ihm die Faust ins Gesicht. Der andere schlägt zurück und taumelt schon von dem nächsten Hieb. Ein dritter trifft ihn im Gesicht. Blut schießt ihm aus der Nase. Jetzt trifft ihn die Faust seines Gegners immer genauer. Er beginnt zu wanken, seine Knie geben nach, er sinkt langsam zu Boden, doch sein Feind drischt weiter auf ihn ein, sein Kopf fliegt hin und her, schließlich kippt er vornüber wie ein Sack.

Daniel hatte zu schreien versucht, aber es kam kein Ton aus seinem aufgerissenen Mund. Und so sitzt er immer noch da: Mit aufgerissenem Mund und entsetzensstarren Augen.

Er hat sich in die eiserne Trägerkonstruktion über der Pritsche geflüchtet. Er hockt dort oben wie ein Vogel, der sich in eine Scheune verflogen hat. Unter ihm liegen seine Eltern in ihrem Schweigen, das ihn ausschließt wie einen nassen kleinen Hund.

Robert Benz ist seinen Brief an Karoline Ebel nicht losgeworden. Der Matrose, dem er ihn gegeben hatte, vergaß, ihn abzuliefern, und so nahm Benz ihn zurück und beschloss, einen zuverlässigeren Überbringer zu suchen. Er versteht nicht, warum sie ihrerseits nicht schon längst ein Zeichen gegeben hat. Von der zweiten Klasse ins Zwischendeck hinunter ist es sicher einfacher, eine Botschaft zu übermitteln, als umgekehrt. Eigenartigerweise macht Robert Benz aber keine Anstalten, es ein zweites Mal zu versuchen. Er liegt auf seiner Pritsche wie gelähmt. Wenn sie an Bord wäre, hätte sie ihm längst Nachricht gegeben, sagt er sich. Wenn er also keine Nachricht hatte, war sie nicht an Bord. Dass sie nach Mainz zurückgefahren sein sollte, hält er für ganz unmöglich. Wo aber war sie dann? Das Bild, wie sie in Hamburg in einem Nachen über den Zollkanal setzte, ging ihm nicht aus dem Kopf. Ein leichter, fußhoher Nebel über dem Wasser, der Nachen schwarz wie der wriggende Matrose am Heck, sie am Bug stehend, schwarz ebenfalls in ihrem Mantel, langsam, lautlos in der Nebelwand verschwindend, ja, sich auflösend.

Der Brief an sie steckt in der Brusttasche seiner Jacke. Er spürt ihn ständig, obwohl er doch so dünn ist. Er kann sich nicht überwinden, ihn einem der Matrosen noch einmal zu geben. Der Gedanke daran macht ihm Angst. Vielleicht will sie von mir ja nichts mehr wissen, denkt er.

Wo bin ich, fragt sich Albert Werth. Hamburg ist hinter dem Horizont versunken, heraufrufbar sind nur mehr Erinnerungsfetzen, die nicht mehr zueinander passen und kein Echo in ihm auslösen, und New York ist nur ein Wort. Er blickt in das Gesicht dieser Nonne, und es ist ihm, als erfahre er eine Stärkung. Er hat sie in ihrer Tracht gesehen und dann in einem normalen Kleid, und er weiß, was dieser Wechsel bedeutet. Er weiß, was sie unter ihrem Hut hat oder dieser Mütze oder was das ist, das sie trägt. Es steht ihr jedenfalls gut zu ihrem festen, kraftvollen Gesicht, dieses Ding, und es kontrastiert wie auch ihr Gesicht sonderbar zu den ältlichen Kleidern, die sie trägt. Er würde gern mit ihr darüber sprechen, was in ihr geschah, als sie die Tracht ablegte, ob es dem gleicht, was mit ihm in den Cholerabaracken geschah. In religiösen Dingen hatte er sich immer für indifferent gehalten. Die Frage, ob es Gott gibt, interessierte ihn nicht. Doch in den Cholerabaracken merkte er, dass dort, wo er gedacht hatte, dass nichts war, offenbar doch etwas gewesen war. Erst als er es verloren hatte, bemerkte er es, und eine stille, fade, kalte Ratlosigkeit breitete sich in ihm aus, von der er spürte, dass ihr noch etwas folgen würde, er wusste nur nicht was. Er hätte sie gern gefragt, ob sie dieses Gefühl ebenfalls spürte, als hätten sie dieselbe Krankheit und sie wäre seine Schwester. Doch dann sieht er sie wieder, wie sie unten im Zwischendeck das Kind holte, die Megäre mit den Schlangenhaaren, wie sie die blutige, schleimige Frucht in die Runde schwenkte, lachend, wie er noch keine Frau hat lachen sehen, ein Glück, das er nicht kennt.

Glauben Sie an Gott, Doktor, hat der junge Mann unten im Zwischendeck gefragt, der einen Blutsturz hatte und der die Reise nicht überleben wird. Ja, hatte er geantwortet. Die Welt ist gar nicht anders denkbar. Er hatte seine fieberheiße Hand gedrückt und ihm Hustensaft eingeflößt. So wäre das die Antwort auf die Frage aller Fragen? Ein milder Zynismus und Hustensaft? Die Welt ist ohne Gott nicht denkbar, hatte er dem jungen Mann geantwortet. Wusste er, was er damit gesagt hatte? Dann wäre die Welt für den Ungläubigen nicht zu denken? Er hatte genug während des Studiums mitbekommen, um zu merken, dass die Wissenschaft, je mehr sie weiß, desto weniger die Welt denken kann. Die Welt zersplittert, und eine Schutthalde sinnloser Fakten bleibt zurück.

Wieder muss er an diese Nonne denken. Das Kind, das sie hochhielt, blutig, schleimig, blau im Gesicht, und ihr Lachen, ihr Triumph – wäre das eine Antwort?

Alma ist müde, todmüde und gleichzeitig unruhig. Wieder muß sie an Karoline Ebel denken, spürt sie das Bedürfnis, mit ihr zu sprechen. Entschlossen, fast zornig springt sie auf und macht sich auf den Weg zum Purser. Schon längst hätte sie

sie aufsuchen müssen. Der Purser aber kann unter den Passagieren der zweiten Klasse keine Frau Ebel finden, entdeckt ihren Namen aber schließlich doch noch, allerdings durchgestrichen und mit der Bemerkung versehen: Hat die Reise nicht angetreten.

Dann ist sie nach Mainz zurückgefahren, denkt Alma enttäuscht. Dann hat sie aufgegeben.

Ist sie enttäuscht, weil Karoline Ebel nicht auf dem Schiff ist, oder weil sie aufgegeben hat, fragt sie sich. Aber was heißt, weil sie aufgegeben hat? War denn da ein Kampf? Doch, da war ein Kampf, denkt sie und sieht wieder die Wale vor sich, wie sie tief unter ihr durchs Wasser schießen, grau und glatt und ungeheuer, und wieder spürt sie dieses Gemisch aus Lust und Angst und die Hemmung, hinzusehen, als wäre ihr der Anblick verboten, und sie gesteht sich ein, dass sie mit ihr über diesen jungen Mann reden wollte, für den sie alles aufgegeben hatte, und was das war, das sie etwas tun ließ, das sie sich selbst nicht verzieh. Es musste von ungeheurer Gewalt sein.

Beim Mittagessen setzt sich Albert Werth zu ihr. Er erzählt von Hamburg und ihrem Besuch in diesem Café und der ersten Schokolade in ihrem Leben, und sie lachen über so viel Weltfremdheit.

Leider wurde es am letzten Tag noch unangenehm, sagt Albert Werth. Ich musste einen Totenschein ausstellen. Eine Selbstmörderin.

Alma wird es plötzlich kalt.

Wissen Sie zufällig, wie sie hieß, fragt sie.

Zufällig ja. Ich musste in ihrer Handtasche nachsehen. Ebel, Karoline.

Alma springt auf und läuft in ihre Kabine. Sie muss sich übergeben. Keuchend hält sie sich am Fußende des Betts fest. Sie ringt nach Atem. Sie glaubt zu ersticken. Von Zeit zu Zeit tief einatmend geht sie in ihrer Kabine auf und ab. Sie muss sich bewegen. Sie starrt aus dem Bullauge auf die See hinaus, doch noch während sie hinausstarrt, weiß sie schon nicht mehr, was sie gesehen hat.

Es ist ganz erstaunlich, von welchen Unfällen ihr Arnulf heimgesucht wird, denkt Albert Werth, der beim Mittagessen neben Frau Pinzner sitzt. Ständig fällt er, stößt oder schneidet er sich, woraufhin sie jedes Mal mit ihm Doktor Werth aufsuchen muss, der sich inzwischen fragt, ob Arnulf seiner Mutter vielleicht einen Gefallen tun will, indem er ständig hinschlägt, gegen Schränke rennt und über die eigenen Füße stolpert. Nun Herr General, sagt Albert Werth dann, wo sind wir denn diesmal verwundet. Das feindliche Feuer ist heute aber auch wieder sehr stark. Ich weiß, was du möchtest, denkt Albert Werth, wenn er den scheelen Blick des Herrn General sieht. Erwürgen möchtest du mich.

Ein stechender Schmerz im Schienbein lässt ihn auffahren. Gerade noch kann er den Verursacher erwischen. Hör mal, Generälchen, flüstert er. Wenn du das noch einmal tust, trete ich zurück. Aber im Ernst.

Vom Standpunkt Arnulfs aus war der Tritt aber gar nicht so unberechtigt. Er hatte gesehen, wie seine Mutter diesen Doktor ansah, und das hatte ihm genügt. Denn Arnulf hatte Erfahrung mit den Blicken seiner Mutter. Diesmal war es also ein Doktor. Es hätte auch der erste Offizier sein können oder ein Matrose. Doch war es nicht allein der Blick seiner Mutter, der ihn treten ließ, es war der Blick, mit dem dieser Doktor den Blick seiner Mutter erwidert hatte.

Tatsächlich hatte Werth zum erstenmal den Blick Vicky Pinzners erwidert. Er hatte sich daran erinnert, wie Alma und er vor diesem Tatlin gestanden hatten und wie sie ihm den Abszess gezeigt hatte. Sie war an Tatlin herangetreten und hatte ihm mit einer schnellen Bewegung das Hemd über der Schulter zurückgeschoben. Werth konnte diese Bewegung nicht vergessen. Sie schien ihm von einer kaum verheimlichten Vertrautheit und von einer Zärtlichkeit, die für ihn jeden Zweifel an dem Verhältnis zwischen den beiden ausräumte. Das war ihm beim Nachtisch klar geworden, und deshalb hatte er den Blick Vicky Pinzners erwidert.

Als er den Löffel hinlegt, blickt er sie amüsiert an. Als Student hatte er die Erfahrung gemacht, dass es Menschen gibt, die auf den ersten Blick sehen können, ob jemand Jude ist.

Er kann blond sein, blaue Augen haben, sie sagen, das ist einer, und sie haben Recht. Die Fähigkeit war offenbar weit verbreitet, denn wenn Albert Werth auf Zimmersuche war, und er wechselte oft sein Zimmer, wenn er an einer Wohnungstür klingelte und eine dieser säuerlichen alten Damen öffnete, dann konnte er an ihren Augen ablesen, ob er das Zimmer bekommen würde oder nicht. In ihren Augen ging bei seinem Anblick nämlich etwas vor. Natürlich sahen sie ihn prüfend an, aber diese Prüfung war in manchen Fällen schnell beendet, sehr schnell. Und was war mit ihm? Hatte er die gleiche Fähigkeit nur anders herum? Konnte er sagen, das ist einer von unseren Leuten und der nicht? Und was wären die Kriterien? Eine unangenehme Frage. Er jedenfalls hat brünettes Haar und, wie ihm attestiert worden war, eine uncharakteristisch gerade Nase.

Lieber fragt er sich, was in Vicky Pinzners Augen vorgegangen war, als sie ihn zum erstenmal sah. Sie hatten sich sicher nicht verengt in Abscheu oder schreckhaft vergrößert, ganz im Gegenteil. Doch auch das war ja nicht so selbstverständlich. Denn hinlänglich bekannt war die Tatsache, dass jüdische Frauen auf Männer, genauer, auf christliche Männer, einen besonderen Reiz ausüben. Und was ist mit jüdischen Männern, denkt Albert Werth und sieht Vicky Pinzner tief in die Augen, üben die auf christliche Frauen ebenfalls einen Reiz aus?

Was in den Augen ihres kleinen Arnulf vorgegangen war, war jedenfalls nicht schwer zu sehen. Der kleine Arnulf hatte gedacht, was sein Vater wahrscheinlich ungeniert zu sagen pflegt: Itzig.

Ein Aufruhr ist plötzlich im Saal. Alles stürzt zu den Fenstern. Ein Schiff, ein Passagierdampfer, hell erleuchtet, prunkend und majestätisch. Und so wie wir sie sehen, werden die drüben uns sehen, denkt Albert Werth. Sie werden denken wie wir, dass wir die endlose Wasserwüste des Meeres besiegt haben und die Kälte und den Raum und die Finsternis. Wie wir werden sie denken, dass die Furcht und die Bitternis ein Ende gefunden haben, und während sich die Schiffe mit ihren Sirenen grüßen, denkt Albert Werth an die Cholerabaracken in Hamburg, und an die unendliche Tiefe nur wenig unter seinen Füßen und dass dies, genau genommen, ein Beinahzusammenstoß war und sie knapp einer Katastrophe entgangen sind. Langsam ziehen die beiden Schiffe aneinander vorbei, prangend mit Licht, schließlich doch verschlungen von der Nacht.

Das Herz essen

Sie treffen sich in Werths Behandlungszimmer. Es ist acht Uhr morgens. Seine Sprechstunde beginnt um zehn. Alma sterilisiert das Besteck, legt Watte und Verbandmaterial heraus, Werth stellt die Flasche mit Chloroform und die Atemmaske bereit und ordnet die Lederriemen, mit denen der Patient auf der lederbezogenen Liege festgeschnallt wird. Schließlich gehen sie zu der Kabine des Patienten. Auf Werths Klopfen kommt keine Antwort. Hoffentlich hat er nicht abgeschlossen und ist dann eingeschlafen, sagt er. Er drückt die Klinke herunter. Die Tür ist offen. Der Patient liegt auf dem Bett, schlafend, wie sie glauben, aber als sie sich über ihn beugen, murmelt er vor sich hin. Werth zieht seine Beine über den Bettrand, und gemeinsam stellen sie ihn auf die Füsse, und gemeinsam – jeder legt sich einen Arm über die Schultern – führen sie ihn zum Behandlungszimmer. Vorsichtig betten sie ihn auf die Liege.

Ziehen Sie ihm das Hemd aus, sagt Werth, während er die Beine festzuschnallen beginnt. Sie richtet ihn auf und streift ihm das Hemd bis zu den Hüften herunter. Als sie ihn wieder zurücklegen will, richtet er sich auf und beginnt zu schreien und will von der Liege herunter. Werth springt hinzu, hält ihn mit der einen Hand nieder und drückt ihm mit der anderen die Atemmaske aufs Gesicht. Der Patient schreit. Gleichzeitig hat Alma die Flasche mit Chloroform geöffnet und beginnt die beißend riechende Flüssigkeit auf die Maske zu träufeln. Der Patient windet sich, versucht, den Kopf aus diesem erstickenden Gestank herauszudrehen. Doch die frische Luft, nach der er schreit, ist nicht zu bekommen, er kann überhaupt keine Luft mehr bekommen, es sei denn durch die Maske, auf die dieser atemberaubende Gestank geträufelt wird. Sein ersticktes Geschrei wird schwächer. Nur mehr einzelne Wörter sind zu verstehen. Die Pausen zwischen ihnen werden immer größer. Schließlich ersterben sie.

Das genügt, sagt Werth und nimmt ihm die Maske ab. Er schnallt auch Oberkörper und Arme fest, dann tastet er nach der Kugel. Der Patient liegt wie schlafend. Zum erstenmal kann Alma ihn betrachten. Er ist ja nicht da, denkt sie. Er hat die Augen geschlossen. Und sie denkt: Er hat lange Wimpern. Und: Jetzt ist er ganz wehrlos.

Und da setzt Werth die Schere an, die wie eine große Geflügelschere aussieht. Er sticht ein in der kleinen Kuhle oberhalb des Brustbeins, und dann beginnt er das Brustbein zu durchtrennen. Krachend und knirschend arbeitet er sich voran. Schließlich ist er über dem Magen. Er wirft die Schere in eine Schale. Über die weiße, muskulöse Brust des Patienten verläuft eine blutige, wüste Scharte. Und dann greift Werth mit beiden Händen in diese Scharte und reißt krachend den Brustkorb auseinander. Braunrot und weiß geädert liegt alles da. Doch noch leicht verschwommen. Dann aber, als würde das Blatt aus Seidenpapier im Lehrbuch umgeschlagen, in übergroßer, schmerzender Deutlichkeit. Die Lungenflügel und vor allem das schlagende Herz. Sie ist überrascht. Es ist größer, als sie gedacht hatte. Es schlägt nicht, es zuckt in einer weichen Bewegung wie unter einem regelmäßigen Stromstoß.

Sie starrt. Sie beugt sich immer tiefer herab, und da greift sie zu und reißt es heraus. Einen Augenblick hält sie es in ihren Händen und starrt es an, und dann beißt sie hinein. Es ist heiß und feucht und hart. Sie hält inne und blickt auf. Sie blickt in einen Spiegel. Die untere Hälfte ihres Gesichts ist blutverschmiert. Sie hat die Zähne gebleckt. Auch ihre Zähne sind blutverschmiert. Sie blickt auf das Herz, das sie in ihren Händen hält, und es erfüllt sie ein großes Glück. Es schlägt weiter in ihren Händen. Sie hält es, und es schlägt weiter mit dieser weichen, zuckenden Bewegung.

Etwas fällt klackend in eine Metallschale. Na, da haben wir ja den Übeltäter, sagt Albert Werth. In der Schale liegt eine lange, spitze Gewehrkugel. Alma reicht ihm Nadel und Pinzette und Garn, und er beginnt mit schnellen, geschickten Bewegungen die Wunde zu vernähen. Schließlich legt Alma den Verband an. Sie rollen den Patienten in seine Kabine, ziehen ihn auf sein Bett und decken ihn zu. Sie kümmern sich um ihn? fragt Werth. Doch er wartet ihre Antwort nicht ab. Jetzt gehe ich erst einmal einen Kaffee trinken, sagt er. Alma hat die Gewehrkugel eingesteckt.

Was hat er mit mir gemacht? denkt Ruth Kantor. Mama, Tante Lea, Tante Sara, Großvater und die andern – er hat mir alles genommen. Jetzt kann er mit mir machen, was er will. Jetzt kann er sich eine andere nehmen, und keiner verbietet es ihm. Er kann mich schlagen, er kann mich hungern lassen, in der Stadt New York wird niemand mein Weinen hören. Er weiß noch nicht, wozu er fähig ist. Er hat sich den Bart abgenommen, er trägt einen neuen Hut, das sind die Anzeichen.

Solange Daniel klein ist, wird er mich noch brauchen, danach nicht mehr. Niemand wird ihm dort sagen, dass er sich schämen soll. Dort schämt sich niemand. Ich wusste schon lange, das er weg wollte. Wir waren ihm nicht gut genug. Diese Stadt nimmt mir die Luft, sagte er. Das hieß, wir nehmen ihm die Luft, das hieß, ich nehme ihm die Luft.

Das Schlimme ist, dass ich ihn liebe. Ich kann nicht leben ohne ihn. Und er weiß es. Ich schäme mich. Ich bin nackt. Er kann mit mir machen, was er will dort in New York. Und er wird tun, was er will, ich sehe es ihm an. Er hat Pläne. Er weiß selber noch nicht, was in ihm steckt. Aber irgendwann und sehr bald wird er es ahnen, und er wird es ausprobieren. Er wird sich neue Hüte kaufen. Wo ich dabei bleibe, weiß ich nicht.

Mir ist schlecht. Er kann mir Wasser bringen, so oft er will. Ich werde nicht mehr aufstehen. Noch will er, dass ich mit ihm spreche, aber was will er hören? Dass es mir nichts ausmacht, dass ich nackt und ihm ausgeliefert bin. Er will nur ein gutes Gewissen haben. Ich liebe ihn, ich sehne mich nach ihm. Wir können hier nicht miteinander schlafen, aber das ist gut so, es wäre eine Lüge.

Aber kann denn er mit mir sprechen? Er tut, als wüsste er nicht, was er mit mir gemacht hat. Aber er weiß es sehr wohl. Er wäre sonst nicht so kleinlaut. Er würde nicht betteln. Ich muss mich wappnen gegen ihn. Aber ich weiß, dass mir das nichts nützt. Ich liebe ihn. Zu Hause war ich stark. In New York kann ich betteln, und er wird der Herr sein.

Ich hab immer gelacht, wenn er Angst vor Mama hatte und Tante Lea und Tante Sara. Erst jetzt verstehe ich seine Angst. Erst jetzt verstehe ich, wie sehr sie mich schützte. Ich sehe doch, wie die Frauen ihn anblicken. Und er weiß es. Er tut ganz scheinheilig, aber gerade daran sehe ich, wie sehr es ihm gefällt, so angeblickt zu werden. Aber es gefällt mir ja selber. Weil ich weiß, dass sie neidisch sind. Was für ein elender Trost.

Es ist niemand mehr um uns herum. Keine Mama, keine Tanten, keine Brüder, keine Schwestern, keine Nachbarn. Nur wir beide. Aber wer sind wir? Bisher haben Mama und Tante Sara und Tante Lea und Großvater und die Nachbarn es uns gesagt. Jetzt müssen wir es selber sagen, oder es sagt uns niemand.

In der Stadt kennt dich keiner, denkt Simon Kantor. Und du musst keinen grüßen. Du kannst jeden ansehen, und jeder kann dich ansehen. Du kannst die Frauen ansehen, und sie müssen es sich gefallen lassen. Sie wollen sogar, dass du sie ansiehst. Niemand fragt dich, wohin du willst.

Ich glaube, Ruth kann Gedanken lesen. Meine jedenfalls. Aber es sind meine Gedanken, und die gehen sie nichts an. Solange ich sie nicht ausspreche, gehen sie sie nichts an. Sie hat sich aus meinem Kopf herauszuhalten. – Du redest, als hätte sie dich ertappt. Vielleicht, aber sie hat mich nicht zu ertappen. Sie ist nicht bei der Gedankenpolizei. Gedanken sind Gedanken und keine Taten. Ich werde ansehen, wen ich will, und ich werde hingehen, wohin ich will. In Amerika kann man das. Sie hat Angst vor Amerika.

Sie spricht nicht, und das heißt, ich weiß, was du sagen wirst, und es ist gelogen. Also sage ich nichts. Aber was könnte ich auch sagen? Ich werde mir die Augen ausreißen, damit ich blind bin, ich werde mir die Ohren verstopfen, damit ich taub bin? Sie soll sich aus meinen Gedanken heraushalten. Wir müssen lernen, dass wir uns nicht so gut kennen, wie wir dachten. Und dass es vielleicht gut ist, sich nicht so genau zu kennen.

Das sind amerikanische Gedanken, und sie gefallen ihr nicht. Ich weiß, dass sie am liebsten zurückfahren möchte. Und ich weiß, dass sie mich dafür verantwortlich macht, dass sie da oben im Unglück liegt. Aber es ist ihr Unglück und nicht meins, und ich kann ihr nicht helfen. Sie soll mich ansehen und mit mir sprechen.

Als ich erwachte, saß sie auf meinem Bett. Durch die halbgeschlossenen Lider konnte ich sehen, wie sie mich betrachtete. Sie hatte noch nicht bemerkt, dass ich zu mir gekommen war. Der Wasserkrug war leer, und meine Lippen waren trocken und rissig, und da plötzlich beugte sie sich herab und leckte meine Lippen. Sie ließ ihren Speichel auf ihre Zunge rinnen und leckte meine Lippen. Meine Lider begannen zu flattern, und ihr Kopf fuhr zurück. Ich öffnete die Augen. Gleichzeitig begann ich zu würgen. Sie griff um meine Schultern und richtete mich auf. Das Würgen wurde stärker, es stieg tief aus meinem Magen auf, und da griff sie nach der Schale, die sie mitgebracht hatte, und hielt sie mir unters Kinn. Es war nicht viel, was ich hervorpresste, ein wenig gelbliche Magenflüssigkeit, gelb von dem Übelkeit erregenden Chloroform. Sie ließ mich wieder zurücksinken und tupfte mit einem Tuch meine Lippen ab.

In der Kabine ist es hell geworden. Ein kalter Schein dringt von außen herein. Alma blickt auf, und sie blickt gegen eine blendend weiße Wand. Sie ist himmelhoch. Nur ganz oben, am äußersten Rand des Kabinenfensters endet sie, beginnt das tiefe Stahlblau des Himmels. Ein Eisberg.

Er hat tafelförmige Gestalt, doch terrassenförmig abgestuft.

Häuser könnten dort oben stehen, Kirchen, Leuchttürme. Eine Gebirgslandschaft aus weißem Eis. Doch nicht glatt und kompakt. Zerklüftet vielmehr, voller Schrunden, Höhlen und Absätze. Eisbrocken sind heruntergebrochen und türmen sich an einer senkrechten Eiswand, Spalten klaffen. Und da ist Bewegung. Unten am tiefsten Fuß der Eiswand bricht sich die Brandung in hoch aufschießenden Fontänen, doch klein und unbedeutend gemessen an der Mächtigkeit der Wand. Von oben stürzt Schmelzwasser von Stufe zu Stufe, reißende Sturzbäche. Immer wieder löst sich von der Wand eine Säule Eis, löst sich langsam und stürzt, im Sturz zerbrechend, in die hoch aufschäumende See. Möwen umflattern die Eiswand, deren Mächtigkeit erst durch sie begreifbar wird.

Doch unmerklich tritt der Eisberg zurück, der Streifen von Stahlblau im Fenster wird breiter, er gleitet vorbei, und dann ist in dem Fenster nur mehr der blausilberne Tumult der See.

Das Wort, das man nur schwer ausspricht

Erziehung im Internat. Woran erkennt man sich? Dynamit.

Ich lag auf dem Bett und wartete. Woher wusste ich eigentlich, was Liebe ist? Meine Eltern hatten es mich nicht gelehrt und auch Sonja nicht und die Huren. Bis sie mich in das Internat in Krakau brachten, kannte ich nur die Bauernkinder unseres Dorfs, und ich war der Sohn ihres Herrn. Nachdem ein alter, gleichgültiger Mann mir im Schlafsaal mein Bett gezeigt hatte, kamen drei auf mich zu, alle größer als ich und zwei Jahre älter. Zwei hielten mich fest, der Dritte durchsuchte meine Taschen. Die Münzen, die er fand, warf er auf mein Bett, es war mein Taschengeld für den ganzen Monat. Sie teilten es unter sich auf, dann schlugen sie mich zusammen. Danach musste ich ihnen die Schuhe mit dem Mohair-Schal putzen, den mir meine Mutter zum Abschied gekauft hatte. In der Nacht vergewaltigten sie mich.

Danach lag ich mit offenen Augen und starrte in das Dämmerlicht, das ein paar nackte, grün bemalte Glühbirnen verbreiteten, und versuchte zu begreifen. Es war derart, dass es kein Begreifen dafür gab und keinen Ausdruck, Tränen etwa. Es war etwas Grundsätzliches, Fundamentales, etwas, das mich überrascht hatte wie ein Erdsturz.

Am Morgen sah ich die andern, die mit mir gekommen waren, und ich sagte mir, so siehst du jetzt auch aus, so hündisch-geduckt, so erbärmlich und servil, und an dem Hohn der Älteren las ich ab, dass es auch ihnen so ergangen war, dass es allen so ergangen war. Nur dass die einen oben waren und die andern unten, und ich war ganz unten. Als einer von denen, die mit mir eingeliefert worden waren und die alle die gleiche Behandlung erfahren hatten, sich mit Hohn, nicht an seinem Peiniger, sondern an mir schadlos halten wollte, dem es ergangen war wie ihm, schlug ich zu, und hart, weil aus doppeltem Grund. Danach schlug ich bei der geringsten Provokation zu. Ich schlug blindlings zu. Ich ging auch gegen Ältere und solche los, die einen Kopf größer waren als ich. Sie schlugen mich, dass ich aus Mund und Nase blutete, aber ich stand auf und griff wieder an, als spürte ich keine Schmerzen.

Das hatte etwas Selbstzerstörerisches, als wollte ich damit jemanden strafen oder wenigstens ins Unrecht setzen, wahrscheinlich meine Mutter, die mich hier her gebracht hatte. Vielleicht träumte ich heimlich davon, dass sie mich dann auf der Krankenstation besuchen müsste. Das war so verlockend, dass ich mir sofort verbot, die Situation auszumalen. Das hätte mit Sicherheit die Gnadenlosigkeit, mit der ich auf meine Gegner losging, gebrochen. Sie war nur zu erzielen durch Hoffnungslosigkeit und die Kälte, die sie erzeugt.

Eine Qual war der Unterricht. Das Ausmaß an Dummheit und Dumpfheit, das all diese Gutsbesitzersöhne an den Tag legten, war deprimierend, die Schafsnasigkeit der Lehrer nicht minder. Um mir unnötigen Ärger zu ersparen, meldete ich mich möglichst wenig. So galt ich als träge und nicht sehr intelligent. Der einzige, der mich durchschaute, war Pater Basilius, mein Griechischlehrer. Manchmal tauschten wir

Blicke. Dann lächelte er ein wenig, doch so, dass nur ich wusste, worüber.

Wegen meiner ansatzlos ausbrechenden Aggressivität galt ich als nicht just im Kopf. Ich war wohl zu dumm, um Abwägungen zu treffen, Koalitionen einzugehen, nachzugeben. Ich war wie eine Rattenfalle, die bei der geringsten Berührung zuschnappt, hart und trocken. Immerhin ging man nach und nach mit einer gewissen Vorsicht mit mir um. Durchaus wie mit einem Verrückten. Natürlich hatte ich so keine Freunde, noch nicht einmal Bundesgenossen.

Es wurde aber eingeliefert eines Tages ein Junge, der war so schön, dass ich zitterte, als ich ihn das erste Mal sah. Und als sie ihn in die übliche Mangel nehmen wollten, da ging ich dazwischen, und als ich schließlich zu Boden ging, da stand er mit den andern über mir und lachte auf mich herab. Er war blond.

Eines Tages nahm mich Pater Basilius beiseite. Du weißt jetzt, wie es ist, sagte er. Und welche Schlüsse ziehst du daraus?

An diesen Satz musste ich denken, als ich bei Semjonow das Flugblatt mit dem Bakunin-Zitat las. Dynamit, dachte ich. Das ist der Schluss, den ich daraus ziehe.

Ich weiß nicht, wie es möglich ist und zustande kommt, dass sich Gleichgesinnte, ohne etwas von dem andern zu wissen, ohne ein Wort miteinander gesprochen zu haben, einander erkennen. Wäre da nicht etwas Bestimmtes in der Luft gewesen, ich hätte Semjonow sofort misstraut, wenn er mir, einem Dahergelaufenen, den er noch nie gesehen hatte, Pässe gefälscht hätte. Ein Anfänger, hätte ich gedacht, ein Ahnungsloser, der eine Gefahr darstellt. Es war aber etwas in der Luft, das schwer zu beschreiben ist. Ich sah diese Kellerwohnung, die gleichzeitig Werkstatt war, ich sah diese hagere Gestalt, ich sah diese Augen, und es war klar, dass Worte nicht mehr nötig waren. Wie uns beide gab es viele, die sich auf den ersten Blick erkannten, eine geheime Bruderschaft. Einmal brachte ich Semjonow Orangen mit. Es waren drei Stück. Vorsichtig nahm er eine in die Hand. So, wie er es tat, war klar, dass es die erste war, die er berührte. Er wog sie in der

Hand. Vorsichtig roch er daran. Da schnitt ich sie mit meinem Taschenmesser in der Mitte durch. Der Saft spritzte. Ein in diesem Kellerloch unirdisch süßer Duft stieg aus den beiden offenen Hälften auf. Semjonow stand lange über sie gebeugt. Doch dann wandte er sich ab und ging zu seinen Setzkästen zurück.

Jetzt, auf diesem Bett liegend und auf die Nonne wartend, frage ich mich, ob ich ihm mit diesen drei Orangen etwas hatte sagen wollen. Waren sie eine Botschaft von der anderen Seite, gegen die er Dynamit predigte? Und von der ich mich ja selbst hatte umschwärmen lassen? Doch, sie hatten mich verhätschelt, allerdings erst nachdem Sonjas Vater mir eine Lektion erteilt und mich vor die Tür gesetzt hatte. Ja, ich war die Zierde ihrer Salons, doch als Schmerzensmann, an dessen Wunden sie sich weideten. Aber nur deshalb, weil ich sie zur Schau stellte. So war ich hoch willkommen, doch als Clown meines Elends.

Die Tür ging; sie war zurückgekommen. Ich schloss die Augen. Die Matratze gab ein wenig nach. Sie hatte sich auf mein Bett gesetzt. Ich fühlte ihren Blick auf meinem Gesicht, und ich fühlte auch die Wärme, die von ihrem ausging. Sie hatte begonnen, sich zu mir herabzubeugen. Ich begann zu flüstern, als träumte ich, doch auf Russisch, das verstand sie nicht. Und da begann auch sie zu flüstern, doch in dieser afrikanischen Sprache. Lange flüsterten wir. Dann legte ich meine Hände auf ihre Schultern und zog sie zu mir nieder, und wir küssten uns.

Daniel sieht, wie die Hand der Frau, während sie mit ihrer Nachbarin spricht und lacht, verstohlen sich ihrer Tasche nähert und, während die mit ihr zusammen lacht, hineingleitet. Zwei Frauen, die freundlich schwatzend beisammen stehen, sollte man denken, doch die eine hat ihre Hand in der Tasche der anderen. Die scheint ganz ahnungslos, denn sie nickt und lacht und schwatzt weiter, doch plötzlich, ohne ihr Lachen zu unterbrechen, packt sie blitzschnell zu, packt die andere am Handgelenk und reißt sie herum, und jetzt stehen sich nicht mehr zwei freundliche Nachbarinnen gegenüber, sondern zwei Megären. Jetzt schießt ein Schwall stinkender Schimpfwörter aus ihren aufgerissenen Mündern, in denen die Zungen zucken wie aufgespießte Nattern.

Daniel beobachtet die beiden Frauen. Er seinerseits wird beobachtet von Arie Nussbaum. Der sieht, wie Daniels Augen sich vor Schreck weiten, er sieht, wie sie sich vor Ekel verengen, denn schon ist die Hand der einen im Haar der anderen, zerren sich die beiden an ihren Haaren hin und her, und als sich in das Wutgeheul Schmerzensschreie mischen, beugt sich Arie Nussbaum von seiner Pritsche herüber und berührt Daniel an der Schulter.

Daniel fährt herum und starrt Nussbaum verständnislos an.

Wie wäre es mit einer Partie Schach, sagt Nussbaum. Du spielst doch Schach?

Es dauert eine Weile, bis Daniel begriffen hat, dann nickt er eifrig und wie erleichtert.

Komm rüber, sagt Nussbaum und rückt beiseite, um Daniel Platz zu machen, während er unter seinem Kopfkissen ein Steckschach hervorkramt. Immer gegen sich selbst zu spielen ist langweilig auf die Dauer.

Mit einer wieselflinken Bewegung ist Daniel bei ihm. Inzwischen wälzen sich die beiden Frauen am Boden. Zuschauer stehen um sie herum, lachen auf sie nieder und feuern sie an.

Daniel hat sich im Schneidersitz niedergelassen und mit dem Rücken zu den beiden.

Ich spiele aber noch nicht lange, sagt er. Das macht nichts, sagt Arie Nussbaum und bellt ein, zwei Mal. Dafür spiele ich schlecht.

Karoline Ebel: Ihr Name liegt wie ein kalter, schwerer Stein in Almas Brust, und so verfällt sie auf die Idee, mit Robert Benz zu sprechen, der vielleicht mehr weiß, der ja doch bis zuletzt bei ihr war.

Sie steigt ins Zwischendeck hinab und klopft an die Stahltür, die es gegen die zweite Klasse verschließt. Niemand scheint sie zu hören, und so schlägt sie mit der Faust dagegen, immer härter und immer verzweifelter, so als würde ihr hinter dieser Tür das Rätsel gelöst. Schließlich wird die Tür geöffnet.

Können Sie mir Herrn Robert Benz herausrufen, sagt sie. Gestank und betäubender Lärm dringen durch den Türspalt, in dem der Matrose steht. Erst als sie ihm ein Markstück in die Hand drückt, kommt Verständnis in seinen Blick. Er wendet sich um und schließt die Tür.

Sie wartet. Er war doch mit ihr zusammen, denkt sie. Sie waren doch ein Paar. Er muss doch etwas wissen, etwas mehr als was der Satz von Werth sagt, etwas, was mich aus dieser Hilflosigkeit befreit.

Schließlich wird die Tür von innen aufgeschlossen. Der Matrose schiebt Robert Benz heraus und schließt sie wieder.

Sie hatte Robert Benz als einen penibel gepflegten Mann in Erinnerung, aber der Mann, den sie kannte, hat mit dem, den sie nun sieht, kaum noch etwas gemeinsam. Sie starrt in ein stoppelbärtiges Gesicht, das gleichzeitig aufgedunsen und hungrig wirkt.

Es ist wohl ziemlich schlimm da drinnen, sagt sie. Und, als Benz fortfährt, sie anzustarren, nur ein paar Tage noch, dann haben wir es überstanden.

Immer noch sagt Robert Benz nichts, und da sagt sie, Frau Ebel, Sie waren doch bei ihr, Sie müssen doch etwas gespürt haben, ich verstehe nicht, wie sie so etwas tun konnte.

Und da merkt sie, während sie gleichzeitig den Brief in Benz' Hand sieht, dass Benz nichts weiß von Karolines Tat und dass sie einen schrecklichen Fehler gemacht hat.

Sie starren sich an, dann wendet sich Robert Benz um, reißt die Tür auf und flüchtet.

Das werde ich mir nie vergeben, denkt sie. Aber irgendwann hätte er es doch erfahren, versucht sie sich zu beruhigen. Von wem denn? fragt sie sich. Wenn sie nicht auf dem Schiff ist, kann er genauso gut glauben, sie ist zu ihrem Franz zurückgegangen oder einfach nach Hause gefahren. Jedenfalls hätte er glauben können, dass sie lebt.

Es war schrecklich zu sehen, wie Robert Benz langsam begriff, wie sich in seinen Augen Entsetzen ausbreitete, und auf einmal hat sie Angst um ihn. Sie schlägt gegen die Tür.

Was ist denn jetzt schon wieder, sagt der Matrose. Sie gibt ihm ein zweites Markstück.

Rufen Sie mir Herrn Groth heraus, Klaus Groth. Der Name scheint dem Mann etwas zu sagen, denn ziemlich bald steht Klaus Groth in der Tür.

Es geht um Herrn Benz, sagt sie. Ohne dass ich es wollte, habe ich ihm eben die Nachricht gebracht, dass Frau Ebel tot ist. Sie hat sich umgebracht.

In Klaus Groths Augen geht etwas ähnliches vor wie eben in denen von Robert Benz. Wieso, denkt sie gereizt, er hatte doch gar nichts mit ihr zu tun.

Ich mache mir Sorgen um Herrn Benz, sagt sie. Die Nachricht hat ihn sehr hart getroffen. Es ist nur ein Gefühl, sagt sie, aber ich glaube, es wäre gut, wenn jetzt jemand bei ihm wäre, sich um ihn kümmern würde, auf ihn aufpasst, und ich dachte, das könnten Sie sein. Würden Sie das tun?

Klaus Groth schluckt, dann nickt er. Sein Blick ist abwesend. Er tastet nach dem Griff der Tür, zieht sie auf und geht rückwärts in den Raum dahinter, als fürchte er sich vor ihr. Die Tür schlägt zu.

Ihr ist elend. Was hab ich angerichtet, denkt sie. Sie schleppt sich, plötzlich todmüde, die Treppe zur zweiten Klasse hinauf.

Der Frau Pinzner ihr Knie

Kapitän Lorenz trägt Parfüm. Arnulf möchte Reisbrei. Unter dem Tisch wird es eng. Der Tanz.

Die Tafel schimmert von Silber und Damast. Eine Kapelle spielt, und zu Walzer- und Polkaklängen wird der Speisesaal der ersten Klasse der Saxonia auf der Höhe von Neufundland mit knapp sechzehn Knoten über den Atlantik durch die Nacht geschoben.

Albert Werth sitzt Alma gegenüber, doch die Tafel ist zu groß, als dass sie miteinander sprechen könnten. Er hat sich leicht vor ihr verbeugt, als er sich setzte, und sie hat ihm zugenickt und ein wenig gelächelt. Er weiß, was sie unter ihrer weichen, dunklen Kappe hat, und das ist, als würden sie ein Geheimnis teilen. Die Kapelle besteht aus einem Stehgeiger (tagsüber als Lagerist beschäftigt), einem Pianisten (hauptsächlich für die Bettwäsche zuständig), einem Bassisten und einem Schlagzeuger (beide Maschinenschlosser).

Er hat sie zu einer Spazierfahrt in Hamburg eingeladen, er hat sie in ein Café geführt, er hat ihr Schokolade bestellt, und er hatte gedacht – nein, er hat nichts gedacht, nur sein Herz hatte geklopft, wenn er sie ansah, und es klopft auch jetzt und macht ihm den Atem kurz, wenn er sieht, wie sich ihre kräftigen und doch schlanken Schultern unter dem dünnen Kleid abzeichnen, das eigentlich das Kleid einer Matrone ist, ihr aber trotzdem steht, weil ein normales Kleid viel zu wenig für sie wäre, denn wenn schon nicht die Robe einer sehr großen Dame zur Hand war, dann lieber dieses Matronenkleid, es lenkte nicht ab von ihrer Schönheit.

Albert Werth sitzt neben Kapitän Lorenz, einem Hünen in schneeweißer goldbetresster Uniform. Aber er sitzt auch neben Frau Pinzner, die in großer Abendgarderobe erschienen ist, in nachtblauem Samt, und er fragt sich, was für einen Anblick er zwischen den beiden für Alma abgeben muss, und er ist sicher: einen lächerlichen. Kapitän Lorenz hat, was für einen Hünen und Seebären zumindest befremdlich ist, Parfüm aufgelegt, und zwar nicht zu knapp, ein etwas billiges Eau de Cologne. Dass Frau Pinzner Parfüm trägt, ist selbstverständlich.

Albert Werth betrachtet Almas schönes, klares Gesicht, während sie sich mit ihren Nachbarn unterhält, und ein Gefühl wehmütiger Bitterkeit breitet sich in ihm aus, ein Abschiedsschmerz. Wie eingebrannt ist ihm der Augenblick, als sie zu diesem Tatlin gingen, dem er eine Gewehrkugel aus der Schulter holte, wie sie an ihn herantrat und ihm das Hemd zurückstreifte, eine Bewegung unendlicher Vertrautheit und Intimität. Er hatte verstanden.

Neben Frau Pinzner sitzt natürlich ihr geliebtes Söhnchen, General Arnulf. Er beschwert sich über die Suppe. Er hasst

Schildkrötensuppe. Er kann keine Schildkrötensuppe mehr sehen. Er will Reisbrei mit Himbeersaft. Während sein Teller mit Schildkrötensuppe weggenommen wird und er auf seinen Reisbrei warten muss, steht er auf und schlendert zum Nachbartisch, wo er einen mausgrauen Mops mit weißem Bauch entdeckt hat.

Aber wird nicht gesagt, dass man um eine Frau kämpfen muss, fragt sich Albert Werth. Er glaubt nicht daran. Er glaubt nicht daran, dass Überwältigung ein Mittel ist. Er glaubt nicht daran, dass zwischen Männern und Frauen Mittel und Zwecke eine Rolle spielen dürfen. Also überlassen wir die Entscheidung ihnen, den Frauen. Aber Männer, die so denken, sind genau diejenigen, die sie verachten. Dieser Tatlin ist ein Gauch, und an den hat sie sich gehängt, denkt Albert Werth.

Der Mops jault auf. General Arnulf nimmt zufrieden wieder auf seinem Stuhl Platz. Die Bereitschaft der Tischgesellschaft, die Scherze des Kapitäns amüsant zu finden, ist außerordentlich hoch. Sie hängen geradezu an seinen Lippen, und ihre Gesichter nehmen vor Anstrengung, ihm zuzuhören, schlichtweg einen Ausdruck von Verblödung an. Er ist aber auch eine imposante Erscheinung in seiner schneeweißen Uniform, und einige russische Passagiere sollen schon versucht haben, ihm die Hand zu küssen. Seine mächtigen Schultern sind bewehrt mit goldgeflochtenen, stechend harten Schulterstücken, die gelegentlich mit Albert Werths Ohr in Berührung kommen, wenn Kapitän Lorenz über seine eigenen Scherze lacht. Dann hüpfen seine Achseln mit den Schulterstücken auf und nieder, ein stechendes Vergnügen für Albert Werth.

Er empfindet ein Gefühl der Unterlegenheit Alma gegenüber. Sie hat den Mut gehabt, mit allem zu brechen, denkt er. Dazu gehören Sicherheit und Stärke. Ich aber bin weder sicher noch stark noch mutig. Ich kann mich noch nicht einmal davon abbringen, dieser Frau Pinzner in den Ausschnitt zu schauen. Ich bringe es noch nicht einmal fertig, nicht zu lachen, wenn der Kapitän seine Scherze macht. Alma dagegen hatte nicht gelacht. Während alle sich ganz köstlich amüsierten, hatte sie nur still vor sich hin gesehen.

Nun wäre es aber auch ziemlich schwierig gewesen, Frau Pinzner nicht in den Ausschnitt zu schauen. Er ist nämlich nicht nur außerordentlich großzügig, sondern bietet sich Albert Werth auch außerordentlich bereitwillig dar, denn immer wieder fällt Frau Pinzner etwas ein, was sie unbedingt Kapitän Lorenz mitteilen muss, weshalb sie gezwungen ist, sich an Albert Werth vorbei zu ihm hinüberzubeugen. Auch sie amüsiert sich über Kapitän Lorenz' Scherze, und als wieder einmal ihre Schultern vor Lachen zucken und sich dieses Lachen als feines Beben ihrem Busen mitteilt, da tut Albert Werth einen tiefen Atemzug, da atmet er den Duft, der aus diesem Ausschnitt aufsteigt, mit geblähten Nüstern ein, da denkt er: Ich werde einfach nicht wieder zu ihr hinsehen. Sie wird es noch nicht einmal bemerken, dass ich sie nicht mehr ansehe.

Es ist nicht so, als hätte Simon Kantor Robert Benz erst jetzt bemerkt. Er hatte ihn die ganze Zeit auf seinem Bett liegen gesehen, doch erst jetzt fällt ihm auf, wie er daliegt. Nicht wie einer, der schläft, nicht wie einer, der auf dem Rücken liegt und gegen den Boden des Betts über ihm starrt, sondern wie einer, der tot ist. Je länger Simon Kantor ihn anstarrt, desto stärker wird sein Gefühl, dass etwas nicht mit ihm stimmt. Ihm wird unheimlich, und plötzlich klettert er aus seinem Bett und geht zu Benz hinüber. Benz liegt mit offenen Augen da. Doch er ist nicht tot, denn als Simon ihn anspricht, als er ihn am Arm berührt, als er ihn sogar ein wenig rüttelt, schließt er die Augen.

Simon Kantor ist ratlos. Doch dann kommt ihm der Gedanke, Klaus Groth zu suchen. Vielleicht weiß Groth, was das zu bedeuten hat. Groth trägt eine blaue Matrosenjacke. Sie macht ihn als einen der Aufseher kenntlich, die rund um die Uhr in den Sälen des Zwischendecks patroullieren. Allein ihre bloße Anwesenheit wirkt beruhigend. Denn immer wieder flackert Streit auf wie nicht sorgfältig ausgetretenes Feuer, werden Messer gezückt, fliegen Fäuste. Die Enge, der Gestank, das ewige Rollen des Schiffs, die Zeit, die nicht vergehen will, machen die Menschen rasend. Hysterische Schreiorgien, bei denen niemand sagen kann, worum es geht oder was die Schreienden wollen, brechen aus wie aus dem Nichts heraus, pflanzen sich fort, sinken erschöpft in sich zusammen. Immer wieder springt einer auf und hat Gesichte, spricht in Zungen, beginnt sich zu geißeln. Am meisten leiden die Kinder. Sie haben keine Kraft mehr zu weinen.

Die Matrosen sind froh, einen Hünen wie Groth als Verstärkung zu haben. Er strahlt eine schwere, vernünftige Ruhe aus, unterschwellig ironisch getönt. Ernüchternd viel Geduld hat er mit den von Visionen Heimgesuchten. Mit Messerstechern ist er dagegen gnadenlos schnell fertig. Er weiß sofort, was Simon Kantor meint. Er zieht ihn in eine Ecke, wo es etwas ruhiger ist. Simon Kantor ist von der Nachricht benommen, als wäre er gegen eine geschlossene Tür gelaufen. Und ich habe ihr auch noch geholfen, den Strick zu kaufen, sagt Klaus Groth bitter. Sie starren stumm vor sich hin. Wir müssen auf Benz aufpassen, sagt Groth. Simon Kantor nickt. Aber was heißt schon aufpassen, denkt er.

Er geht zurück. Entsetzen erfüllt ihn. Er betrachtet Ruths Rücken. Er muß jetzt mit ihr sprechen. Mit ihr und niemandem sonst. Er rüttelt sie hart und wie verzweifelt an der Schulter. Sie fährt herum. Sie braucht lange, bis sie versteht, bis sich ihre Augen im Begreifen weiten. Dass sich ein Mensch selbst tötet, ist für sie beide das unbegreiflichste, das dunkelste aller Verbrechen, ist wie ein Riss, der sich zu ihren Füßen geöffnet hat und durch den sie hinab in eine bodenlose Schwärze starren. Ratlos sehen sie zu Robert Benz hinüber.

Irgendwann blickt Albert Werth auf: Alma ist nicht mehr an ihrem Platz. Sie ist gegangen. Wo sie saß, ist eine Lücke in der Reihe der Gäste. Er ist betroffen, als hätte man ihn getadelt. Frau Pinzners Schulter stößt immer öfter an seine, und auch ihrer beider Knie berühren sich gelegentlich wie unabsichtlich. Werth blickt auf diese Lücke in der Reihe der Gäste ihm gegenüber, und langsam wird er ärgerlich. Warum kann er nicht aufhören, auf diese Lücke zu starren? Worüber ärgert er sich eigentlich?

Kapitän Lorenz trägt nicht nur Parfum, sondern auch einen Ring, und zwar am kleinen Finger seiner rechten Hand. Ihr Rücken ist dicht mit schwarzen Haaren bewachsen, was seine Pranke – denn so müsste man diese Hand eigentlich bezeichnen – nicht nur in Gegensatz setzt zur weiß schimmernden Geschniegeltheit seiner Uniform, sondern ihr etwas vage Unanständiges verleiht. Der Brillant aber an seinem kleinen Finger – obwohl karatmäßig nicht unbeträchtlich – ist eine dreiste Obszönität. Der Ring ist eindeutig ein Damenring.

Albert Werth ist elektrisiert. Gegenüber hat sich ein kleines Mädchen auf Almas Stuhl gesetzt. Die Lücke ist geschlossen. Erleichtert aufseufzend lässt er sich gegen die Lehne seines Stuhls sinken, gibt es auf, seine Beine zusammenzupressen, um möglichst wenig Raum einzunehmen in der Enge unter dem Tisch. Ganz langsam und gleichsam tastend lässt er sein Bein gegen das seiner Nachbarin sinken, gegen ihren wundervoll weichen, vollen Schenkel. Und der empfängt den seinen mit einem zarten, einverständigen Gegendruck. So muß man in Abrahams Schoß gesessen sein, denkt Albert Werth.

Sie sind alle schon beim Nachtisch: Jack Riedenhower aber bearbeitet noch sein zweites Steak. Sehen Sie sich das an, sagt Kapitän Lorenz beiseite sprechend. Auch sein Knie berührt ab und zu das von Albert Werth. Ich erwarte von Ihnen eine wissenschaftliche Erklärung für dieses Phänomen. Und wenn Sie sein Bauchweh nicht wegbekommen, wird es ungemütlich für Sie, das verspreche ich Ihnen.

Albert Werth sitzt mit halb geschlossenen Augen. Sein Bein ist gleichsam versunken in der Fülle des Pinznerschen Schenkels, in der Dunkelheit unter dem Tisch führen die beiden eine geheime Zwiesprache. Sie wird immer wieder durch kleine pharisäerhaft abrückende Bewegungen unterbrochen, doch unverzüglich fortgesetzt, wenn sie ganz matt vor süßer Schwäche wieder aneinander sinken. Denn die Fülle dieses Schenkels ist ja nur ein Versprechen auf eine andere Fülle, seine Wärme ein Vorgefühl auf Hitze, und sein scheuer Gegendruck eine Einverständniserklärung für alles. Albert Werth sitzt mit halb geschlossenen Augen da, gerade noch dass er nicht schnurrt.

Arnulf hatte auch dem Reisbrei nichts abgewinnen können. Dem Klecks mit rotem Himbeersaft, der ihn obenauf zierte, hatte er einen entschlossenen Hieb mit dem Löffel versetzt. Seitdem schweift er umher. Der Mops wagt sich nicht mehr unter dem Rock seiner Herrin hervor. Obwohl Arnulf Interesse für alles mögliche vorgibt, ist das Zentrum seines Schweifens unverkennbar seine Mutter und notwendigerweise Albert Werth. Er ist inzwischen zu groß, um sich unter dem Tisch umherzutreiben, aber er weiß, was sich dort in der Dunkelheit und geschützt durch das großzügig herabhängende Tischtuch abspielt, wie sich dort Fuß an Fuß und Hand zu Hand findet, während man sich oben Komplimente macht oder fremd tut. Allzu oft saß er dort unten, und niemand bemerkte, dass er nicht mehr auf seinem Stuhl saß und fragte nach ihm und rief seinen Namen. Auch saß er an seines Vaters Stelle dort unten, und er wurde betrogen von der Mama wie er. Doch wie er kann er von ihr nicht lassen, sie ist das Glück, die falsche Schlange, und so wirft er Albert Werths Weinglas um.

Die Saxonia ist auf der Höhe von Halifax. Zwischen Wolkenfetzen treibt ein greller Mond. Er erzeugt weiße Spiegelungen auf der Dünung, die von treibendem Eis unterschieden werden müssen. Die Männer im Ausguck pressen die Ferngläser an die Augen, die vor Anstrengung zu tränen und zu schmerzen beginnen. Das Schiff läuft volle Fahrt. Vor den Kesseln ist die Nachtschicht angetreten. Sie stoßen die kurzen, breiten Schaufeln in die Kohle, schwingen mit ihnen herum und werfen die Brocken in die quadratischen Öffnungen unter den Kesseln, hinter denen es brüllend lodert. Sie werden diese eine Bewegung acht Stunden lang vollführen, eine Viertelstundenpause eingerechnet. Die Luft ist schwer von Kohlenstaub, den das Licht der wenigen Lampen kaum durchdringt. An den sofort von Schweiß bedeckten nackten Oberkörpern setzt sich der Kohlenstaub in einer dicken, schwarzen Schicht an, in die Schweißtropfen helle Rinnsale graben. In den geschwärzten Gesichtern leuchten grell die weißen Augäpfel. Große Kannen mit Trinkwasser stehen bereit.

Die Zeit bis zum Ankunftshafen ist vorgeschrieben. Sie ist einzuhalten um fast jeden Preis. Die Schnelligkeit der Atlantiküberquerung ist das wichtigste Verkaufsargument. Die Männer im Ausguck werden bis zum letzten Augenblick zögern, ehe sie ein mögliches Hindernis melden. Die größte Gefahr sind Sinnestäuschungen, Halluzinationen. Aber das Mondlicht ist eine große Hilfe, zumal die See ruhig ist. Manchmal dringen Fetzen von Walzermusik zu ihnen herauf.

Simon Kantor und Ruth sehen sich an. Es ist ihnen, als wären sie erwacht, doch in einer anderen Welt und als wären sie einander fremd. Sie wissen natürlich, wer der andere ist, aber der, mit dem man fast seit Kinderzeiten verheiratet ist, ist er nicht. Sie hatten sich nie gestritten. Sie haben gar keine Erfahrung im Streiten. Sie waren wie aneinandergeklebt. Worum wäre es aber, wenn sie sich denn gestritten hätten, eigentlich gegangen? Sie hätten es nicht sagen können. Gleichwohl ist jeder überzeugt, einen guten Grund gehabt zu haben.

Die Nachricht vom Tod Karoline Ebels hat sie auseinander fahren lassen, und jetzt stehen sie sich gegenüber und sehen einander wie aus großer Entfernung an. Nicht im Zorn oder mit Unwillen, eher mit vorsichtiger Neugier, einer leichten Kühle. Und hilfreich ist es, dass sie an etwas Drittes denken können, an dieses Entsetzliche und an den, der dort drüben liegt wie tot.

Lass mich es bei ihm versuchen, sagt Ruth Kantor und geht zu Robert Benz hinüber.

Kapitän Lorenz hat inzwischen die Tafel aufgehoben und den Tanz mit der Gattin eines Kaufhausbesitzers aus Oklahoma City eröffnet. Albert Werth brauchte bei Vicky Pinzner nicht um den Tanz zu bitten. Sie erhoben sich wortlos und gleichzeitig, gingen zur Tanzfläche und ließen sich in die Musik treiben wie Späne, die von einer Strömung erfasst werden.

Was unter dem Tisch geschieht, ist das eine. Was auf dem Tisch sich ereignet, das andere. Ihre Hände hatten auf dem Tisch nebeneinander gelegen. Anfangs schicklich weit auseinander, doch mit dem Hantieren mit Löffeln und Messer und Gabel und der Handhabung der verschiedenen Gläser war dieser Abstand wie unabsichtlich immer geringer geworden, und schließlich lagen sie so dicht beieinander, dass sie nicht einander, wohl aber die Härchen, die sich an ihren Seiten befanden, sich berührten, die sich erwartungsvoll erschauernd aufgerichtet hatten.

Wie auch die eine Strähne, die sich aus ihrem Haar gelöst hatte, Albert Werth immer wieder über die Braue fuhr, denn immer noch hatte sie Kapitän Lorenz Wichtiges und Erheiterndes zu berichten, immer noch musste sie sich an Albert Werth vorbei zu ihm hinüberbeugen, und immer noch versetzte Gelächter ihren Busen in jenes markverzehrende Beben, das Albert Werth nach und nach an den Rand einer Ohnmacht trieb, zumal sich manchmal zwischen Busen und Korsettage ein Spalt eröffnete, in dem die dicke, braune, aufgerichtete Spitze ihrer Brust sichtbar wurde.

Sie tanzen. Sie tanzen wie um eine gut geölte, möglicherweise auf einem Kugellager aufliegende Achse gewirbelt. Ihre Oberkörper sind weit auseinandergelehnt, ihre Gesichter einander abgewandt. Aber Becken und Bauch liegen fest aneinander. Albert Werth spürt die Massigkeit dieses Frauenkörpers, er spürt ihre arbeitenden Schenkel, er hält sein Gesicht in den Duft, der aus ihrem Ausschnitt aufsteigt, und der besteht nicht nur aus ihrem schweren, eher bitteren Parfüm, sondern aus noch etwas anderem, das darunter ist, das aus größeren Tiefen heraufsteigt, auch mit frischem Schweiß zu tun hat.

Wie es vorgeschrieben ist, hält Albert Werth sie im Arm. Er hat ihre Taille umfasst. Seine Hand liegt auf den beiden Muskelsträngen, die aus ihrem Becken heraufsteigen. Auf zwei sehr kräftigen Muskeln, die arbeiten und die darunter liegende Körpermasse bewegen, eine große, unbekannte und geheimnisvolle Masse, zu der ihre arbeitenden Schenkel gehören, aber auch das, was über ihnen ist, ihr Bauch, der sich an seinen presst.

Sei es dass Albert Werths Arm erlahmt, sei es dass Vicky Pinzner ihren Widerstand aufgibt, die Spitzen ihrer Brüste beginnen ihn zu berühren, langsam sinkt sie gegen ihn. Sein rechtes Bein steckt zwischen ihren Schenkeln. Als der Walzer zu Ende ist, stehen sie noch einen Augenblick aneinander. Im Wegdrehen streift er mit seiner Wange die ihre. Sein Mund war dem ihren nahe. Es hätte nur einer kleinen Bewegung von ihr bedurft. Artig verbeugt sich Albert Werth und führt seine Dame zum Tisch zurück.

Es ist wie ein Erwachen, wieder am Tisch und vor den Gläsern und den angebrochenen Flaschen zu sitzen. Und da ist auch Arnulf. Er steigt seiner Mutter auf den Schoß. Du müsstest längst im Bett sein, sagt Viktoria Pinzner, und ich sollte auch gehen. Gute Nacht, Herr Doktor.

Albert Werth sitzt, als hätte man einen Eimer mit kaltem Wasser über seinem Kopf ausgeleert. Er sitzt noch eine Weile an dem sich leerenden Tisch, dann erhebt er sich mühsam und begibt sich zu seiner Kabine.

Dynamit oder Orangen

Dein ist mein ganzes Herz

So wie das Erhabene und das Lächerliche oft fatal nahe beieinander liegen, so das Sublime und Banale. Noch wie betäubt von ihrem Kuss und emporgehoben so hoch wie nie zuvor, ertappte ich mich, während ich die Treppe zum Promenadendeck hinauf stürmte, dass mir eine Melodie durch den Kopf summte, die, wenn mein Vater sie schmetterte, mir immer eine Gänsehaut vor Peinlichkeit verursacht hatte: Dein ist mein ganzes Herz. Wo du nicht bist, kann ich nicht sein. Ich musste stehen bleiben vor Verblüffung.

Er sang das ganz theatralisch, mit dem Gestenrepertoire eines drittklassigen Operettentenors, also parodierend, doch wurde von der Aussage dadurch nichts zurückgenommen. Er meinte es ganz ernst. Allerdings ließ er sich eine Hintertür offen. Er könnte es ja vielleicht doch parodistisch gemeint haben. Meine Mutter drückte dann das Kreuz durch und setzte ihr ehrbares Gesicht auf. Für Freudenausbrüche gab es keinen Grund, erst recht nicht, wenn der Bruder Leichtfuß seine Rechnungen nicht bezahlen konnte. Aber das war nur die oberste Schicht ihrer Panzerung. Darunter, und viel undurchdringlicher, lag ihr Misstrauen gegen jede Überschwänglichkeit, ihr Misstrauen gegen Gefühle überhaupt, also alles, was sich nicht rechnete. Ganz unten aber, dachte ich, muss ihre Angst gelegen haben, eine tiefe, nicht zu besänftigende Angst vor dem Leben, dem Unvorhersehbaren, Nichtberechenbaren schlechthin. Mit meinem Vater war sie damit an den denkbar Ungeeignetsten geraten. Den schreckten Schulden nicht, und unbezahlte Rechnungen waren für ihn ein Witz. Mit dem Bahnhofsvorsteher hatte sie dann allerdings endlich die richtige Wahl getroffen. Der lebte nach dem Fahrplan.

Und doch: Was für einen Mut hatte sie bewiesen, als sie sich auf einen wie meinen Vater einließ. Wie sehr sie auch die Ehrbare und unerschütterlich Vernünftige gespielt hatte, sie muss eine beträchtliche Lust am Chaos in sich gehabt haben. Und wenn auch nur die Hälfte seiner gesanglichen Liebesbeteuerungen ernst gemeint waren, dann hatte sie einen Liebhaber, wie er weit und breit nicht zu finden war.

Nur dass sie eines Tages dann doch nicht mehr da war, nicht mehr für ihn, und wo sie nicht war, konnte er nicht sein.

Sie war keine schöne Frau, und als Junge konnte ich nie begreifen, wie man eine Frau, die nicht schön ist, lieben kann. Ich lerne es jetzt. Die Nonne oder Alma, wie ich sie allmählich bei mir zu nennen beginne, ist nicht schön, für Augenblicke durchaus, dann wieder erscheint mir ihr Gesicht grob, ja fast hässlich, und ich staune immer wieder darüber, dass das meinem Gefühl für sie keinen Abbruch tut, dass das ganz nebensächlich ist.

Ich wüsste jetzt gar nicht mehr zu sagen, wie Sonja ausgesehen hat. Hinter ihrem Gesicht war immer noch ein anderes gewesen, das Gesicht einer anderen, möglichen Frau, die eigentlich gemeint war, die sich aus der jetzigen, gegenwärtigen Frau herausentwickeln würde, so dass die gegenwärtige eben nicht gegenwärtig war, so wie ich für sie wohl nicht gegenwärtig war. Wir hatten füreinander keine Wirklichkeit, eine gedachte Frau und ein gedachter Mann.

Das war möglich und wurde verstärkt durch unseren Plan, nach Amerika zu fliehen. Erst dort würde sich das wirkliche Leben entfalten, erst dort würden wir in unserem eigentlichen Selbst ankommen. Alles war bis dahin nur aufgeschoben, vorläufig, beliebig änderbar und zu korrigieren. Wir haben nie gefragt, wie dieses Amerika denn aussehen würde. Das Wort allein genügte uns, es schloss alles ein, was wir wünschten, sogar Wünsche, die wir noch gar nicht kannten.

Was wollte ich eigentlich in Amerika? Dasselbe hatte mich Doktor Werth gefragt, als er kam, um meine Operationswunde zu inspizieren. Wenn ich das wüsste, hätte ich ihm antworten können, würde ich nicht hin wollen. Dass man nicht weiß, warum man fährt, ist sozusagen die Bedingung, dass man fährt.

Es interessiert mich, sagte Doktor Werth. Ich überlege nämlich, ob ich wieder zurück nach Hamburg fahre, oder ob ich nicht gleich in New York bleiben soll.

Natürlich ist mir eine Antwort auf seine Frage nicht eingefallen, und so bot ich ihm einen Stuhl an.

Ich habe einen Patienten, sagte Werth. Einen Mister Riedenhower. Er ist von einer Fressgier, wie ich sie nie für möglich gehalten hätte. Gleichzeitig weigert er sich, die Reste seiner Orgien herzugeben. Das heißt, er ist permanent verstopft. Er besteht aber darauf, weiter zu fressen. Er ist aufgetrieben wie ein Ballon. Ein Sack voller Scheiße. Es muß also etwas geschehen. Und mir muss es einfallen.

Er gehört zur Riedenhower-Morse-Thomas-Gruppe, sagte er. Sie kontrolliert zwölf Banken, zwei Trustgesellschaften, eine Küstendampfschifffahrtsgesellschaft, große Kupferbergwerke und einen Eistrust. Ehe Riedenhower den Eistrust organisierte, war er ein unauffälliger Bankier, der mit der Diskontierung der Wechsel verschiedener Personen und Firmen beschäftigt war, die mit dem Verkauf von Eis zu tun hatten. Das brachte ihn auf den Gedanken, einen Eistrust zu bilden, wozu es notwendig war, zuerst die kleineren Händler zu vernichten und sich dann des heimlichen Einverständnisses von Politikern zu versichern, die die Regierung der Stadt New York beherrschten.

Das Resultat war, dass die Verbraucher für hundert Pfund Eis 60 Cent bezahlen mussten, was zur Folge hatte, dass zahlreiche Familien, die in Not lebten, sich kein Eis mehr leisten konnten. Mehrere Jahre lang gab es extrem heiße Sommer. In den überfüllten Wohnungen war Eis die einzige Möglichkeit, Lebensmittel einigermaßen zu konservieren. Die Milch wurde sauer, die Kindersterblichkeit stieg dramatisch an, ebenso die Zahl der Fälle von Lebensmittelvergiftungen. In keinem der Verfahren, die gegen Riedenhower angestrengt wurden, konnten die Richter etwas Strafbares finden.

Dynamit, sagte ich.

Doktor Werth blickte mich mitleidig an.

Dann lassen Sie ihn doch an seiner eigenen Scheiße krepieren, sagte ich.

Das wäre schon eher etwas, meinte Werth. Irgendwann wird ihm der Mastdarm reißen. Er vergiftet sich dann sozusagen selbst. Ein Schicksal, das den Kapitalismus insgesamt eines Tages ereilen wird.

Es war mir klar, dass es dort drüben von Riedenhowers wimmeln würde. Und trotzdem wollte ich hin?

Wann hatte ich eigentlich den Entschluss gefasst? War es bei Semjonow, als ich die Orangen in der Mitte zerteilte, mein Messer durch das Fruchtfleisch glitt und die Orangen aufklappten und ihr Duft in den Brodem aus Öl, Druckerschwärze und Staub strömte, der die Werkstatt erfüllte, als ob ein Fenster aufgestoßen worden wäre?

Ein Angebot

Albert Werth wirft mit Gegenständen. Ein Exitus.

Der Ausguck der Saxonia ist nicht mehr besetzt. Sie steht querab Boston.

Ich fahre die Nordatlantikroute seit über zehn Jahren, sagt Kapitän Lorenz. Ich nehme keinen Urlaub mehr. Von den möglichen Routen nehme ich die nördliche. Das ist die schnellste. Da aber ist auch das Eis.

Alle zwei Jahre lasse ich die leitenden Offiziere austauschen. Ich hasse Vertraulichkeiten. Der Kapitän ist Master next to God. Wenn das Schiff sinkt, muss er mit ihm untergehen, sie dagegen können in die Boote.

Ich war lange auf Trampfahrt. Man stellt sich das abwechslungsreich vor. Es ist ermüdend. Ich hasse es anzukommen, ich hasse es aber auch aufzubrechen. Am wohlsten ist mir auf halber Strecke, in der Äquidistanz.

Von einem bestimmten Punkt an stehe ich selber im Ausguck. Angeblich überlässt meine Reederei die Auswahl der Route mir. Insgeheim erwartet sie, dass ich die schnellste, also die gefährlichere nehme. Wenn etwas geschieht, wird sie mich verantwortlich machen und die Hände in Unschuld waschen. Ich werde dann sowieso nicht mehr zu belangen sein.

Auf dem Festland halte ich es schon lange nicht mehr aus. Ich bin dem Alltag nicht gewachsen, dem Grauen der Sonntag Nachmittage, der Bahnhofsuhren, der Registrierkassen, der Bahnsteigkarten und Platzkonzerte. Die See dagegen verspricht nichts. Nur Narren suchen nach Land hinter dem Horizont. Wie mich gibt es viele.

Ich hasse das Eis. Aber wenn ich im Ausguck stehe, das Glas an den Augen, suche ich es mit Gier. Ich schlafe dann nicht. Ich gerate in einen Zustand fiebriger Erwartung. Ich weiß dann nicht mehr, ob ich den Eisberg vor mir fürchte oder herbeiwünsche. Danach bin ich erschöpft, leer und elend.

Das Schiff ist wie ein Teil von mir. Ich erstrecke mich sozusagen drei Stockwerke tief. Ich habe als Zentrum einen Kesselraum, als Kopf eine Brücke. Ich verdränge Tausende Tonnen Wasser. Ich laufe sechzehn Knoten. Ein Eisberg würde mich aufschlitzen. Aber die Schönheit der Eisberge. Ihr jenseitiges Leuchten.

Ein ununterbrochener Strom von Menschen zieht an mir vorbei. Der törichte Widerschein von Hoffnung auf ihren Gesichtern, Hoffnung auf Ankunft. Ich setze sie nur über, aber es freut mich, dass ich ihnen dienstbar sein kann. Es macht mir Vergnügen, sie zu bewirten. Mein Schiff soll ein fröhliches Schiff sein.

Ich bin nicht allein, schreit Kapitän Lorenz. Eine Pause entsteht. Er versucht, sich zu sammeln.

Ein ununterbrochener Strom von Menschen zieht an mir vorbei, sagt er noch einmal, jetzt wieder gefasst. Manchmal ist ein Gesicht darunter. Ihres ist mir sofort aufgefallen, sagt er und lächelt jetzt auch schon wieder. Ich habe Sie mit der Pinzner beobachtet, wie Sie tanzten. Hinreißend, ganz hinreißend. Aber die Drehung beim Walzer muss noch flüssiger werden. Man darf gar nicht auf den Gedanken kommen, dass Sie Füße haben. Also am liebsten würde ich Ihnen das einmal zeigen.

Aber ein Ehemann werden Sie nie, ruft er. Und nach Hamburg werden Sie auch nicht zurückgehen, das kann ich Ihnen jetzt schon sagen. Bezeichnend übrigens, dass Sie sich zum Tanz eine Frau aufforderten, die unerreichbar für Sie ist. Junge Mädchen wären genug da gewesen. Sie aber holten sich eine verheiratete Frau. Das sagt doch alles.

Sie wissen nicht wohin. Sie können nicht ankommen. Sie gehören zu uns.

Eine Pause entsteht.

Die See ist der einzige Ort, wo wir hingehören.

Kapitän Lorenz winkt dem Kellner.

Bleiben Sie bei mir, Albert.

Wieder entsteht eine Pause.

Nehmen wir noch eine Flasche?

Danke, sagt Albert Werth und steht auf. Danke. Ich muss jetzt schlafen. Danke.

Man gibt sich nachsichtig. Eine kleine Verspätung kann jedem einmal unterlaufen. Oder vielleicht hat ein dringender Fall den Doktor aufgehalten. Um zehn Minuten nach zehn kommen kleine, amüsierte Spitzen auf. Die Nacht war ja lang gewesen, und ein Kind von Traurigkeit scheint Doktor Werth wohl nicht zu sein. Vielleicht hat er verschlafen. Doch nach und nach versiegen die Witzeleien. Pausen entstehen. Man schweigt erbittert und schließlich empört. Die Bank vor dem Sprechzimmer ist besetzt. Der Steward hatte noch Stühle herbeitragen müssen.

Doch dann klärt sich alles auf. Die Schwingtür am Ende des Gangs wird aufgestoßen und der Doktor erscheint. Mit wehendem Kittel eilt er herbei. Doch wie sieht sein Kittel aus? Einige Damen stoßen kleine Entsetzensschreie aus. Ein älterer Herr ist sogar aufgesprungen. Von Vorwürfen oder auch nur Befremden ob der Verspätung ist keine Rede mehr. Man wird von Mitleid und tiefer Hochachtung vor dem Doktor geradezu überschwemmt. Sein weißer Kittel ist voller Blut. Beeindruckt schweigt man. Wortlos ist Werth in seinem Sprechzimmer verschwunden. Jetzt öffnet sich die Tür, und er bittet den ersten Patienten in sein Sprechzimmer. In einem frischen, makellos weißen Kittel natürlich.

Er war wieder in der Unterwelt gewesen, wie er das Zwischendeck bei sich selber nennt, bei seinem Moribundus, dem jungen Mann mit einer Lungentuberkulose im finalen Stadium. Bei seinem Anblick hatte er sich freudig aufgerichtet, und da hatte ihn ein Hustenanfall gepackt. Zuerst war es ein schwaches, unterdrücktes Hüsteln gewesen, das jedoch von feiner Hartnäckigkeit war, sich nicht legen wollte, sich festsetzte, tiefere Bereiche nach und nach ergriff, jetzt schon ein Husten war, der rauer und rauer wurde und auch mehr Luft erforderte, so dass der Kranke den Mund öffnen musste, geschüttelt jetzt von den Hustenstößen sich vorbeugte, wobei die pfeifend eingeatmete Luft tief in seiner Brust ein brodelndes Geräusch zu erzeugen begann, auch immer weniger ausreichte, um den Hustenstößen zu genügen, so dass er zwischen ihnen nach Luft rang, die Augen in Panik aufgerissen. Plötzlich aber, als wäre das, was der Husten herausbefördern sollte, endlich hervorgewürgt, sprühte mit einem letzten Hustenstoß einen Schauer feiner Blutströpfchen aus seinem Mund und auf Werths weißen Kittel.

Erlöst und schwer atmend sank er zurück. Und dann ging ein Lächeln über sein Gesicht. So frei habe ich lange nicht mehr geatmet, flüsterte er. Jetzt wird alles gut. Grell und hellrot leuchteten die Blutströpfchen auf Albert Werths weißem Kittel.

Dann aber stößt ihm etwas von unten auf, eine Art Würgen, gegen das er sich noch wehrt, indem er die Lippen zusammenpresst und die Luft anhält, doch dann reißt es ihm den Mund auf, das da drinnen bricht sich Bahn: Er atmet einen Strom Blut aus. Er fließt ihm übers Kinn in den Ausschnitt seines Hemds, er wischt sich übers Gesicht, er betrachtet seine blutverschmierten Hände, und seine Augen wollen nicht glauben, was sie sehen. Nein, gurgelt er. Nein. Immer neue Blutströme schießen empor. Er schüttelt den Kopf. Nein. Seine Augen schreien nein. Doch endlich beziehen sie sich mit einem milchigen Schleier, und er sinkt zurück.

Werth arbeitet einen Patienten nach dem andern ab. Er hört sich Berichte über Darmträgheit, Kopfschmerzen, Appetitlosigkeit und Herzklopfen an. Er verteilt Laxative, Fläschchen mit Baldriantropfen und Schachteln mit Kopfschmerztabletten. Er horcht ab, kultiert und drückt schließlich eine Furunkel aus. Auch nimmt er zur Kenntnis, dass, wie seine Krankenschwester versichert, Mister Riedenhowers Schmerzen zugenommen haben, wonach Doktor Werth einen weiteren Besuch in Aussicht stellt. Er hört ernst und gesammelt zu, er nickt aufmunternd und lächelt verständnisvoll. Er spricht leise und bestimmt, er spielt einen Arzt, und als die Bank draußen endlich leer ist, lässt er sich in den Sessel hinter dem Schreibtisch fallen und sitzt eine Weile da, den Kopf in die Hände gestützt. Doch plötzlich ergreift er den Abreißkalender vor ihm auf dem Schreibtisch und schmettert ihn gegen die Tür.

Nach dem letzten Walzer mit Viktoria Pinzner hatte er

einen Freund seiner Familie entdeckt, einen älteren Herrn, Bankier und Aufsichtsratsvorsitzender einer Aktiengesellschaft. Freudig überrascht, noch atemlos vom Tanz, lächelnd und mit offenem Mund war er auf ihn zugeeilt, um ihn zu begrüßen. Doch der Herr hatte ihn wohl beim Tanz mit Viktoria Pinzner beobachtet, vor allem aber schien er unterrichtet, dass und in welcher Form Albert Werth seine Verlobung gelöst hatte. Kühl musterte er den erhitzten Doktor. Zwar nahm er dessen dargebotene Hand, doch legte er verächtlich nur drei schlaffe Finger hinein, dann wandte er sich ab.

Werth wusste, was das in Hamburg bedeutete. Dort konnte er sich nicht mehr blicken lassen, zumindest nicht bei denen, die sich für Hamburg hielten, die also Geld genug hatten, Arztrechnungen zu bezahlen. Er hätte Armenarzt werden oder sein Leben als Winkeldoktor in einer schmutzigen, lauten Seitenstraße verbringen können. Und an eine wissenschaftliche Karriere war seit seinem Abschied von Professor Sommer nicht mehr zu denken. Sommer hatte nicht auf Wiedersehen gesagt, er hatte Adieu gesagt.

Doch nicht deshalb hatte er den Kalender gegen die Tür geschleudert. Als er am Abend vorher Alma gegenübergesessen hatte, eingeklemmt zwischen dem Kapitän und Viktoria Pinzner, hatte sie ihn nach einer Weile nicht mehr angesehen, und dann war sie gegangen. Warum war er nicht zu ihr hinüber gegangen und hatte sie begrüßt? Vielleicht wäre ja noch ein Platz neben ihr frei gewesen, und als er mit ihr zu Tatlin gegangen war und sie ihm Tatlins Wunde zeigte, da hatte die Bewegung, mit der sie sein Hemd zurückstreifte und in der er den Beweis einer schon lange währenden Intimität zu sehen glaubte, eine beißende Eifersucht in ihm erzeugt. Aber wer sagte denn, dass es so war, und konnte man die Bewegung nicht auch anders deuten, als die Routine einer Krankenschwester nämlich, zu deren Beruf es gehörte, die Grenze zu andern Körpern nicht zu beachten?

Er fragt sich, warum ihm ausgerechnet jetzt all diese Belanglosigkeiten einfallen. Vielleicht, weil er hofft, dieses Zittern in sich zu besänftigen, das Entsetzen. Er starrt auf das

Kalenderblatt, auf die fett gedruckte Zahl, die den Tag des Monats bezeichnet und den Namen des Monats darüber. Es ist das erste Blatt eines dicken Packens von Blättern, die insgesamt das Jahr darstellen, und da nimmt er den schweren, hölzernen Kalender und schleudert ihn gegen die Tür. Doch in Wirklichkeit schleudert er ihn nicht gegen die Tür, sondern gegen sich selbst

Und mit der Wucht eines Urteils.

Es ist gut, Schach spielen zu können, denn dann muss Daniel auf das Brett sehen und nicht auf das, was unter ihm vorgeht. Er muss den nächsten Zug ausrechnen, und so braucht er nicht zu hören, was Menschen an Schimpfwörtern und Beleidigungen sich auszudenken imstande sind, und während er das Spiel durchplant, kann er gleichzeitig mit einem seiner Autos in Amerika umherfahren. Daniel Kantor spielt mit großer Hingabe Schach. Er spielt verbissen Schach. Er spielt geradezu wütend Schach. Eins ums andere Mal setzt er Arie Nussbaum matt.

Sie wehren sich ja gar nicht richtig, moniert er.

Du spielst wie ein Berserker, sagt Nussbaum. Gleichwohl ist er immer wieder mit einer neuen Partie einverstanden.

Ein Aufhorchen geht durch die Saxonia. Das Dröhnen der Schiffsmotoren ist leiser geworden. Sie laufen halbe Kraft. Gleichzeitig heult heiser die Sirene auf. Sie heult nur kurz auf, doch immer wieder. Draußen ist dichter Nebel. Das kurze, heisere Sirenenheulen bekommt etwas Verzweifeltes. Die Sicht beträgt nur wenige hundert Meter. Der Nebel ist undurchdringlich wie eine Wand. Doch plötzlich färbt sie sich an einer Stelle dunkler, und langsam schiebt sich aus der Nebelwand ein riesiger, schwarzer Schiffskörper hervor. Die Sirene der Saxonia heult jetzt in einem einzigen, kontinuierlichen Ton. Als hätte niemand auf dem anderen Schiff sie gehört, läuft es langsam an der Saxonia vorbei und verschwindet im Nebel, gespensterhaft wie in einem bösen Traum.

Die letzte Zigarette

Schnaps und eine Bestattung

Klaus Groth sieht Robert Benz auf seinem Bett liegen, und auch er hat plötzlich die Vorstellung, Benz ist tot. Zwar hat ihn Ruth dazu gebracht, wenigstens zu den Mahlzeiten aufzustehen, aber er folgte den Kantors mit jener müden Resignation, die Verurteilte zeigen, die nur noch wenige Stunden haben.

Was Klaus Groth auf einen Gedanken bringt, der ihn auf seinem Bett auffahren lässt. Überall werden schon Mäntel angezogen und Mützen aufgesetzt, in ein paar Minuten werden die Türen geöffnet, und das Zwischendeck darf hinauf an die frische Luft, und auch Robert Benz lässt sich von seiner Pritsche herabgleiten. Aber obwohl er wissen muss, wie kalt es dort oben im Wind ist, scheint er nicht daran zu denken, seinen Mantel anzuziehen.

Irgendetwas stimmt nicht mit dem Mann, denkt Klaus Groth. Benz geht auch nicht eigentlich, er lässt sich schieben. Er bewegt sich willenlos, puppenschlaff. Es sieht auch nicht so aus, als ob ihm klar wäre, wo er sich befindet. Groth drängelt sich näher an ihn heran. Doch Benz, als hätte er etwas gespürt, wendet den Kopf über die Schulter, erschrickt, als er Groth erkennt, und beginnt, sich schneller durch die Masse der Passagiere hindurch die Treppe hinauf zu arbeiten. Groth versucht ihm zu folgen, aber Benz entwickelt eine unerwartete Geschmeidigkeit. Während Groth jeden, der ihm im Weg ist, beiseite stößt, nutzt Benz geschickt Lücken aus, windet sich um Passagiere herum, drängelt sich durch. Er darf nicht vor mir das Deck erreichen, denkt Groth.

Er tut es trotzdem, doch nicht so viel früher, als dass Groth, hinter ihm herstürzend, nicht gleichzeitig mit ihm die Reling erreicht und ihn am Arm gepackt hätte, als er sich schon fast darüber geschwungen hatte. Beide hängen sie jetzt halb über dem Geländer, Benz schon kopfüber, doch noch im Griff Groths, der sich seinerseits nur mit seinem rechten Fuß hält, den er um eine aufrechte Strebe der Reling geschlungen hat.

Tief unter ihnen die gischtenden, seitlich wegschießenden Brecher, durch die sich der Schiffsrumpf hindurchkämpft. An der schwarzen Schiffswand entlang würden sie fallen, zwei immer kleiner werdende Figuren, schnell zu Punkten geschrumpft, die übergangslos in der brüllenden See verschwinden. Seitlich unter ihm das Gesicht von Benz. Und in ihm entdeckt Groth etwas, was ihn plötzlich lachen lässt. Benz hat Angst. Selbst halb über der Reling hängend und keineswegs sicher, dass er sich halten wird, ganz zu schweigen davon, ob er Benz halten könnte, lacht er.

Mit aufgerissenen Augen und weit und wie zu einem Schrei aufgerissenem Mund starrt Benz in den kalt kochenden Abgrund hinab. Was er sich auf seiner Pritsche und womöglich in Pastell als watteweiches, das Universum anklagendes Verdämmern vorgestellt hatte, zeigt sich ihm in seiner kalten, gleichgültigen Brutalität. Klaus Groth lacht darüber aus grimmiger Genugtuung, aber er lacht auch, weil er sich für Benz freut. Ein Selbstmörder hat keine Angst, sagt er sich. Wer sich in die Hosen scheißt, ist noch von dieser Welt.

Er hätte allerdings wenig und nicht lange etwas zu lachen gehabt, wenn man nicht sehr schnell auf die eigenartige Verknotung, die da über der Reling hing, aufmerksam geworden wäre. Augenblicklich erhebt sich ein Geschrei, überall spürt Klaus Groth Hände, und langsam wird er über die Reling gezerrt, zusammen mit Benz. Und so haben sie wieder festen Boden unter den Füßen, stehen sich gegenüber und sehen sich an. Finster jetzt sieht Klaus Groth Robert Benz an.

Komm mit, sagt er, packt Benz am Arm und führt ihn unter Deck. Neben dem Eingang zu den Zwischendeckunterkünften befindet sich eine Kammer für Putzgerätschaften, auch ein kleiner Tisch und ein paar Stühle für das Aufsichtspersonal. Groth platziert Benz an dem Tisch, dann verhandelt er draußen mit einem der Aufseher. Als der zustimmend nickt, geht Groth zu einem der Besenschränke. Er kommt mit einer Flasche Korn und zwei Wassergläsern zurück. Zornig knallt er Flasche und Gläser auf den Tisch und gießt aus.

Benz starrt vor sich auf die Tischplatte.

Groth hebt sein Glas.

Trink, sagt er. Seine Hand mit dem Glas zittert.

Du sollst trinken, schreit er plötzlich.

Als Benz nicht reagiert, springt er auf und hält ihm das Glas an den Mund.

Trink, schreit er. Deinetwegen wäre ich beinahe über Bord gegangen.

Benz nimmt das Glas, doch er nippt nur.

Alles, schreit Groth. Ex und hopp. Und da wirft sich Benz mit einer heftigen Bewegung des Kopfs den Inhalt des Glases in den Hals und schluckt.

Na also, knurrt Groth und gießt nach. Seine Hand zittert immer noch, und er atmet schwer. Sie starren schweigend vor sich hin. Ich hab soeben beschlossen, mit dem Rauchen aufzuhören, sagt er plötzlich.

Benz schweigt.

Trink, sagt Groth.

Widerwillig nimmt Benz einen Schluck. Groth greift in die Tasche und legt Zigaretten und Feuerzeug auf den Tisch.

Man muss so was ausnutzen, sagt Klaus Groth. Um aufzuhören, braucht man einen Anlass. Man muss den inneren Schweinehund besiegen. Prost. Er nimmt eine Zigarette aus der Packung und legt sie vor sich auf den Tisch.

Sie trinken und schweigen.

Dies ist meine letzte Zigarette, sagt Groth.

Plötzlich nimmt Benz sein Glas, kippt den Rest, der noch darin ist, hinunter und knallt es im Zorn auf den Tisch.

Sie schweigen.

Einen stärkeren Anlass gibt es gar nicht, sagt Groth. Wir sind Freund Hein von der Schippe gesprungen.

Kann ich noch einen Schluck haben? sagt Robert Benz.

Groth gießt ein. Er nimmt die Zigarette zwischen Zeige- und Mittelfinger.

Wir wären jetzt vielleicht hundert Meter tief, sagt er. Da ist es schon stockfinster.

Benz nimmt einen kräftigen Schluck.

Ich hab vor drei Monaten mit dem Rauchen Schluss gemacht, sagt er.

In zwei Stunden wären wir auf Grund, sechstausend Meter Wasser über uns.

Groth zündet die Zigarette an.

Benz konzentriert sich.

Ich denke, du wolltest mit dem Rauchen aufhören, sagt er.

Das ist ja auch die letzte, sagt Groth und pafft.

Nach zwei Tagen würden wir beginnen, wieder nach oben zu steigen mit Bäuchen wie Ballons.

Das ist nicht korrekt, sagt Benz. Wenn du sagst, das ist deine letzte Zigarette und du rauchst sie, dann ist das nicht deine letzte Zigarette. Deine letzte Zigarette ist die, die du vor dieser geraucht hast.

Bis etwa dreihundert Meter unter der Wasseroberfläche würden wir es schaffen. Dann würden wir platzen, und dann ginge es endgültig nach unten.

Kann ich auch eine haben, sagt Benz. Und noch einen Schluck.

Es wäre ganz unverantwortlich, wenn ich dir eine Zigarette geben würde, sagt Groth. Wer es drei Monate schafft, nicht zu rauchen, der schafft es drei Jahre. Du musst den inneren Schweinehund besiegen.

Und was ist mit deinem Schweinehund? sagt Robert Benz.

Groth gibt ihm die Zigarette und Feuer, Robert Benz verfehlt allerdings mehrmals die Flamme. Ich hab nämlich auch aufgehört zu rauchen.

Das hast du schon einmal gesagt. Man sieht, wie du deine Vorsätze einhältst. Bestimmt würden Fische an uns fressen, sagt Groth, nachdenklich dem Rauch seiner Zigarette hinterherblickend.

Ganze Schwärme würden an uns nagen, sagt er.

Vor drei Monaten hab ich das Rauchen aufgegeben, sagt Robert Benz und pafft.

Viel wäre nicht mehr an uns dran, wenn wir unten ankommen, sagt Groth. Als erstes fressen sie die Augen.

Es ist doch unglaublich, wie gut eine Zigarette schmecken kann, sagt Robert Benz und fällt vom Stuhl. Er kippt seitlich weg, steif und aufrecht wie ein Zinnsoldat, und es tut einen dumpfen Schlag, als er auf dem Boden aufschlägt. Steifbeinig erhebt sich Klaus Groth, geht um den Tisch herum, zieht Benz hoch, legt sich einen Arm um seine Schulter und schleppt ihn schwankend in den Saal, wo sein Bett steht.

Ein Geschrei erhebt sich im Zwischendeck. Die Schiffsmotoren haben ausgesetzt. Panik droht auszubrechen. Sofort sind die Aufseher zur Stelle und beruhigen. Ein geplantes Manöver, kein Grund zur Aufregung. In wenigen Minuten geht es weiter. Ruhe bewahren, es ist nichts passiert.

Die Stille ist unheimlich, als wäre die Lebenskraft des Schiffs erloschen. Kinder beginnen zu weinen, auch viele Frauen. Die meisten Männer stehen stumm und lauschen misstrauisch. Nicht nur, dass die Schiffsmotoren still sind, auch im Zwischendeck ist es still, bis auf das verängstigte Greinen von Kindern und Frauen. Hier unten war es noch zu keiner Minute still. Das macht Angst. Das kann nur Unheil bedeuten.

Auch an Deck ist es still. Ein wenig Wind geht, aber man hört jetzt, wie das Schiff ohne Antrieb im Wasser ausläuft, ein langsam ersterbendes Rauschen. Wellen schwappen klatschend gegen die Bordwand. Einen Aufgang herauf kommen zwei Matrosen und verharren an Deck in Habachtstellung dem Aufgang zugewandt. Sie erwarten jemanden. Es betritt das Deck der zweite Offizier, gefolgt von zwei Matrosen, die eine Bahre tragen. Auf der Bahre liegt ein in weißes Segeltuch gehülltes und mit Tauen verschnürtes längliches Bündel. Jetzt betritt auch Kapitän Lorenz das Deck. Auf einen Wink des zweiten Offiziers hin heben die beiden Matrosen das Bündel auf die Reling. Kapitän Lorenz nimmt die Mütze ab und beginnt, das Vaterunser zu sprechen. Als er geendigt hat, setzt er die Mütze auf und salutiert. Der zweite Offizier setzt die Deckspfeife an die Lippen. Ein spitzer hoher Ton steigt auf, und der Matrose, der das hintere Ende der Bahre getragen hatte, hebt es an, und das weiße Bündel gleitet über Bord.

Der zweite Offizier pfeift, die vier Matrosen formieren sich zu einer Reihe, im Gänsemarsch verschwinden sie in dem Niedergang, gefolgt vom zweiten Offizier, dann vom Kapitän.

Das weiße Bündel fällt die Bordwand entlang, vorbei an den Luken der ersten Klasse, dann denen der zweiten und schließlich denen des Zwischendecks. Mit einem unbedeutenden Spritzer schlägt es auf der Wasseroberfläche auf und beginnt, in der glasig-grünen See zu versinken, ein heller Fleck noch eine Weile, dann undeutlich werdend, ein verzitternder, schon ferner Widerschein. Das Schiff erbebt. Die Motoren springen dröhnend an.

Ein schmaler, brauner Streif am Horizont

Herr Nussbaum ist verschwunden. Es wird gepackt. Ein kleiner Wüstenfuchs.

Meine Damen und Herren, meine Zeit ist um. In achtzehn Stunden sind wir in New York. Viel wird es da nicht mehr zu erzählen geben. Doch habe ich Vorkehrungen getroffen, dass wir uns alle, die wir doch so lange beisammen waren, noch einmal treffen, bevor wir für immer auseinander gehen. Ich habe uns ein Abschiedsessen arrangiert.

Gastgeber ist allerdings Albert Werth. Er sah uns draußen auf dem Deck stehen und in den hell erleuchteten Speisesaal blicken. Die Kellner wollten uns ungebetene Zaungäste mit beflissen rudernden Armbewegungen schon weg und weiter wedeln, doch auch der Doktor hatte uns bemerkt, und der war ganz anderer Ansicht und nötigte uns einzutreten, und so saßen wir denn ein paar Minuten später alle an einem großen, runden Tisch und waren Doktor Werths Gäste.

Und wo sind Ruth und Daniel und Groth und Benz? rief Werth, während er bei den Kellnern Bestellungen aufgab. Dies ist der letzte Abend, und den wollen wir feiern. Noch sind wir nicht in amerikanischen Gewässern. Simon Kantor ging hinunter, und kurz darauf waren wir fast vollständig, wie schon einmal, rief Albert Werth, im Großen Auswandererhaus in Hamburg, damals.

Wie lange war das her? Wochen? Monate? Das große Stundenzählen hatte eingesetzt.

Überall begann man zu zählen. Als sei die Zeit während der Reise angehalten gewesen wie der Sekundenzeiger einer Bahnhofsuhr, wenn er einen Umlauf vollendet hat, verharrt und dann weiterspringt. Was für eine Zeit war das, während er verharrte, wurde sie nicht gezählt? Und gibt es das überhaupt, dass Zeit stillsteht? Ist Reisezeit überhaupt Zeit, fragen sich viele jetzt. Wo waren sie in diesen Tagen auf See zwischen den Kontinenten, zeitlos, ortlos? War das alles vielleicht ein wüster Traum, dieses Chaos, diese Enge, die Streitereien, der Hass, die Verzweiflung, die Wut der Eingesperrten, eine unruhige Sekunde vor dem Erwachen nur, schon vergessen, wenn man die Augen aufgeschlagen hat und sich beruhigt im Gewohnten wiederfindet?

Ein Erwachen ist es schon, plötzlich zu wissen, wie viel Stunden es noch sind bis zur Ankunft, doch kein beruhigtes. Wo kommt man denn an? fragen sich viele, und vielen wird auf einmal klar, dass Amerika nur ein Wort ist für sie, nicht mehr.

Von Zugreisen kennt man das: Immer gibt es einige (und meistens sind es Frauen), die viel zu früh zusammenzuräumen beginnen, viel zu früh den Koffer aus dem Netz herunterzerren, ihn im Gang abstellen, so dass der Durchgang zuverlässig versperrt ist, die schon einmal ihre Mäntel anziehen und dann wartend dasitzen, und die Station, auf der sie aussteigen müssen, ist noch weit entfernt. So auch jetzt. Der Inhalt von Taschen wird neu geordnet, verstreute Gegenstände werden eingesammelt, Kofferschlösser mit winzigen Schlüsselchen (man wird sie mit Sicherheit verlieren) sorgfältig versperrt, obwohl man wissen könnte, dass man sie schon bald wieder wird öffnen müssen. Unruhe entsteht, und sie breitet sich aus. Doch ohne Freude. Gewiss, es wird eine unendliche Erleichterung sein, dem stinkenden Käfig des Schiffs endlich entronnen zu sein. Aber was wird dann kommen? Amerika, das ist ein dunkles, ein drohendes Wort. Aber wird es auch dort Wolken geben, Gras im Wind und Schnee in der Dämmerung? Und wird auch dort das Wasser bergab fließen? Es gibt keine Wiederkehr. Stumm blicken wir vor uns hin. Bald werden wir sehen, was wir taten, als wir aufbrachen.

Ich war an Deck gegangen, um Alma zu suchen. Nach unserem Kuss war sie hinausgelaufen. Wenig später ging ich zu ihr, um sie zum Essen abzuholen.

Wir waren die ersten im Speisesaal. Die Stewards waren noch dabei, die Tische zu decken. Wir saßen uns gegenüber, doch sie sah mich nicht an.

Ich musste lächeln. Wenn man sich geküsst hat, sagte ich, muss man du zueinander sagen.

Sie antwortete nicht. Ihre rechte Hand lag auf dem Tisch. Vorsichtig berührte ich mit dem Zeigefinger ihren Rücken.

Wenn die Saxonia pünktlich ist, sind wir in zwanzig Stunden in New York, sagte ich. Was dann kommt, wissen wir nicht, und wir sollten auch nicht darüber nachdenken. Alles, was wir haben, sind diese zwanzig Stunden. Von jetzt an. Und da wendete sie die Hand, und unsere Hände lagen ineinander, und jetzt wandte sie mir auch endlich ihr Gesicht zu und sah mich an. So saßen wir, bis ich aufstand und sie hochzog und in meine Kabine führte.

Wir standen uns verlegen gegenüber. Vielleicht hätte ich sie doch nicht daran erinnern sollen, dass wir nur noch zwanzig Stunden hatten. Sie war steif wie ein Stock, als ich sie an mich zog.

Was hast du denn da in deiner Jacke, sagte sie plötzlich und wie erleichtert. Das drückt ja so. Gleichzeitig sah sie nach und schlug die Schöße meiner Jacke auseinander.

Das sind Messer, sagte ich verlegen. Wurfmesser.

Damit kannst du werfen? Wie im Zirkus? Das musst du mir zeigen, rief sie und stellte sich auch gleich mit dem Rücken gegen die Kabinentür.

Na los, rief sie. Worauf wartest du?

Worauf wartete ich? Ich hielt die Spitze eines der Messer zwischen Daumen und Zeigefinger. Ich spürte seine Schwere. Ich konnte mir vorstellen, wie es blitzend durch die Luft wirbelte und die Wucht, wie es in einen Körper einschlug. Ich hob den Arm, dann aber ließ ich ihn sinken. Und dann musste ich mit der Wahrheit herausrücken. Ich schluckte.

Ich kann gar nicht mit Messern werfen, sagte ich.

Es war nicht schön zu beobachten, wie sie ein Gelächter, das in ihr aufstieg, zu unterdrücken versuchte, wie es sich trotzdem um ihre Augen herum festsetzte. Wie sie gegen dieses Gelächter ankämpfte, wie sie still davon geradezu geschüttelt wurde. Da lachte sie wohl über mehr als darüber, dass ich nicht mit diesen blöden Messern werfen konnte. Als ob es darauf ankäme, dass man mit Messern werfen kann. Als ob nicht vielleicht noch etwas anderes zählte. Schließlich ist es ziemlich billig, sich darüber zu amüsieren, dass jemand nicht mit Messern werfen kann.

Ich verabschiedete mich. Wir können uns ja später zum Kaffee treffen, sagte ich im Hinausgehen.

Auch ich starrte also in den hell erleuchteten Ballsaal, nicht weniger fasziniert als Alma. Nach und nach aber spürte ich etwas, und da entdeckte ich, dass wir nicht allein waren. In einiger Entfernung stand eine Gestalt, die ich zunächst nicht erkennen konnte, die aber nicht weniger interessiert die Tanzenden beobachtete als wir. Als eine Wolke den Mond freigab, erkannte ich ihn. Es war Simon Kantor.

Als Ruth zu packen begann, war sie wie oft, wenn man aufräumt und unerwartet einen Gegenstand findet, den man schon länger gesucht hat, auf die Frage gestoßen, die sie sich zerstreut schon einige Zeit gestellt hatte: Wo ist eigentlich der Herr Nussbaum?

Auf seinem Bett ist er nicht, im Speisesaal auch nicht; Simon Kantor zuckt die Schultern. Der Zustand seines Betts macht sie misstrauisch. Es ist aufgeräumt, als hätte er nie darin geschlafen. Die wollene Decke liegt auf Kante gefaltet. Unter seinem Kopfkissen entdeckt sie seinen Brustbeutel mit dem Pass. Da beginnt sie, nach ihm zu suchen. Sie geht die Bettenreihen ab, streift durch die Säle. Beunruhigt kommt sie zurück. Er ist nirgendwo zu entdecken. Doch dann hat sie eine Idee.

Daniel, du warst doch die ganze Zeit mit ihm zusammen.

Wir haben Schach gespielt, sagt Daniel und zuckt mit den Schultern.

Aber ihr müsst doch geredet haben. Worüber habt ihr geredet?

Er hat mir Geschichten von Herrn Stratmann erzählt.

Was für ein Stratmann?

Na, der, der hinter der Kirche wohnt bei seiner Schwester. Gegenüber von Bürgermeister Stiefel.

Daniels Gesicht gefällt ihr überhaupt nicht. Er sieht ihr nicht in die Augen. Er weiß etwas, das er ihr nicht sagen will. Vielleicht weiß er noch selber nicht, was es ist.

Herr Stratmann hat einmal ein Kind aus dem Mühlenteich gerettet, ruft Daniel. Er wird eifrig. Er hat es am Genick gepackt und ist mit ihm ans Ufer geschwommen. Da hat er eine Wurst gekriegt, und alle haben ihn gestreichelt.

Den Herrn Stratmann?

Aber Bürgermeister Stiefel hatte einen Boxer, der hieß Most, und der wollte Herrn Stratmann die Wurst abnehmen und hat ihn ins Bein gebissen.

Daniel, wer ist dieser Herr Stratmann?

Aber Herrn Stratmanns Schwester hat ihm das Bein verbunden, obwohl sie selber krank war.

Daniel.

Sie war sogar sehr krank, nur Herr Stratmann wollte davon nichts wissen, und eines Tages war sie verschwunden. Sie kommt wieder, sagte Herr Stratmann und legte sich vor ihr Bett und jaulte.

Daniel, jetzt sieh mir in die Augen. Ein erwachsener Mann legt sich nicht vor ein Bett und jault.

Aber warum denn nicht. Er war ein großer, brauner Schnauzer.

Herr Stratmann war ein Hund?

Aber was denn sonst?

Und was war mit Herrn Stratmanns Schwester?

Es war Herrn Stratmann kaum noch möglich, auf die Straße zu gehen. Sofort fielen die anderen Hunde über ihn her, allen voran dieser Most von Bürgermeister Stiefel. Sie konnten keine Schnauzer leiden.

Daniel, mit Herrn Stratmanns Schwester, was war mit der? Hast du etwas gesagt über sie?

Er hat so gejault wegen ihr. Das ging mir auf die Nerven.

Daniel, du hast etwas gesagt.

Ich kann einfach keine Schnauzer leiden.

Was hast du gesagt?

Ich hab gesagt, dass seine Schwester, wenn sie so lange verschwunden ist, nicht krank ist, sondern tot.

Weißt du, was du da gesagt hast, Daniel?

Sie rüttelt ihn am Arm. Sie sieht das kleine, schiefe Grinsen auf seinem Gesicht. Sie lässt ihn los.

Du weißt genau, was du gesagt hast, sagt Ruth Kantor. Ihr Sohn ist ihr auf einmal sehr fremd.

Daniel beginnt zu weinen. Sie betrachtet ihn, ohne ihn in den Arm zu nehmen, wie er es gewohnt ist. Schließlich tut es Simon an ihrer Statt.

Wir müssen Nussbaum finden, sagt sie zu ihm. Hier unten ist er nicht. Du musst an Deck nach ihm suchen. Das ist der einzige Ort, wo er noch sein könnte.

Simon Kantor suchte ihn also. Aber was ist, wenn ich dich finde, Nussbaum, fragte er sich. Was fange ich dann mit dir an? Wie soll das werden mit uns? Für drei kann ich vielleicht noch sorgen, aber unmöglich für vier.

Ich habe Angst um dich, Nussbaum. Du darfst es nicht getan haben, denn sonst müsste ich mir vorwerfen, Schuld daran zu haben. Ich tat fremd, wenn du dich zu uns gesetzt hast, ich war abweisend, wenn du ein Gespräch gesucht hast, und ich sah es nicht gern, wenn du mit Daniel gespielt hast. Du hast meine Kälte sehr wohl bemerkt, aber du hast getan, als hättest du nicht verstanden. Was blieb dir auch anders übrig als zu lächeln. Wen hättest du denn gehabt außer uns?

Wäre ich erleichtert, wenn du es getan hättest? Ich hasse mich allein schon für die Frage. Aber wir haben nichts zu verschenken, Herr Nussbaum. Wir müssen selber sehen. Uns schenkt auch keiner etwas. Ich wäre gern ein guter Mensch, Herr Nussbaum, aber wir sind in Amerika. Und Sie sind ein Klotz am Bein, Herr Nussbaum, ein Mühlstein am Hals, ein Rucksack voller Steine. Was für eine Welt ist das.

Du darfst es nicht getan haben, Nussbaum. Es ist gut, dass mir der Regen das Gesicht nass macht, so kann ich meine Tränen nicht spüren, die ich weine, ich weiß nicht warum: aus Zorn, aus Mitleid mit dir oder aus Mitleid mit mir? Ich bin zu arm, um großmütig zu sein, Arie Nussbaum. Die Humanität ist eine Frage des Einkommens. Dort unten brüllt die See, und wer Schwäche zeigt, wird auch für andere gefährlich. Man muss ihn meiden, er stinkt. Dabei ist es leicht, einen wie dich zu übersehen. Es ist auch vernünftig. Und sie unterscheidet uns ja bekanntlich vom Tier: Die Vernunft.

Suche ich denn wirklich, Arie Nussbaum? Ich tue so. Ich bücke mich eifrig und blicke unter Bänke, ich spähe in Winkel, ich lasse meinen Blick immer wieder über das Deck schweifen, oder spiele ich nur den Suchenden? Niemand wird mir vorwerfen können, nicht gesucht zu haben. Aber suche ich, als wollte ich finden?

In welch einen Aufruhr stürzt du mich, Nussbaum? Du hast immer darauf bestanden, dich zu rasieren. Wie lange auch die Warteschlangen waren, die sich vor den Wasserhähnen bildeten, du hast darauf bestanden, dich zu rasieren. Du darfst es nicht getan haben, Arie. Es wird schon gehen mit uns. Irgendwie wird es gehen.

Ich musste Klaus Groth gegenüber sehr eindringlich werden, damit er mich an Deck ließ. Ich musste behaupten, ich sei sehr in Sorge um dich. Aber um wen auf diesem Schiff muss man nicht in Sorge sein. Wir sind mehr als sechshundert, Nussbaum. Und da soll ich mich ausgerechnet um dich sorgen? Wie komme ich eigentlich dazu, mich überhaupt um jemanden zu sorgen außer um mich selbst? Was treibt mich hier herauf in Sturm und Regen? Gibt es jemanden, der mir das befiehlt?

Albert Werth hat Platten mit Speisen servieren lassen, der Tisch beginnt sich mit Bier- und Weingläsern zu füllen. Wir trinken uns zu wie alte Freunde. Albert Werth kann sich gar nicht genug tun, doch was lässt ihn so begeistert immer wieder das Glas heben? Wiedersehensfreude oder Abschiedswehmut? Bei dem Diner hatte ihn Kapitän Lorenz neben Mister Riedenhower platziert. Er versteht jetzt seine Mutter, für die Schiffsarzt gleich nach Eintänzer kommt. Mister Riedenhower speist mit wölfischem Appetit. Die Voraussetzung dafür verdankt er Werth. Er hatte ihn kurzerhand gefesselt und ihn mittels eines Einlaufs gezwungen, sich unter ohrenbetäubendem Geschrei von seiner Scheiße zu trennen. Danach lag er beseeligt in den Kissen.

Ich habe Hunger, flüsterte er.

Albert Werth aber ging danach in die Bar.

Einen Scotch on the Rocks, sagte er. Einen Doppelten.

Es ist wohl bei dem einen nicht geblieben, denn noch am Abend, als er neben dem wieder vollständig hergestellten Mister Riedenhower sitzt, liegt ein zarter, weicher Schleier über allem, was er sieht.

Hamburg oder Damaskus oder New York – wo will ich eigentlich hin? denkt Albert Werth. Mister Riedenhower bearbeitet gerade sein zweites Steak. Wir sind alle Auswanderer, denkt er. Irgendwann gehen wir alle auf die letzte Reise, auf die Reise ohne Wiederkehr. Und niemand kennt das Ziel.

Manchen Menschen müsste man nicht beim Essen zusehen müssen, denkt er. So wie dieser Riedenhower isst, macht er wahrscheinlich auch Geschäfte. Gibt man ihm die Hand, reißt er einem den Arm ab. Mit offenem Mund kauend, schiebt ihm Riedenhower einen Umschlag über den Tisch. Albert Werth geniert sich nicht, ihn zu öffnen. Er enthält einen Scheck, und zwar in beträchtlicher Höhe.

Ich werde Sie empfehlen meinen Freunden, sagt Mister Riedenhower kauend. Sie können machen eine fortune.

Wenn ich dann nach zehn Jahren nach Hamburg zurückkomme, rede ich auch solch ein Deutsch wie er, denkt Albert Werth. Voriges Jahr hatte eine Cousine aus New York sie besucht, Heather. Er hatte mit ihr Tennis gespielt. Er war verblüfft gewesen. Sie hatte nicht gespielt, um zu spielen, sondern um zu gewinnen. Das war ihm unverständlich gewesen. Ihre Rückhand war vernichtend.

Sie hatte sich sehr über die Deutschen amüsiert. Ständig kicherte sie. Wollte aber oder konnte nicht sagen, was denn so komisch an ihnen war. Vielleicht werde ich, wenn ich nach zehn Jahren zurückkomme, auch so kichern, denkt Albert Werth. Oder weinen.

Plötzlich und zum erstenmal kommt ihm der Gedanke, dass sie auch über ihn gekichert haben könnte, weil er ja auch zu diesem Land gehörte, weil er so deutsch war. Das ist ihm ein neuer Gedanke. Das wollte er ja immer sein, aber gerade dass er es wollte, zeigte, dass er es nicht war. Dass er es nicht sein durfte. Denn an ihm lag es nicht.

Aber irgendwer fehlt doch, ruft er und blickt mit erhobenem Glas in die Runde. Und dann fällt es ihm ein. Nussbaum. Der Herr Nussbaum natürlich. Wo ist er? Warum sitzt er nicht an unserem Tisch? ruft Albert Werth.

Jetzt blicken alle Simon Kantor an. Und da stellt er auf den Tisch, was er an Deck unter einer Bank gefunden hat: Ein Paar Schuhe, darauf, säuberlich gefaltet, eine Jacke und darauf eine Brille.

Daniel aber sitzt mit gesenkten Augen. Als er sein letztes Spiel gegen Nussbaum gewonnen hatte, hatte sein Blick noch einmal das Brett gemustert, und da hatte er entdeckt, dass sein Springer nicht geschlagen worden war, und plötzlich wusste er, dass in allen Spielen Nussbaum darauf verzichtet hatte, seinen Springer zu schlagen. Dass er ihn hatte gewinnen lassen. Er saß gedemütigt. Eine besinnungslose Wut hatte ihn überschwemmt.

Alma tritt durch eine der großen Türen auf das Deck hinaus. Wenigstens für ein paar Minuten muss sie allein sein. Sie steht im Nachtwind, sie zieht den dicken Wintermantel ihrer Tante fester um sich. Der Mond wirft gleißende, unruhige Lichtbahnen auf die Dünung. Das Licht aus dem Speisesaal fällt in schräg versetzten Rechtecken auf das Deck. Sie sieht Tatlin und Werth und die andern am Tisch sitzen, sie sieht Kapitän Lorenz, der mit einem Sektglas in der Hand in der Mitte der Tanzfläche steht und offenbar eine Ansprache hält. Schließlich verbeugt er sich lächelnd und trinkt mit einer alle einschließenden Bewegung auf seine Gäste. Die stellen die Gläser ab und bewegen die Hände. Musik setzt ein. Viele erheben sich und streben der Tanzfläche zu. Die Paare beginnen sich zu drehen.

Was für eine Frau werde ich bald sein, denkt sie. Werde

auch ich solche Kleider tragen? Wird auch mich ein Mann im Arm halten? Werde auch ich tanzen? Am Horizont hat ein schwaches Glitzern eingesetzt, die Lichter von Ansiedlungen oder Städte. Dazwischen ein stärkeres, rhythmisch blinkendes, ein Leuchtfeuer.

Sie betrachtet auch mich, und wieder spürt sie dieses Kitzeln im Magen, das sie spürte, als ich mit meinem Messer werfen wollte. Sie weiß, dass es nicht klug war zu lachen, und sie weiß, dass ich nicht verstand, dass ihr Lachen uns nicht trennte, sondern im Gegenteil verband.

In Afrika hatte sie eines Abends weit draußen auf einem Stein gesessen. Es war schon Nachmittag, und die Hitze war gebrochen. Sie hatte die Beine übereinandergeschlagen, und von dem einen Fuß war die Sandale herabgefallen. Vor ihr in dem Sand zwischen den Felsbrocken war plötzlich ein kleiner Fuchs erschienen. Witternd und schnüffelnd lief er umher, und langsam kam er näher. Er war wohl noch nie mit Menschen in Berührung gekommen. Sie saß ganz still. Sie wagte kaum zu atmen. Komm näher, dachte sie, bleib nicht stehen, lauf nicht weg, dachte sie mit einer Inbrunst, wie sie sich noch nie etwas gewünscht hatte. Er war das Zierlichste und Anmutigste, das sie je gesehen hatte. Weiß Gott, wovon er sich ernährte in dieser Wüste. Es war wie im Traum. Das Füchslein kam näher und näher. Vor ihrem Fuß blieb es stehen. Sein buschiger, grau-brauner kleiner Schweif wehte im Abendwind. Er schnüffelte an ihrem großen Zeh, und plötzlich, eine winzige, kühle Berührung, leckte er prüfend daran. Dann lief er geschäftig weiter. So war sie noch nie getröstet, so war sie noch nie liebkost worden. Lange saß sie auf diesem Stein; im Zustand der Gnade und vollkommen bewegungslos.

Sie kam wieder in die Wärme zurück und setzt sich neben mich, und da geschah das Wunder. Warm und fest kam ihre Hand und legte sich auf meine.

Aus einem wirren Schlaf wachen sie auf wie zerschlagen. Sie starren auf die Bullaugen, die noch nachtschwarz sind, sich allmählich aber von einem dunklen in ein immer lichteres

Grau aufhellen. Der Tag ist gekommen, der Tag der Ankunft, und endlich werden sie zum Frühstück gerufen, und endlich dürfen sie an Deck. Sie drängen sich gierig die Treppen hoch. Und dann stehen sie dichtgedrängt und blicken. Sie blicken alle in eine Richtung, Hunderte von Gesichtern, verzweifelte, hoffnungsvolle, kranke, stumpfe, blöde, traurige Gesichter. Ein Drittel von ihnen wird das erste Jahr nicht überleben. Viele werden bald sagen, dass sie es zu Hause besser gehabt hätten. Sie starren schweigend. Am Horizont ein schmaler, brauner Streif. Amerika.